VISÃO DO ALÉM

Charlaine Harris

Tradução:
Cassius Medauar

lua de papel

VISÃO DO ALÉM

As testemunhas silenciosas estão por toda parte, passando de uma forma da matéria para outra, gradualmente se tornando irreconhecíveis às pessoas mais próximas e queridas. Seus corpos são jogados em valas, trancados no porta-malas de carros abandonados, presos em blocos de cimento e lançados no fundo de lagos. Os que são descartados com pressa acabam sendo jogados no acostamento de uma estrada; assim a vida, tendo mudado completamente, pode passar diante de seus olhos sem tempo para uma olhada.

Às vezes sonho que sou uma águia. Eu voo sobre eles notando seus restos mortais e testemunhando o fato de terem sido descartados. Espiono o homem que foi caçar com seu inimigo, lá, embaixo daquela árvore, naquela moita. Vejo os ossos da garçonete que atendeu o freguês errado, ali, embaixo do telhado caído de um velho barracão. Descubro o destino

do adolescente que bebeu demais em má companhia, uma cova rasa na floresta de pinheiros. Em geral seus espíritos ficam pairando, agarrados aos restos mortais que eram sua morada. Esses espíritos não se tornam anjos. Eles não eram crédulos quando estavam vivos, por que deveriam virar anjos agora? Mesmo pessoas comuns, daquelas consideradas "boas", podem ser tolas, corruptas ou invejosas.

Minha irmã Cameron está em algum lugar por aí junto a eles. Dentro de um cano de esgoto, enrolada num cobertor dentro do porta-malas enferrujado de um carro abandonado ou espalhada e enterrada em uma floresta, Cameron está apodrecendo. Talvez seu espírito esteja agarrado ao que sobrou de seu corpo enquanto ela espera ser encontrada e que sua história seja contada.

Talvez seja esse o desejo de todos eles, de todas as testemunhas silenciosas.

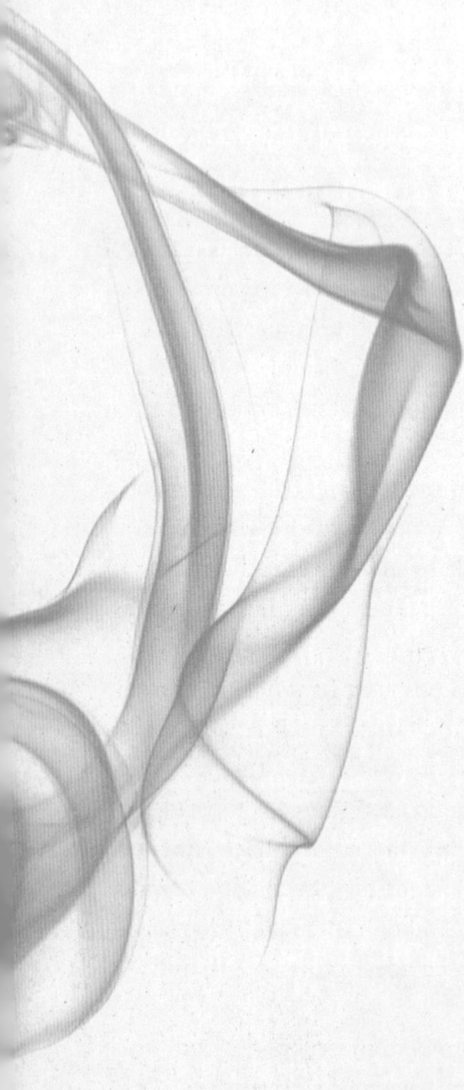

I

O xerife não me quer aqui. Isso me fez imaginar quem teria iniciado o processo de me procurar e pedir que eu viesse a Sarne. Só pode ser um dos civis que estão esperando desconfortavelmente no escritório dele, todos bem-vestidos e alimentados, pessoas que obviamente parecem acostumadas a ter autoridades à volta delas. Olho bem um por um. O xerife Harvey Branscom tinha um rosto vermelho e bem alinhado, um bigode bem aparado e cabelo branco cortado bem curto. Ele tinha pelo menos uns cinquenta e cinco anos, mas talvez fosse mais velho. Vestido com seu uniforme cáqui justo, Branscom estava sentado em uma cadeira giratória atrás da escrivaninha e parecia enojado. O homem em pé à direita dele era no mínimo dez anos mais jovem, mais moreno, muito mais magro e tinha um rosto fino bem barbeado. Seu nome era Paul Edwards, ele era advogado.

A mulher com quem discutia era jovem, tinha cabelos loiros tingidos em algum lugar caro e se chamava Sybil Teague. Ela era viúva, e a pesquisa feita pelo meu irmão indicava que tinha herdado uma boa parte da cidade de Sarne. Ao seu lado havia outro homem, Terence Vale, que tinha um rosto redondo escassamente coberto por um cabelo fino e sem cor, óculos com armação de metal e um daqueles adesivos de identificação colado no peito. Ele vinha de uma festa da câmara municipal, pelo menos foi o que contou ao chegar, e seu adesivo dizia: "Oi! Sou TERRY, O PREFEITO".

Como o prefeito e o xerife estavam bem incomodados com minha presença, imaginei que havia sido chamada por Edwards ou Teague. Olhei bem para os dois e concluí que devia ser a Teague. Cruzei as pernas e me recostei naquela cadeira tão desconfortável, balançando o pé livre e vendo a ponta de meu sapato de couro preto chegar cada vez mais perto da mesa do xerife. Todos trocavam acusações como se eu não estivesse lá, e me perguntei se Tolliver podia ouvi-los da sala de espera.

— Vocês querem ficar revendo todos os fatos enquanto voltamos ao hotel? — Perguntei interrompendo a discussão.

— Acho que trouxemos você aqui com uma impressão errada do seu trabalho — Branscom disse. Sua voz soava como se tentasse ser cortês, mas seu rosto mostrava que me queria bem longe dali. E suas mãos estavam fechadas em cima da mesa.

— E que impressão seria essa? — Esfreguei meus olhos. Eu vinha direto de outro trabalho e estava cansada.

— Terry nos passou uma impressão errada com suas credenciais.

— Certo, então vocês decidem o que querem enquanto eu vou dormir um pouco — falei abruptamente e desistindo. Levantei me sentindo tão velha quanto os morros, ou pelo menos bem mais velha do que meus atuais vinte e quatro anos. — Tem outro trabalho esperando por mim em Ashdown. Devo partir amanhã bem cedo. Vocês nos devem pelo menos as despesas com a viagem, viemos de carro lá de Tulsa. Perguntem ao meu irmão quanto gastamos.

Sem esperar que ninguém falasse nada, saí do escritório de Harvey Branscom, desci por um corredor até passar por uma porta e chegar à recepção. Ignorei a funcionária atrás da escrivaninha, apesar de ela olhar para mim com curiosidade. Tenho certeza de que lançava o mesmo olhar a Tolliver até eu chamar sua atenção.

Tolliver largou a revista velha que folheava e se levantou da poltrona de couro sintético. Ele tem vinte e sete anos, seu bigode possui um tom avermelhado, mas seu cabelo é tão preto quanto o meu.

— Pronta? — Ele perguntou percebendo que eu estava irritada. Então me olhou e levantou as sobrancelhas inquisidoras. Tolliver tem pelo menos uns dez centímetros a mais que o meu um metro de setenta e três. Sacudi a cabeça querendo dizer que explicaria mais tarde. Ele abriu a porta de vidro para mim e saímos para a noite fria. Senti meus ossos gelarem. O banco do motorista do Malibu estava ajustado para mim, já que eu tinha sido a última a dirigir, então me sentei atrás do volante.

A delegacia de polícia ficava ao lado da praça da cidade e de frente para o tribunal, que estava centralizado. O Tribunal de Justiça era um grande prédio erguido nos anos 1920, daqueles edifícios que têm mármore e tetos muito altos e trabalhados, impossível de ser avaliado pelos padrões modernos, mas ainda assim impressionante. Os gramados e a vegetação em volta dele eram muito bem cuidados, mesmo que todas as folhagens já estivessem morrendo. Ainda havia turistas com seus carros estacionados nas vagas especiais da praça. Nesta época do ano, a cidade de Sarne era visitada por brancos de meia-idade e idosos com seus sapatos com sola de borracha e seus blusões de lã. Elas andavam devagar e com cuidado, e o meio-fio era alvo de negociação. E tinham a tendência de dirigir exatamente da mesma forma.

Tivemos que dar a volta na praça duas vezes para que eu conseguisse ficar na pista certa e ir para leste em direção ao hotel. Eu tinha a impressão de que todas as ruas de Sarne levavam à praça. As lojas que ficavam nela ou bem próximas eram a parte bem-vestida da cidade, preparada para o consumo do público. Até mesmo as luzes das ruas eram pitorescas: linhas curvas de metal pintadas de verde e enfeitadas de arabescos e folhas. As calçadas eram planas, ótimas para cadeira de rodas, e havia muitas lixeiras que imitavam cuidadosamente pequenas casinhas bonitinhas. Todas as fachadas das lojas tinham sido reformadas para terem um padrão e todas tinham a frente de madeira com placas "antigas" com expressões de outras épocas: "Sorveteria da Tia Hattie", "Sinta-se em Casa com o Jeb", "Lojinha de Tudo do JN", "Doces da Annie". Havia um banco de madeira maciça em frente a todas elas. Apesar do brilho intenso nas janelas, consegui ver um ou dois vendedores, eles usavam roupas da virada do século.

Já passava das cinco da tarde quando finalmente saímos da praça. Como chegava o final de outubro e o dia estava nublado, já era quase noite.

Sarne era um lugar muito feio depois que você saía da área central feita para os turistas em volta do Tribunal de Justiça. Lojas como Artesanato da Montanha do Karl davam lugar a estabelecimentos de maior necessidade para os andarilhos como o Primeiro Banco Nacional ou Eletrodomésticos Reynolds. E quanto mais eu dirigia por aquelas ruas secundárias, mais via lojas vazias, algumas delas com os vidros quebrados. Praticamente não havia trânsito. Aquela era a parte privada de Sarne, exclusiva para seus moradores. A temporada turística acabaria quando as folhas caíssem, o prefeito me contou. Sarne estava prestes a enrolar seus tapetes, e também sua hospitalidade, para os meses de inverno.

Eu estava irritada com aquela perda de tempo e de quilômetros, mas ainda não tinha perdido a esperança e, quando senti aquela atração inconfundível em um cruzamento quádruplo cinco quarteirões à frente, quase fiquei feliz. A coisa vinha da minha esquerda, a mais ou menos uns seis metros de distância.

— É recente? — Tolliver perguntou ao ver minha cabeça virada. Eu sempre acabo olhando, mesmo que não haja a menor chance de ver algo com meus olhos normais.

— Muito recente. — Não estávamos passando por um cemitério e não era a sensação de um corpo recém-embalsamado, o que poderia indicar uma funerária. A impressão era fresca demais e a atração, muito forte.

Eles querem ser encontrados, sabia?

Em vez de continuar reto, o que nos levaria até o hotel, virei à esquerda e segui o aroma "mental". Parei no estacionamento de um pequeno posto de gasolina. Minha cabeça se virou novamente enquanto eu ouvia a voz me chamando do matagal do outro lado da rua. Eu falo que são o aroma e a voz, mas o que me atrai não é algo tão claro quanto as palavras indicam.

Há uns três metros para dentro do terreno cheio de mato, estava a fachada de uma construção. Pelo que pude ler da placa velha e quase caindo, ali era a lavanderia SempreLimpo. E a julgar pelo estado do que havia sobrado da casa, a SempreLimpo tinha pegado fogo e sido queimada quase por inteiro há alguns anos.

— Ali, naquelas ruínas — falei para Tolliver.

— Quer que eu dê uma olhada?

— Não. Ligarei para Branscom quando chegarmos ao hotel. — Trocamos sorrisos rápidos. Não há nada como um bom exemplo para demonstrar minha *bona fides**. Tolliver fez que sim com a cabeça em aprovação.

Liguei o carro novamente, dessa vez chegamos ao hotel e fomos direto para nossos respectivos quartos. Precisávamos de um tempo separados depois de passar o dia inteiro juntos, por isso pegamos dois quartos. Não que nenhum de nós dois seja excessivamente pudico.

O meu quarto era igual a todos os outros em que dormi nos últimos anos. A colcha era verde, acolchoada e lisa, e o quadro sobre a cama parecia ser uma ponte em algum lugar da Europa. Fora essas pequenas coisas, eu poderia estar em qualquer outro quarto barato de hotel dos Estados Unidos. Pelo menos tinha cheiro de limpeza. Peguei minha *nécessaire* de maquiagens e medicamentos e coloquei no pequeno banheiro. Depois sentei na cama e me inclinei para ler as instruções de como fazer uma chamada naquele aparelho antigo. Depois de achar o número na pequena lista telefônica, liguei para o departamento de polícia e pedi para falar com o xerife. A voz de Branscom surgiu menos de meio minuto depois e não estava nem um pouco feliz em falar de novo comigo. Ele começou novamente com o papo de eu ter sido apresentada de um jeito errado, como se eu tivesse alguma coisa a ver com aquilo, mas o interrompi.

— Achei que gostaria de saber que tem um homem morto que parece se chamar Chess, Chester ou algo assim na lavanderia que pegou fogo na rua Flórida, a uns cinco quarteirões da praça.

— Como? — Houve um longo momento de silêncio enquanto Harvey assimilava a informação. — Darryl Chesswood? Ele está morando na casa da filha. Ela fez um quarto a mais há um ano quando ele começou a se esquecer de onde morava. Como ousa dizer uma coisa dessas? — Ele parecia extremamente ofendido.

— Essa é minha função — falei e desliguei o telefone gentilmente.

* Expressão latina que significa boa-fé (N.T.).

A cidade de Sarne tinha acabado de receber uma dica por conta da casa.

Eu me deitei na colcha verde e lisa e cruzei as mãos sobre minhas costelas. Não precisava ser sensitiva para prever o que aconteceria. O xerife ligaria para a filha de Chesswood. Ela iria atrás do pai e veria que ele tinha sumido. O xerife provavelmente iria pessoalmente até o local, pois ficaria com vergonha de mandar um assistente em uma missão dessas e então acharia o corpo de Darryl Chesswood.

O homem já idoso tinha morrido de causas naturais, uma hemorragia cerebral, eu acho.

Era sempre animador encontrar alguém que não tinha sido assassinado.

Na manhã seguinte, quanto Tolliver e eu entramos em um restaurante (O Café do Campo) que ficava convenientemente ao lado do hotel, o grupo todo estava lá em uma pequena sala privativa, mas com as portas abertas, assim não havia como não perceberem quando nós dois entrássemos. Os pratos sujos em frente a eles, as duas cadeiras vazias e o bule de café indicavam que éramos esperados. Tolliver me cutucou e trocamos olhares.

Eu estava feliz por já estar maquiada. Em geral só me preocupo com isso depois de tomar meu café da manhã.

Teria sido muita timidez pegar outra mesa, então fui na frente em direção às portas abertas daquela sala de reunião carregando embaixo do braço o jornal que tinha comprado na máquina. A sala, que estava quase lotada, tinha uma grande mesa redonda ao redor da qual várias pessoas influentes de Sarne estavam sentadas olhando para nós. Tentei lembrar se eu havia penteado o cabelo naquela manhã, mas depois me dei conta de que Tolliver me diria se eu estivesse com cara de quem acabou de acordar. Mantenho meu cabelo curto, pois ele tem muito volume e é ondulado. Se eu deixar crescer, ficarei com um arbusto preto para cuidar. Tolliver é um sortudo. O dele é liso e comprido o suficiente para fazer um rabo de cavalo. Às vezes, ele se cansa disso e corta. Atualmente está usando cabelo curto.

— Xerife — falei acenando com a cabeça. — senhor Edwards, senhora Teague, senhor Vale. Como estão todos esta manhã? — Tolliver puxou uma cadeira para mim e me sentei. Aquela era uma cortesia para o público. Ele imaginava que, quanto mais demonstrasse respeito por mim publicamente, mais os outros sentiriam que eu merecia mesmo aquilo. Às vezes funcionava.

A garçonete já havia enchido minha xícara de café e eu tinha dado meu primeiro gole antes de o xerife falar. Desviei o olhar do jornal, ainda dobrado ao lado do meu prato. Eu realmente gosto muito de ler o jornal enquanto tomo café.

— Ele estava lá — Harvey Branscom falou com pesar. O rosto dele estava dez anos mais velho do que na noite anterior e mostrava uma barba branca por fazer.

— O senhor Chesswood, você quer dizer. — Pedi um prato de frutas e iogurte para uma garçonete que pareceu estranhar a escolha. Tolliver recebeu sua rabanada e *bacon* e ainda ganhou um flerte. Tolliver é a perdição das garçonetes.

— Isso — o xerife respondeu. — Darryl Chesswood. Era um grande amigo do meu pai. — Ele deu uma ênfase pesada àquilo, como se o fato de eu dizer a ele onde estava o corpo daquele senhor jogasse certa responsabilidade nas minhas costas.

— Sinto muito por sua perda — Tolliver falou formalmente. Concordei com a cabeça e, depois disso, deixei o silêncio continuar. Tolliver gesticulou me oferecendo mais café, mas levantei a mão para mostrar quão firme eu estava naquela manhã. Tomei mais um grande gole agradecida e acabei com minha xícara. Encostei na de Tolliver para perguntar se ele ainda queria mais, mas fez que não com a cabeça.

Sob todos aqueles olhares dissimulados, não pude abrir o jornal que eu havia desdobrado na minha frente. Eu devia esperar aqueles brutamontes se decidirem a respeito de algo que já haviam concordado em fazer. Senti certo otimismo quando os vi reunidos e esperando por nós, mas o otimismo diminuía rapidamente.

Vários olhares emanavam dos sarnianos (ou seria sarnenses?). Paul Edwards se inclinou para a frente a fim de contar a conclusão de toda aquela conferência. Ele era um homem bonito e estava acostumado a ser notado.

— Como o senhor Chesswood morreu? — Ele disse como se fosse uma pergunta de bônus.

— Hemorragia cerebral. — Meu Deus, essas pessoas. Olhei para o jornal ansiosamente.

Edwards se recostou como se eu tivesse dado um soco em sua boca. Todos trocaram olhares novamente. Minhas frutas chegaram: melão fatiado duro e sem gosto, abacaxi de lata, uma banana com casca e algumas uvas. Bom, estávamos no outono, é verdade. Quando Tolliver recebeu seus ovos e suas torradas, começamos a comer.

— Desculpe-nos pela hesitação de ontem à noite — Sybil Teague falou. — Especialmente porque parece que você... hã... entendeu que estávamos voltando atrás em nosso acordo.

— Sim, foi exatamente como entendi. Tolliver?

— Foi o que eu achei também — ele respondeu solenemente. — Tolliver tinha as bochechas marcadas pela acne, olhos escuros e uma voz grave e ressonante. Tudo o que ele diz parece significativo.

— Acho que só fiquei com um pouco de medo. — Ela tentou fazer charme com uma expressão de desculpa no rosto, mas não funcionou comigo. — Quando Terry me disse o que ouviu sobre você e quando Harvey concordou em chamá-la, não tínhamos ideia de onde estávamos nos metendo. Contratar alguém como você é algo que nunca fizemos antes.

— Não existe ninguém igual a Harper — Tolliver falou sem emoção. Ele tinha levantado a cabeça e olhava todos nos olhos.

Aquilo desconcertou Sybil Teague. Ela teve de fazer uma pausa e se concentrar.

— Tenho certeza de que você está certo — ela falou, soando pouco sincera.

— Agora, senhorita Connelly, podemos voltar ao trabalho que todos esperamos que você faça.

— Para começar — Tolliver interrompeu limpando o bigode com o guardanapo. — Quem vai pagar Harper?

Eles o encararam como se aquilo fosse algo estranho.

— Vocês são, obviamente, os executivos da cidade, apesar de eu não ter muita certeza do que o senhor Edwards faz. Senhora Teague, você pagará Harper por fora ou ela entrará na folha de pagamentos da cidade?

— Eu pagarei a senhorita Connelly — Sybil Teague falou. Havia bem mais formalismo em sua voz agora que o dinheiro tinha sido mencionado. — Paul está aqui como meu advogado, e Harvey é meu irmão. — Evidentemente, Terry Vale não era nada dela. — Agora vou dizer o que gostaria que fizesse. — Os olhos de Sybil se encontraram com os meus.

Olhei novamente para o meu prato enquanto tirava as uvas do cacho.

— Você quer que eu procure por uma pessoa desaparecida — falei de uma vez. — Como sempre. — Eles preferem quando dizemos que a pessoa está desaparecida em vez de falar que procuraremos pelo corpo, que é o mais certo.

— Isso, mas ela era uma garota bem atirada. Pode ser que tenha fugido. Não temos certeza absoluta... nem todos nós temos certeza... de que ela esteja mesmo morta.

Como se eu não tivesse ouvido aquilo antes.

— Então temos um problema.

— Que é? — Ela estava ficando impaciente, não devia estar acostumada ao fato de as pessoas questionarem o que ela queria, pensei.

— Só encontro pessoas mortas.

— Eles já sabiam — falei para Tolliver em voz alta enquanto caminhávamos de volta para nossos quartos. Eles já sabiam que eu não encontro pessoas vivas. Não consigo fazer isso.

Eu estava ficando irritada, e isso era uma besteira.

— Claro que eles sabem — ele respondeu calmamente. — Talvez

apenas não queiram admitir que ela esteja morta. As pessoas são assim. É como se... se fingirem que há esperança, então haverá esperança.

— Acho que estão desperdiçando meu tempo.

— Sei que estão — Tolliver continuou. Mas eles não conseguem evitar.

Terceiro *round*.

Paul Edwards, o advogado de Sybil Teague, tinha tirado o palito menor e por isso estava agora em meu quarto. Imagino que os outros tenham voltado a suas rotinas.

Tolliver e eu tínhamos nos acomodado nas duas cadeiras ao lado da mesa padrão (e barata) do hotel. Finalmente comecei o meu jornal e Tolliver lia um livro do tipo capa, espada e magia que tinha encontrado largado no último hotel em que ficamos. Olhamos um para o outro quando ouvimos alguém bater à porta.

— Aposto que é o Edwards — falei.

— Branscom — ele retrucou.

Sorri para ele por trás do advogado enquanto fechava a porta.

— Se concordarem, depois de toda nossa discussão — o advogado começou meio que se desculpando —, pediram-me para levá-los ao local indicado.

Olhei o relógio. Eram nove horas. Eles demoraram quarenta e cinco minutos para chegar a um consenso.

— E esse local seria...? — Deixei minhas palavras no ar.

— O local do provável assassinato de Teenie "Monteen" Hopkins. E do assassinato, ou talvez suicídio, de Dell Teague, o filho de Sybil.

— Mas eu tenho que achar um corpo ou dois? Se forem dois, o preço é mais alto.

— Sabemos onde Dell está — Edwards disse surpreso. — No cemitério. Você só precisa achar a Teenie.

— Estamos falando de uma floresta? Qual o tipo de terreno? — Tolliver perguntou já pensando de forma prática.

— Floresta com muitas árvores. Terreno íngreme em alguns lugares.

Sabendo que iríamos para a região montanhosa de Ozarks, trouxemos os equipamentos necessários. Calcei minhas botas de caminhada, vesti um casaco grosso azul brilhante e botei uma barra de chocolate, um compasso, uma garrafa d'água pequena e o celular com a bateria carregada nos bolsos. Tolliver passou pela porta que conectava nossos quartos e voltou vestido e preparado como eu. Paul Edwards nos assistiu com uma fascinação peculiar. Ele estava tão interessado que se esqueceu do quanto era bonito, mas só por alguns minutos.

— Imagino que façam isso o tempo todo — ele falou.

Amarrei bem meus cadarços mantendo certo nível de conforto e fiz dois laços. Depois peguei um par de luvas.

— Sim — respondi. — É o que faço. — Pendurei um cachecol vermelho de lã no pescoço. Eu o enrolaria bem quando ficasse frio de verdade. Aquele cachecol não era apenas para esquentar. Ele também era bem chamativo. Eu me olhei no espelho e achei que estava bom.

— Não acha isso um pouco deprimente? — Edwards perguntou como se não pudesse se conter. Agora havia certo calor em seus olhos que não estava ali antes. Ele lembrou que era um cara bonito e eu, uma garota jovem.

Quase respondi "Não, acho muito lucrativo". Mas sei que as pessoas acham que meu modo de ganhar dinheiro é desagradável, e essa resposta teria sido apenas uma parte da verdade.

— É um trabalho que faço para ajudar os mortos — acabei dizendo, o que também era verdade.

Edwards assentiu como se eu tivesse dito algo profundo. Ele queria que todos fôssemos em seu Outback, mas preferimos ir com o nosso carro. Sempre fazíamos isso (desde que um cliente nos deixou na floresta a trinta quilômetros da cidade, irritado por eu não ter conseguido encontrar o corpo de seu irmão. Sei que o corpo estava em algum lugar a oeste da área que estávamos, mas ele não quis pagar por uma busca mais longa. Não é minha culpa que o irmão dele tenha vivido o suficiente para cambalear até o riacho. Enfim, tinha sido uma caminhada bem longa até a cidade).

Esvaziei minha mente enquanto seguíamos Edwards para noroeste entrando na região das Ozarks. A vegetação era linda nessa época do ano e isso atraía um monte de turistas. A estrada cheia de curvas e que ia subindo a região montanhosa estava cheia de barraquinhas vendendo pedras e cristais, "artesanato genuíno das Ozarks", e todos os tipos de geleias e doces caseiros. Em todas elas tinha alguma frase caipira, uma estratégia de *marketing* que eu não compreendia. "Nós éramos ignorantes, desdentados e pitorescos. Pare e descubra se ainda somos assim!".

Fiquei observando as árvores enquanto viajávamos para as profundezas frias e brilhantes da floresta. Por todo o caminho, recebi sinais de intensidade variada.

Há pessoas mortas em todo lugar, isso é óbvio. Quanto mais antiga for a morte, menos eu consigo escutar.

É difícil descrever, mas claro que é exatamente o que todos querem saber, como é a sensação de sentir uma pessoa morta. É como ouvir uma abelha zumbindo dentro de sua cabeça, ou então o barulho de um contador Gêiser, um som irregular e persistente que aumenta conforme eu me aproximo do corpo. Tem algo de elétrico na coisa também; posso sentir o zumbido por todo o meu corpo. E imagino que isso não seja muito surpreendente.

Passamos por três cemitérios (um bem pequeno e antigo) e um local secreto de sepultamento de índios, um morro que foi sendo modelado pelo tempo e que agora parecia apenas uma colina circular. Aquele local antigo mandava um sinal bem fraco; era como ouvir uma nuvem de pernilongos bem longe.

Eu estava bem conectada à floresta e à terra quando Paul Edwards encostou o carro. As árvores estavam tão próximas da estrada que era difícil estacionar e ainda deixar espaço para que outros carros passassem. Imaginei que Tolliver estivesse preocupado que alguém viesse muito rápido e acertasse o Malibu. Mas ele não falou nada.

— Me diga o que aconteceu — perguntei ao homem de cabelos escuros.

— Você não pode simplesmente procurar? Por que precisa saber? — Ele estava desconfiado.

— Se conhecer algum detalhe da situação, posso procurar por ela de uma forma mais inteligente — respondi.

— Certo. Bom, na última primavera, Teenie veio até aqui com o filho da senhora Teague, que também é sobrinho do xerife Branscom, Sybil e Harvey são irmãos. O nome do filho dela era Dell e ele era o namorado de Teenie há dois anos, entre idas e vindas. Os dois tinham dezessete anos. Um caçador encontrou o corpo de Dell. Ele tinha levado um tiro ou atirado em si mesmo. Nunca acharam Teenie.

— E como a localização deles foi descoberta? — Tolliver perguntou apontando para o pequeno caminho onde estávamos.

— O carro deles estava parado exatamente onde estacionamos. Estão vendo aquele pinheiro meio caído? Aquele apoiado por outras duas árvores? É um ótimo marcador para alguém se lembrar de um lugar próximo. Dell estava desaparecido há quatro horas quando uma das famílias que vivem por aqui ligou para Sybil falando do carro. Em seguida já tinha gente procurando por aí, mas, como falei, ainda demoraram algumas horas até que ele fosse encontrado. Logo depois da descoberta do carro, começou a chover e não parou por várias horas. Isso fez o cheiro deles sumir, e os cães farejadores não puderam mais ajudar.

— Por que ninguém estava procurando por Teenie?

— Ninguém sabia que ela estava com Dell. A mãe de Teenie não deu por sua falta por umas vinte horas, talvez mais. Ela não sabia sobre Dell e por isso demorou em ligar para a polícia.

— Isso tudo aconteceu há quanto tempo?

— Uns seis meses mais ou menos.

Tinha algo estranho nessa história.

— E por que só fomos chamados agora?

— Porque metade da cidade acha que Teenie foi morta e enterrada por Dell, que depois teria se matado. E isso está deixando Sybil maluca.

A mãe de Teenie não tem muito dinheiro, mesmo que quisesse chamar vocês, não poderia pagar. Sybil decidiu financiar a coisa após ouvir Terry falar de vocês. Ele foi a uma reunião de prefeitos e conversou com o chefão de uma pequena cidade em Arklatex.

Olhei para Tolliver.

— El Dorado — ele murmurou, e assenti um segundo depois me lembrando.

— Sybil não suporta o peso da suspeita — Paul Edwards falou. — Ela gostava de Teenie, mesmo a garota sendo meio louquinha, e acreditava que a menina seria parte da família um dia.

— Não há um senhor Teague? — Perguntei. — Ela é viúva, certo?

— Sim, Sybil ficou viúva recentemente. E também tem uma filha, Mary Nell, que tem dezessete anos.

— E por que Teenie e Dell estavam aqui?

Ele deu de ombros com um meio sorriso no rosto.

— Essa é uma pergunta que ninguém fez. Quer dizer, caramba, os dois tinham dezessete anos e estavam na floresta na primavera... acho que todos pensamos que era meio óbvio.

— Mas eles pararam lá na estrada. — Aquilo era óbvio, mas aparentemente não tanto para Paul Edwards. — Jovens querendo transar teriam escondido melhor o carro. Garotos de cidades pequenas sabem como é fácil serem vistos.

Edwards pareceu surpreso e seu rosto magro e bronzeado se fechou com pensamentos repentinos e nem um pouco bem-vindos.

— Poucos carros passam nesta estrada — acabou falando, mas sem muita convicção.

Coloquei meus óculos escuros. Edwards olhou desconfiado para mim mais uma vez, pois era um dia nublado. Fiz um aceno de cabeça para Tolliver.

— Em frente, Macduff — Tolliver falou, mas Paul Edwards não entendeu. O colégio que ele frequentou deve ter encenado *Júlio César* em vez de *Macbeth.* Tolliver gesticulou em direção às árvores e Edwards, parecendo aliviado em cumprir sua missão, começou a nos levar morro abaixo.

Era uma descida íngreme e Tolliver ficou ao meu lado como sempre fazia. Ficava distraída e ele sabia que eu podia cair. Isso já havia acontecido.

Depois de vinte minutos de uma descida cuidadosa e lenta, dificultada ainda mais pelas folhas escorregadias que cobriam o solo, chegamos a um grande carvalho caído cercado de folhas, galhos e outros detritos. Era fácil ver que uma chuva forte carregava aquelas coisas morro abaixo e as depositava contra a árvore.

— Dell foi encontrado aqui — Paul Edwards falou apontando para o lado do carvalho que dava para a descida. Não fiquei surpresa por terem demorado dois dias para encontrar o corpo de Dell Teague, mesmo na primavera, mas fiquei espantada com a localização do cadáver. Ainda bem que eu tinha colocado os óculos escuros.

— Ao lado do tronco? — Apontei para ter certeza de onde era.

— Sim — Edwards respondeu.

— E ele tinha uma arma? Estava ao lado do corpo?

— Bom, não.

— Mas a teoria não era a de que ele havia atirado em si mesmo?

— Sim, foi o que a polícia declarou.

— Temos um problema bem óbvio aí.

— O xerife achou que a arma pode ter sido pega por um caçador que não reportou o fato. Ou talvez um dos caras que encontraram Dell pode ter ficado com ela, afinal, armas são caras e todos aqui usam algum tipo delas. — Edwards deu de ombros. — Ou Dell pode ter atirado nele mesmo do outro lado do tronco e caído sobre ele, assim a arma teria escorregado pelo morro para bem longe e ficado escondida.

— E os ferimentos... quantos eram?

— Dois. Um arranhão ao lado da cabeça, que foi contado como... uma primeira tentativa. E o outro no olho.

— Então os dois ferimentos foram considerados tentativas de suicídio, o primeiro sem sucesso e o outro não, e nenhuma arma foi encontrada. E ele estava ao lado do tronco.

— Sim, senhora. — O advogado tirou o chapéu e o bateu contra a perna.

Estava tudo errado. Mas talvez...

— Como estava o corpo? Em que posição?

— Como assim? Quer que eu mostre a você?

— Quero. Você o viu?

— Sim, senhora, vi sim. Vim aqui identificar o corpo. Não queria que a mãe dele o visse assim. Sybil e eu somos amigos há anos.

— Então me ajude e fique na posição em que Dell estava, pode ser?

Edwards estava com cara de que queria estar em outro lugar. Ele se ajoelhou e cada linha de seu corpo denunciava a relutância. De frente para a árvore caída, ele apoiou uma mão nela e se deitou. As pernas se dobravam na altura do joelho e ele estava deitado sobre o lado direito do corpo.

Tolliver parou atrás de mim.

— Está tudo errado — sussurrou no meu ouvido.

Assenti com a cabeça.

— Certo, obrigada — falei alto. — Paul Edwards ficou em pé rapidamente.

— Não entendo por que quer ver a posição em que Dell estava — ele falou tentando ao máximo não se acusar. — Estamos procurando por Teenie.

— Qual o sobrenome dela? — Não que aquilo importasse na busca, mas eu tinha esquecido e saber o nome completo era sinal de respeito.

— Teenie Hopkins. Monteen Hopkins.

Eu ainda estava do lado do tronco que dava para a subida da montanha, então comecei a dar a volta para o outro lado. Parecia apropriado e também era um jeito de começar tão bom quanto qualquer outro.

— Você pode subir e voltar para o seu carro — ouvi Tolliver falando para nosso acompanhante relutante.

— Vocês podem precisar de ajuda — Edwards falou.

— Se precisarmos, subo e chamo você.

Não me preocupava em nos perder. O trabalho de Tolliver era evitar que isso acontecesse e ele nunca tinha falhado comigo, a não ser uma vez, no deserto, e tirei um barato por tanto tempo que ele quase enlouqueceu. É claro que, como quase morremos, aquela era uma lição que valia a pena ser reforçada.

Seria melhor se eu pudesse caminhar com os olhos fechados, mas nesse tipo de terreno seria algo bem perigoso. Os óculos escuros ajudavam bloqueando um pouco as cores e a vida ao meu redor.

Nos primeiros trinta minutos de esforço naquela descida inclinada, tudo o que senti foram silvos fracos de mortos muito antigos. O mundo está cheio de gente morta.

Quando me convenci de que Paul Edwards não poderia ter nos seguido, independentemente de quão ágil e silencioso ele fosse, fiz uma pausa em um afloramento rochoso e tirei os óculos escuros. Então olhei para Tolliver.

— Que monte de besteiras — ele falou.

— Ah, jura?

— A arma está desaparecida, mas foi um suicídio? Recebeu dois tiros, e ainda é um suicídio? Eu até engoliria uma das explicações, mas as duas não dá. E qualquer um que fosse se suicidar se sentaria no tronco e pensaria a respeito. Ele não ficaria em pé do lado de baixo de um marcador desses. Os suicidas *sobem*. — Tínhamos experiência naquilo.

— Além disso — falei —, ele caiu sobre a mão que estaria segurando a arma. Se por um grande acaso isso acontecesse, tenho certeza de que ninguém teria levantado um corpo para roubar uma arma.

— Só alguém com muita coragem.

— E um tiro no olho! Já ouviu falar de alguém que se matou desse jeito?

Tolliver fez que não com a cabeça.

— Alguém deu cabo do garoto — ele falou. Em alguns dias, Tolliver era mais interiorano do que em outros.

— Com certeza — falei.

Pensamos naquilo por um minuto.

— Mas é melhor continuarmos procurando a garota — continuei. Tolliver esperava que eu decidisse o que fazer em relação àquilo.

Ele assentiu.

— Ela também está por aí... — ele disse com um tom meio interrogativo em sua voz.

— Provavelmente. — Recostei a cabeça enquanto pensava naquilo. — A menos que o garoto tenha sido assassinado enquanto tentava evitar que alguém a levasse.

Começamos a andar novamente, e o terreno foi ficando mais fácil, não muito plano, claro, mas também não tão íngreme.

Há maneiras piores de passar um dia de outono do que caminhando por entre árvores com folhas brilhantes e o sol tocando o solo de tempos em tempos quando as nuvens se abrem um pouco. Comecei a prestar atenção com todos os meus sentidos. Seguimos um zumbido na minha cabeça e, quando achamos o corpo, era uma década mais velho do que a garota. Quando estava a um passo do local, eu sabia que o corpo era de um homem negro que morrera por ficar perdido lá. Ele tinha sido enterrado naturalmente por folhas, galhos e terra que desceram pelo morro nos últimos dez anos. Dava para ver costelas escurecidas sob trapos e pedaços de músculo ainda presos nos ossos.

Peguei uma das tiras de pano vermelha que guardo no bolso do casaco e Tolliver pegou um carretel que guarda no grande bolso na perna de sua calça. Amarrei a tira numa ponta do fio e Tolliver prendeu a outra ponta no chão. Tínhamos andando mais ou menos uns quatrocentos metros a sudoeste do tronco caído, anotei aquela informação.

— Acidente de caça? — Tolliver sugeriu.

Concordei com a cabeça. Nem sempre consigo saber exatamente o que aconteceu, mas o momento da morte inspirava aquela sensação: pânico, solidão e um longo sofrimento. Eu tinha certeza de que ele caíra de seu esconderijo e fraturara a coluna, ficando lá deitado até os elementos cobrarem o seu preço. Havia alguns pedaços de madeira ainda pregados na árvore. O nome era Bright? Mark Bright? Era algo assim.

Bom, ele não estava na minha lista. Aquele homem era minha segunda amostra grátis para a cidade. Já era hora de ganhar algum dinheiro.

Começamos a andar novamente e fomos em direção a leste, mas me senti inquieta. Depois de nos afastarmos uns vinte metros dos ossos do caçador, recebi um bem-vindo zumbido alto vindo do norte. E morro acima, o que era meio estranho, mas então lembrei que precisávamos subir para chegar à estrada. E quanto mais próxima da estrada, mais me aproximava dos restos mortais de Teenie Hopkins... ou de uma garota branca e jovem. O zumbido se transformou em um som contínuo e caí de joelhos nas folhas. Ela estava lá. Não inteira, mas uma boa parte. Grandes galhos tinham sido jogados sobre ela para esconder o corpo, mas agora já estavam secos e fracos. Teenie Hopkins tinha passado um longo e quente verão embaixo daqueles galhos. Mas ainda era um cadáver em melhor estado do que o caçador, apesar dos insetos, dos animais e de alguns meses exposta à natureza.

Tolliver se ajoelhou ao meu lado e passou um braço pelos meus ombros.

— Muito ruim? — Perguntou.

Mesmo com os olhos fechados, eu podia sentir o movimento do corpo dele quando sua cabeça girava e checava em todas as direções. Uma vez fomos surpreendidos no local de desova quando o assassino voltou com outro corpo. Que ironia, não?

Aquela era a parte difícil. A pior parte. Normalmente, encontrar o corpo significa simplesmente que tive sucesso. A maneira como a pessoa virou um cadáver geralmente não me afeta. Este é o meu trabalho. Todas as pessoas têm que morrer de um jeito ou de outro. Mas essa coisa apodrecendo aqui... ela correu, correu e correu, a respiração ofegante, reduzida de uma pessoa para um organismo em pânico e então um tiro acertou suas costas e o outro...

Desmaiei.

Tolliver me segurava em seu colo. Estávamos no meio das folhas — de carvalho e de seringueira e de sassafrás e de bordo — que criavam um ondular dourado e marrom e vermelho. Ele estava encostado em uma grande e antiga seringueira e tenho certeza de que estava desconfortável com as grandes raízes embaixo de onde estava sentado.

— Vamos garota, acorda — ele me dizia, pelo tom de voz não era a primeira vez que falava aquilo.

— Já acordei — falei, detestando quão fraca minha voz soou.

— Caramba, Harper. Não faça mais isso.

— Me desculpe.

Encostei meu rosto em seu peito por mais um minuto, suspirei e me firmei ficando em pé. Balancei para a frente e para trás por um segundo até conseguir me estabilizar.

— O que a matou? — Ele perguntou.

— Tiro nas costas. Dois.

Ele esperou para ver se eu acrescentava algo.

— Ela estava correndo — expliquei para que ele entendesse o terror e o desespero dela em seus últimos momentos de vida.

Os últimos minutos raramente são tão ruins assim.

Mas é claro que o meu padrão provavelmente é diferente da maioria das pessoas.

Paul Edwards estava esperando encostado em seu utilitário esportivo prateado e brilhante quando emergimos das árvores. Seu rosto inteiro era uma interrogação, mas nosso primeiro relatório tinha que ser para o cliente. Tolliver pediu que o advogado voltasse para a cidade na frente para ir reunindo o grupo, se a senhora Teague quisesse. Viajamos em silêncio de volta a Sarne, parando apenas em uma loja de conveniência. Tolliver entrou para comprar uma Coca-Cola para mim, uma com açúcar de verdade. Sempre tenho desejo por açúcar depois de encontrar um cadáver.

— Você precisa tomar umas quatro dessas e ganhar um pouco de peso — ele resmungou como sempre.

Eu o ignorei, como sempre, e bebi minha Coca. Me senti bem depois de dez minutos. Até descobrir que o açúcar era como um remédio, às vezes passava o dia todo na cama para me recuperar completamente de uma descoberta bem-sucedida.

O mesmo grupo estaria reunido na sala do delegado, então por um momento fiquei sentada no carro olhando as portas de vidro, relutando a começar aquela parte do trabalho.

— Quer que eu espere na recepção?

— Não, quero que entre comigo — falei e Tolliver assentiu. Fiz uma pausa com uma mão segurando a porta do carro. — Eles não vão gostar disso — concluí.

Ele concordou novamente com a cabeça.

Dessa vez estávamos em uma sala de reuniões. Coubemos direitinho, já que estavam presentes Branscom, Edwards, Teague e Vale, além de Tolliver e eu.

— O mapa — falei para Tolliver, e ele o abriu na mesa. Alinhei a minha frente tudo o que queria dizer, assim poderia chegar logo ao meu objetivo, que era sair rápido daquele escritório e daquela cidade com um cheque em minhas mãos.

— Antes de falarmos do assunto principal — comecei —, quero avisar que também achamos neste local o corpo de um homem negro, morto há mais ou menos dez anos. — Indiquei a marca vermelha que tínhamos feito ali. — Ele morreu por ficar exposto à natureza.

O xerife pareceu estar pensando naquilo.

— Deve ser o Marcus Allbright — falou devagar. — Eu era delegado assistente naquela época. A esposa achou que ele tinha ido embora. Meus Deus. Recolherei o que sobrou dele.

Dei de ombros. Eu não tinha nada a ver com aquilo.

— Agora vamos falar de Teenie Hopkins. — Eles ficaram tensos e Paul Edwards até se inclinou para a frente. — Ela recebeu dois tiros nas costas e seus restos mortais estão aqui. — Encostei meu dedo no local do mapa.

Houve um alto suspiro das pessoas sentadas à mesa.

— Você a viu? — O "Olá, sou TERRY, O PREFEITO" perguntou. Seus olhos estavam arregalados atrás dos óculos de aros finos. O senhor prefeito estava prestes a chorar.

— Vi o que sobrou. — respondi e logo pensei que um aceno de cabeça teria sido suficiente.

— Quer dizer que... — Teague começou a falar incrédula — você a deixou lá? — Harvey Branscom olhou para ela espantado.

Me virei para ela com a mesma expressão.

— É a cena de um crime — falei. — E não faço coleta de cadáveres. Deixo isso para pessoas qualificadas. Você pode ir buscá-la se não quiser que o xerife investigue. — Então respirei fundo. Aquela era a cliente. — Dois tiros nas costas, então ainda não sabemos como tudo aconteceu. Se o seu filho foi morto primeiro, então Teenie foi assassinada pela mesma pessoa. É claro que, se foi o seu filho que atirou nela, então ele se matou depois. Mas duvido que ele tenha se suicidado.

Aquilo a fez ficar quieta, pelo menos temporariamente. Eu tinha completa atenção de todos na sala.

— Ah, meu Deus — Sybil sussurrou.

— E como você sabe que é ela? — o xerife perguntou.

— E como eu acho os corpos? Simplesmente achando. E quando isso acontece, descubro o que os matou. Acredite em mim ou não, isso é problema seu. Vocês queriam que eu encontrasse Teenie Hopkins e eu encontrei o que sobrou dela. Talvez esteja faltando um ou dois ossos, tem animais por lá.

Sybil Teague me olhava com uma expressão extraordinária no rosto. Ela não sabia se me agradecia ou se ficava enojada comigo. Pelo menos eu acreditava que o filho dela não tinha se suicidado. Ela passou as mãos pela calça social marrom dourada várias vezes, alisando a parte da frente de seu casaco e depois o tecido sobre suas coxas.

— Chame Hollis — o xerife falou no interfone, e ficamos todos parados e em silêncio até que um homem uniformizado apareceu. Ele aparentava uns trinta anos, era forte, loiro e tinha olhos azuis e muito curiosos sobre o que estava acontecendo ali. Ele lançou um olhar compreensivo para mim e Tolliver. Agora iria nos conhecer. Ele ficava muito bem de uniforme.

— Senhorita Connelly — o xerife começou. — Vá com Hollis e mostre a ele onde está o corpo.

Hollis ficou surpreso ao perceber que aquilo era mais uma ordem do que um pedido.

— Qual deles? — perguntei, e seus olhos se arregalaram.

— Eu vou — Tolliver falou. — Harper precisa descansar.

— Não, a senhorita Connelly foi quem a encontrou, então precisa ir junto.

Tolliver encarou o xerife, que o encarou de volta. Eu apostava que o xerife queria ter certeza de que eu merecia cada centavo que estava recebendo, então me virei.

— Eu vou — falei e coloquei a mão no braço de Tolliver. — Ficarei bem. — Meus dedos se fecharam sobre o material da jaqueta dele e ficaram ali por um longo momento. Depois soltei e me virei para o policial loiro. — Ele me trará de volta rapidamente — falei por cima do ombro, pois queria que Tolliver ficasse lá enquanto eu fazia o serviço. Ele assentiu e a porta se fechou, fazendo com que eu perdesse a visão dele.

O policial me levou até seu carro.

— Meu nome é Hollis Boxleitner — se apresentou.

— Harper Connelly.

— Aquele cara lá dentro é o seu marido?

— Meu irmão. Tolliver Lang.

— Sobrenomes diferentes.

— Isso mesmo.

— Aonde vamos?

— Vá pela Highway 19 em direção a noroeste.

— Lá onde...

— O garoto foi morto — falei.

— Ele se matou — Hollis corrigiu, mas não muito convicto.

— Hunf — respondi com desdém.

— Como você os encontra?

— O xerife contou a você que eu estava vindo?

— Ouvi uma conversa dele ao telefone. Ele disse que Sybil era louca em chamar você e ficou bravo com Terry Vale por contar a ela o que tinha ouvido a seu respeito.

— Um raio me acertou — falei. — Quando tinha quinze anos.

Ele parecia escolher bem o que ia perguntar.

— Você estava em casa?

— Estava. Eu, Tolliver e minha irmã Cameron... estávamos sozinhos em casa. Minhas duas meias-irmãs estavam cantando em alguma apresentação e minha mãe tinha ido até a escola para assistir. — No estado que minha mãe se encontrava naquela época, era incrível ter se lembrado que tinha filhos. — E então veio a tempestade, por volta das quatro da tarde. Eu estava no banheiro e a pia era próxima da janela que estava aberta. Eu estava em frente à pia olhando no espelho e usando meu *baby liss*. O raio veio pela janela. A única coisa que lembro é estar deitada no chão olhando para o teto com fumaça saindo dos meus cabelos e sem os sapatos. Tolliver fez massagem cardíaca e respiração boca a boca em mim, então a ambulância chegou.

Aquilo era um monte de besteiras, então decidi parar de falar.

Hollis Boxleitner parecia não ter mais nenhuma pergunta, o que foi ótimo e intrigante. Para a maioria das pessoas, aquilo era só a ponta do *iceberg* do que queriam saber. Abracei meu casaco contra o peito e fiquei imaginando como seria bom quando eu pudesse ir dormir lá no hotel. Eu iria me cobrir com vários cobertores e jantaria uma sopa quente. Fechei os olhos por alguns minutos. Quando os abri de novo me senti melhor. Estávamos perto do local.

Instruí o policial a parar quando calculei que, pela atração que senti, aquela era a parte da estrada mais próxima do corpo. Agora que eu sabia onde ela estava, era mais fácil achar o corpo em meu mapa mental. Começamos a nossa caminhada morro abaixo e foi bem mais fácil que a anterior, que ia até o local da morte do garoto. Enquanto descíamos com cuidado, Boxleitner perguntou:

— E agora você encontra pessoas mortas para viver.

— Isso — respondi. — É o meu trabalho.

Eu também sentia dores de cabeça terríveis, minhas mãos tremiam e havia um desenho parecido com uma teia de aranha na minha perna direita, que também era mais fraca que a esquerda. Apesar de correr regulamente para fortalecer os músculos e de andar para cima e para baixo em morros íngremes, hoje minha perna havia ficado meio trêmula. Me encostei em uma árvore e apontei para a pilha de folhas que cobria os restos mortais de Teenie Hopkins.

Depois de olhar embaixo dos galhos, Boxleitner vomitou. Em seguida pareceu ficar envergonhado, mas eu não ligava para aquilo. Você precisa ver coisas assim muitas vezes para deixar de se impressionar com o estrago que a natureza e o tempo podem causar nos nossos corpos. E eu imaginava que policiais de cidades pequenas não vissem corpos nesse estado com muita frequência. E provavelmente ele conhecia a garota.

— É pior quando ainda estão no meio do caminho — falei tentando ajudar.

Ele entendeu o que eu quis dizer e concordou veementemente com a cabeça. Voltei até o carro da polícia, deixando-o sozinho para se recompor e fazer o que quer que precisasse fazer oficialmente.

Eu estava encostada na porta da viatura quando Hollis Boxleitner se esforçou para subir o morro limpando a boca com as costas da mão. Para marcar o lugar, ele amarrou um fio laranja de plástico na árvore mais próxima do carro e da estrada. Depois gesticulou para a porta, indicando que eu devia entrar, e dirigiu de volta à cidade em um silêncio formal.

— Teenie Hopkins era minha cunhada — ele me contou quando estacionamos.

Não havia nada para eu dizer.

Deixei que ele entrasse primeiro na delegacia. Tínhamos ficado fora apenas por uns quarenta e cinco minutos, e a turma toda ainda estava reunida. A rigidez no rosto de Tolliver me mostrou que ficaram falando de mim, talvez a respeito da minha taxa de acertos, e ele teve que dar várias explicações. Tolliver odiava fazer isso.

Todos os rostos se voltaram para nós com expressões de indagação: o prefeito parecia curioso; o advogado, cauteloso; o xerife, nervoso e Tolliver, aliviado. Sybil Teague estava tensa e miserável.

— O corpo está lá — Hollis disse rapidamente.

— Tem certeza de que é Teenie? — A senhora Teague parecia... algo entre impressionada e angustiada.

— Não, senhora. Não tenho certeza não, senhora. O dentista poderá nos dizer. Vou ligar para o doutor Kerry. Isso servirá como identificação não oficial. Vamos precisar mandar os restos mortais para Little Rock.

Eu tinha certeza de que o corpo era de Teenie Hopkins, é claro, mas Sybil não me agradeceria se eu falasse isso novamente. Na verdade, ela me olhava com um pouco de desgosto. Era o tipo de atitude que eu já tinha visto várias vezes. Ela tinha me contratado e me pagaria uma boa quantia de dinheiro, mas não queria acreditar em mim. E ficaria feliz se eu estivesse errada, além de não me considerar sua pessoa favorita, apesar de eu ter trazido a informação que ela buscava... a informação que fez com que ela tivesse o enorme trabalho de me trazer até Sarne para conseguir.

Talvez, quando comecei a fazer meu trabalho, eu até conseguisse simpatizar com aquele tipo de atitude meio perversa, mas agora não mais. Isso só me deixava mais cansada.

2

Ninguém queria ou precisava falar mais com a gente. Além do que, só de me ver o prefeito Terry Vale sentia arrepios. Ele era o que menos tinha ligação com o caso, tanto que eu nem conseguia entender por que ainda estava lá, mas os outros pareciam preocupados com seu emocional, então Tolliver e eu resolvemos ir embora.

Uma série de telefonemas revelou que o dentista de Teenie, o doutor Kerry, estaria fora da cidade pelos próximos quatro dias. O corpo só poderia ser identificado em Little Rock. O xerife Branscom ligou para o instituto da polícia forense estadual e disseram que, assim que recebessem o corpo, a primeira coisa que fariam seria confirmar sua identidade, antes de todo o resto do trabalho. Como o instituto criminal do Arkansas é conhecido por estar sempre atrasado e cheio de trabalho, aquela era uma bela concessão. Branscom tinha uma cópia dos registros da arcada dentária de Teenie para mandar com o corpo.

Não receberíamos o cheque de Sybil até que houvesse confirmação de que o corpo fosse de Teenie Hopkins, então parece que ficaríamos presos em Sarne por no mínimo vinte e quatro horas, um dia inteiro sem nada para fazer. Sempre passamos tempo esperando, mas isso não é fácil.

— O hotel tem HBO — Tolliver falou. — Talvez possamos ver um filme que ainda não assistimos.

Mas, depois de darmos uma olhada na programação, descobrimos que já tínhamos visto todos os filmes que nos interessavam, então Tolliver resolveu ir atrás da garçonete de onde comemos. Não que ele tenha dito com todas as letras que faria isso, mas imaginei.

Estava agitada demais para ler ou seguir meu plano de cair na cama e dormir. Resolvi cuidar das minhas unhas apenas para ter o que fazer.

Então peguei meu *kit* de manicure e comecei a pintar as unhas dos pés de um vermelho muito vivo quando Hollis Boxleitner bateu à porta.

— Posso entrar? — Ele perguntou. Me inclinei para olhar por trás dele e ver se estava com a viatura. Não. Apesar de ainda estar de uniforme, tinha vindo até aqui com seu próprio carro, uma picape Ford azul elétrica.

— Tudo bem — falei, deixando a porta aberta para aquele belo dia, algo de que o policial alto não reclamou.

Hollis Boxleitner se sentou em uma das cadeiras e eu fui para a outra, depois de oferecer a ele uma lata de refrigerante que estava molhada de tão gelada. Ele a abriu e deu um gole. Apoiei o pé na mesa e continuei o que estava fazendo.

— Quer descer até o restaurante e comer um frango frito?

— Não, obrigado. — Passava um pouco da uma da tarde e isso queria dizer que eu deveria comer, mas ainda não estava com fome.

— Não é muito chegada em calorias, né? Você ficaria bem com um pouco mais de carne.

— Não gosto muito de calorias mesmo. — Passei o pincel bem devagar por toda a extensão da unha do dedão do pé.

— O seu irmão está lá embaixo batendo um papo com a Janine.

Dei de ombros.

— E que tal irmos ao Sonic?

Dei uma olhada para ele, que continuava com uma expressão meio inquisidora.

— O que você quer? — perguntei. Não gosto de ser manipulada.

Ele olhou para mim e colocou o refrigerante na mesa.

— Só queria falar um pouco com você sobre Monteen Hopkins, minha cunhada. A garota que você acha que encontramos hoje.

— Não preciso saber mais nada sobre ela. — Era melhor assim, eu já sabia o suficiente. Sabia como tinham sido seus últimos momentos na Terra. Mais pessoal que aquilo era impossível. — E garanto — acrescentei por causa do meu orgulho profissional —, o corpo que encontramos é de Monteen Hopkins.

Ele olhou para as mãos vazias, mãos grandes com pelos dourados.

— Eu estava com medo de que você dissesse isso — falou e ficou em silêncio por um instante. — Vamos pelo menos tomar um *milk-shake*. Fui eu quem vomitou lá no local do crime, e o meu estômago já está dizendo que é hora de comer algo, por isso imagino que o seu já esteja mais do que vazio.

Olhei para ele por um momento tentando descobrir o que queria, mas sem sucesso, afinal ele fazia parte do mundo dos vivos. Finalmente concordei com a cabeça.

Minhas unhas dos pés ainda não tinham secado, então, apesar do friozinho do outono, entrei descalça na picape. Ele pareceu se divertir com aquilo. Hollis Boxleitner era um homem com traços fortes, nariz torto, rosto largo e um sorriso cheio de dentes brancos e brilhantes, apesar de estar bem longe de sorrir naquela hora. Seus cabelos loiros e opacos eram lisos como um vidro.

— Sempre morou aqui em Sarne? — perguntei depois de estacionarmos no Sonic e ele apertar o botão para pedir dois *milk-shakes* de chocolate.

— Moro aqui há dez anos. Me mudei no penúltimo ano do colegial e acabei ficando. Fiz uns dois anos de faculdade, mas mudei de curso no meio.

— E se casou? Foi assim que Teenie virou sua cunhada?

— Isso.

Sacudi a cabeça de forma compreensiva.

— Filhos?

— Não.

Talvez ele soubesse que o casamento não iria durar.

— Minha esposa era a irmã mais velha de Monteen — ele contou. — E ela morreu.

Aquilo foi um choque que me fez suspirar. Enquanto Hollis pagava as bebidas, decidi que iria saber mais sobre Teenie Hopkins querendo ou não.

— Conheci Monteen quando ela tinha treze anos. Eu a encontrei do lado de fora de um bar afastado da cidade enquanto fazia minha ronda. Era óbvio que ela era menor de idade e não podia estar ali. Ela deu em cima de mim dentro da viatura. Mounteen estava completamente fora de controle. Conheci Sally quando levei sua irmã mais nova de volta para a casa naquela noite. — Ele ficou em silêncio por um momento, se lembrando. — Gostei muito de Sally quando a vi pela primeira vez. Era uma garota normal e muito doce. Já Teenie era afiada e selvagem como um porco-espinho.

— Então os Teague não devem ter ficado felizes de o filho deles namorar com ela.

— Pode-se dizer que sim. Teenie puxou à mãe e, naquela época, Helen bebia muito e não escolhia muito quem levava para casa. Mas conseguiu mudar e largou a bebida. Quando a mãe de Teenie sossegou, ela fez o mesmo.

Não era exatamente como Sybil tinha dado a entender em nosso segundo encontro. Guardei aquele fato na memória para usar futuramente.

— Como você foi contratada? — ele perguntou.

Suguei forte o canudo pensando naquela mudança abrupta de assunto. Aquele *milk-shake* estava muito bom, mas foi um erro pedir uma bebida gelada em um dia frio e ainda estando descalça. Comecei a tremer.

— Por causa de um boca a boca. Foi assim que me contrataram. Terry Vale ouviu algo sobre mim em uma conferência de prefeitos. Pessoas da lei conversam umas com as outras em conferências ou pela internet. E também saíram algumas matérias em uma ou duas revistas.

Ele assentiu.

— Imagino que você não possa fazer propaganda.

— Às vezes até fazemos, mas é difícil encontrar as palavras certas.

— Entendo perfeitamente. — Ele sorriu meio relutante e depois voltou a ser apenas intenso. — Você apenas... sente eles?

Fiz que sim.

— Vejo os últimos momentos. Como um pequeno *trailer.* Pode ligar o ar quente, por favor?

— Sim, já vamos indo também. — Um minuto depois, saímos do Sonic e começamos a passear por Sarne.

— Qual o tamanho da força policial daqui? — Estava tentando ser educada. Havia uma corrente subterrânea ali e a água se movia cada vez mais rápido.

— Que trabalhe o tempo todo além de mim? O xerife e mais dois policiais atualmente.

— Pouca gente.

— Não durante esta estação. Atualmente só temos as pessoas que gostam das folhas, que vêm aqui para ver a mudança das cores. Elas são bem calmas. — Ele sacudiu a cabeça pensando nas pessoas que faziam uma pausa na vida para observar um monte de folhas. — Na temporada de verão, contratamos seis temporários que ajudam com o trânsito e o resto.

O salário de Hollis Boxleitner devia ser baixo. Ele era um homem jovem e parecia ser capaz e inteligente. O que estaria fazendo parado ali em Sarne? Certo, não era da minha conta, mas eu estava curiosa.

— Herdei a casa dos meus pais aqui — ele falou como se estivesse respondendo à pergunta que não fiz. — Morreram quando um caminhão de madeira bateu no carro deles. — Quando eu disse que sentia muito, ele assentiu com a cabeça, não querendo falar da morte deles, o que era bom. — Gosto das caçadas, da pesca e das pessoas. No verão, sempre passo um tempo ajudando o meu cunhado, que tem um negócio de *rafting* e aluguel de equipamentos para turistas. Trabalho muito durante três meses, e isso me ajuda a fazer uma boa economia. O que o seu irmão faz quando não está ajudando você?

— Ele está sempre comigo.

Hollis me olhou como se estivesse educadamente engolindo seu desprezo.

— Ele não faz mais nada?

— É o suficiente. — Só de pensar em cuidar de tudo sozinha me deu um calafrio.

— E quanto você cobra por seus serviços? — ele perguntou olhando para a rua à frente.

Torci para aquela pergunta não significar nada além de curiosidade e fiquei em silêncio.

Demorou um pouco para que Hollis ficasse desconfortável, mais do que acontecia com as pessoas em geral.

— Quero contratar você — ele falou explicando sua pergunta.

Eu não esperava aquilo.

— Cobro cinco mil dólares — falei. — A serem pagos quando o corpo for identificado.

— E se a localização do corpo for conhecida? Você pode dizer como foi a morte, certo?

— Posso. É claro que cobro menos se não tiver que encontrar o corpo. — Às vezes as famílias querem somente uma sugestão sobre a causa da morte.

— Você já errou?

— Não que eu saiba. — Olhei pela janela para a cidade que passava. — Isso quando encontro o corpo, o que nem sempre acontece. Às vezes não há informações suficientes para me dizerem onde procurar. Como a garota dos Morgenstern.

Eu me referia ao caso que tinha sido manchete no ano anterior. Tabitha Morgenstern tinha sido sequestrada em uma rua de subúrbio em Nashville e nunca mais foi vista.

— Saber apenas o local onde a pessoa desapareceu não é o suficiente. Ela pode ter sido largada em qualquer lugar, no Tennessee, Mississippi ou Kentucky. Não havia informações suficientes. Tive que dizer aos pais dela que não podia fazer nada.

Apesar do cemitério ainda não estar visível, sabia que estávamos perto de um por causa do formigamento na minha pele.

— Quantos anos tem esse cemitério? Imagino que seja o mais novo da cidade, não?

Ele parou no acostamento tão abruptamente que quase não consegui segurar meu *milk-shake*. Então me olhou com o rosto vermelho. Eu o tinha assustado.

— Como é que você sabia... você e seu irmão passaram por aqui mais cedo?

— Não. — Estávamos bem longe de qualquer rua que os turistas ou visitantes pegariam, um pouco mais para o interior da cidade e distante de atrações turísticas. — É apenas o que eu faço.

— É o cemitério novo — Hollis falou com a voz falhando. — O antigo é...

Virei a cabeça de um lado para o outro fazendo uma estimativa.

— A sudoeste daqui. A uns seis quilômetros.

— Caramba, mulher, você é assustadora.

Dei de ombros. Aquilo não me pareceu nada assustador.

— Posso pagar três mil. Poderia me ajudar?

— Sim, eu aceito. E como não fizemos uma análise de crédito com você, vou precisar do pagamento adiantado.

— Você é bem prática. — O tom de voz dele não indicava que fosse um elogio.

— Não sou não. É por isso que em geral Tolliver cuida dessa parte. — Terminei meu *milk-shake* fazendo barulho com o canudo no fundo do copo.

Hollis fez a volta e tomou a direção da cidade, entrando em um *drive-thru* do banco. A caixa fez o máximo para não parecer surpresa quando ele informou o valor que queria sacar e também tentou não me encarar. Eu queria dizer a Hollis que, se por acaso eu fizesse algum outro trabalho, ele não estaria ali todo irritado. Se eu fizesse faxina, ele não pediria que eu limpasse a casa dele de graça, certo? Meus lábios se abriram, mas eu hesitei para não ter que me justificar.

Ele colocou o dinheiro, ainda no envelope do banco, nas minhas mãos. Eu o guardei no bolso do casaco sem dizer nada. Voltamos pelo caminho que levava ao cemitério e paramos em uma rua sinuosa de cascalho que serpentava pelas tumbas. Ele desligou o carro.

— Vamos. O túmulo é por aqui.

O dia tinha clareado e estava brilhante quando vi grandes folhas de plátano girando como rodas levadas pelo vento por cima da grama que morria.

— Embalsamar os mortos os deixa mais silenciosos.

Os olhos dele se acenderam. Estava pensando que falsifiquei meus resultados e, agora, ele tinha dado um jeito de me desmascarar. E que pegaria o dinheiro de volta. Havia uma tonelada de dúvidas sobre os ombros dele.

Andei cautelosamente até o túmulo mais próximo com o chão frio sob meus pés descalços. Como o cemitério é um lugar tão cheio de morte, tenho dificuldade em conseguir leituras claras. Quando as emanações dos cadáveres competem umas com as outras e se misturam com os efeitos do processo de embalsamá-las, é preciso chegar o mais perto possível para conseguir algo.

— Homem branco de meia-idade, morreu de... ataque cardíaco fulminante. — Falei com os olhos fechados. Seu nome era Matthew ou algo parecido.

Houve um silêncio enquanto Hollis lia a lápide. Depois ele resmungou:

— Isso mesmo. — Depois respirou fundo. — Me siga. Mantenha os olhos fechados. — Senti a mão dele pegando a minha e me conduzindo com cuidado até outra cova. Me concentrei bem fundo na minha habilidade interior que nunca havia falhado comigo.

— Um senhor muito idoso. — Sacudi a cabeça. — Acho que ele simplesmente morreu de velhice.

Fui levada até outra tumba mais distante.

— Mulher, sessenta e poucos anos, acidente de carro. O nome era Turner, Turnage? Acho que era alcoólatra.

Voltamos ao nosso caminho original e eu sabia pela tensão em seu corpo que aquele seria o túmulo que ele queria ir desde o começo. Quando chegamos lá, me ajoelhei. Soube de cara que era uma morte violenta. Respirei fundo e me concentrei na terra abaixo.

— Oh — falei bruscamente. Aos poucos percebei que, como Hollis pensava muito naquela pessoa morta, aquilo me ajudava a chegar nela.

Eu podia ouvir a água correndo na banheira. A casa estava quente e a janela, aberta. Uma brisa entrava por aquela janela alta do banheiro. De repente... “Me solta!”, ela falou, mas parecia que eu era a mulher e eu também falava. E então a "nossa" cabeça estava embaixo d'água e olhávamos para o teto pontilhado, sem poder respirar, e então nos afogamos.

— Alguém a segurou pelos tornozelos — falei já de volta ao meu corpo e viva. — Alguém a segurou embaixo d'água.

Depois de um longo momento, abri meus olhos e vi a lápide à minha frente. Estava escrito *Sally Boxleitner. Amada esposa de Hollis.*

— O legista falou que não conseguia entender. Eu autorizei a autópsia e os resultados foram inconclusivos. Ela poderia ter desmaiado e afundado, dormido na banheira ou algo assim. Eu não conseguia entender como ela não tinha se salvado. Mas não havia nenhuma evidência.

Só fiquei olhando para ele. Pessoas sofrendo assim são imprevisíveis.

— Choque vagal — murmurei. — Ou talvez se chame inibição vagal. As pessoas não conseguem fazer um esforço nem sequer reagir se for muito repentino.

— Já viu isso antes? — Havia lágrimas em seus olhos, lágrimas de raiva.

— Já vi de tudo.

— Alguém a matou.

— Sim.

— E você não consegue ver quem.

— Não, não vejo quem. Vejo o "como" quando encontro o corpo. Sei que não foi você. Se fosse o assassino e estivesse bem perto da vítima, eu saberia. — Ele não precisava ter dito nada. Era exatamente por causa dessas coisas que eu precisava que Tolliver falasse por mim. Comecei a sentir falta dele, o que era ridículo. — Pode me levar de volta ao hotel, por favor?

Ele fez que sim com a cabeça ainda perdido em seus pensamentos. Começamos a voltar por entre as lápides. O sol ainda brilhava e as folhas continuavam rolando sobre a grama marrom, mas o dia já estava esfriando. Comecei a tremer de leve enquanto meus pés se moviam pela grama aparada e gelada. No meio do caminho para a picape de Hollis, parei para ler o nome no maior mausoléu do cemitério. Havia pelo menos oito covas no espaço marcado com o nome *Teague*.

Ótimo. Andei com cuidado até o que tinha gravado o nome Dell. Ele estava ali, enterrado não muito fundo no solo das Ozarks. Parei um segundo para pensar que tinha sorte de a conexão com mortos embalsamados nunca ser tão dramática quanto com um cadáver comum. Hollis jamais pensaria em me dar o suporte que Tolliver dava. Me concentrei novamente com meu sentido extra e tentei não adivinhar o que encontraria quando o dom que ganhei do raio tocasse o corpo de Dell Teague.

Suicídio o caramba, foi a minha reação instantânea e silenciosa. Por que Sybil não me contratou para vir aqui e ler a cova dele primeiro em vez de me mandar para a floresta atrás de Teenie? É claro que este garoto não atirou em si mesmo. Dell Teague tinha sido assassinado assim como sua namorada louquinha. Abri os olhos. Hollis Boxleitner tinha voltado para ver o que eu estava fazendo. Olhei para o rosto duro do policial.

— Não foi suicídio — falei.

Na longa pausa que se seguiu, olhei para o oeste e vi nuvens negras se aproximando rapidamente. A folga que o clima tinha dado estava acabando. Hollis olhou para elas também. Vi um raio de luz passar por entre as nuvens.

— Vamos embora — Hollis falou. — Parece que você carrega a má sorte a seu lado. — Ele sacudiu a cabeça.

Entramos na picape e, no caminho de volta para Sarne, nenhum de nós quebrou o silêncio. Enquanto ele olhava para a estrada, tirei o dinheiro do bolso e coloquei no banco entre nós. No hotel, desci rapidamente do carro, bati e porta e abri meu quarto quase de uma vez. Hollis foi embora sem falar nada. Imagino que tivesse muito no que pensar.

Encostei o ouvido na parede e ouvi movimento. Tolliver tinha voltado. E devia estar com a TV ligada. Mas esperei um minuto, pois já tinha feito suposições parecidas antes e me arrependi, ficando envergonhada. Foi bom ter hesitado um pouco, pois logo em seguida percebi que estava acompanhado. Eu apostava que era Janine, a garçonete de antes. As evidências sugeriam que Tolliver era muito mais atraente para as mulheres do que eu para os homens. Às vezes aquilo me irritava. Não acho que a diferença estivesse exatamente em nossas aparências, e sim no que carregávamos. Suspirei sentindo vontade de mostrar a língua ou chutar a parede, algo bem infantil.

Durante alguns minutos, achei que Hollis Boxleitner estava atraído por mim, mas o que ele queria mesmo era o que eu podia oferecer profissionalmente, não pessoalmente.

E uma tempestade se aproximava.

Peguei meu livro e tentei ler. A escuridão aumentava lá fora e depois de dez minutos tive que acender o abajur. Não muito longe dali, ouviu-se o estrondo de um trovão.

Me forcei a ler alguns parágrafos. Queria muito viajar e me esquecer do aqui e do agora. E a melhor maneira de fazer isso para mim era mergulhando em um livro.

Temos uma caixa de livros antigos no banco de trás do carro. Depois que os lemos, deixamos em lugares onde outras pessoas possam encontrar e aproveitar. Se o livro está bem novo, guardamos para trocar. Paramos em todos os sebos que encontramos para renovar nosso estoque. Já li muitas coisas que não havia planejado devido à oferta das lojas, além de ler outros muitos anos depois de terem feito sucesso, o que não me incomodava nem um pouco.

Tolliver não é tão eclético quanto eu. As exceções dele são os romances (que ele considera previsíveis demais) e os livros de espionagem (porque são ridículos), mas lê praticamente todo o resto. Bangue-bangue, mistério, ficção científica e até não ficção, praticamente todos os livros nos acrescentam algo. Agora eu estava lendo uma edição esfarrapada de *Zona quente*, de Richard Preston. Era uma das coisas mais assustadoras que eu já tinha lido, mas preferia o medo da descrição de Preston sobre a epidemia do vírus Ebola do que pensar no barulho dos trovões.

Antes de mergulhar novamente na exploração de Preston em uma caverna na África, dei uma olhada no relógio. Imaginei que a garçonete fosse embora em mais ou menos uma hora. Talvez na hora que a tempestade chegasse Tolliver já estivesse sozinho.

Com o livro aberto na minha frente em cima da mesa barata do quarto, comecei a usar meu *baby liss*. Depois penteei o cabelo. De tempos em tempos, eu olhava para o espelho. Eu estava bem, pensei. Nada mal, na verdade. Mas parecia fraca e pálida.

Meu irmão e eu não éramos parecidos, a não ser pelas cores: cabelos negros e olhos castanhos. Tolliver parecia um cara durão, reservado e até meio ameaçador. Suas bochechas com marcas de espinhas e seus ombros largos davam a ele uma aparência bem máscula.

Mas era eu quem assustava as pessoas.

Outro trovão explodiu no céu, bem mais perto. Nem mesmo o vírus Ebola poderia prender minha atenção agora. Tentei me distrair. A essa hora, o xerife já teria recolhido e mandado o corpo de Teenie Hopkins para Little Rock. Aposto que ficou contente por tê-la retirado de lá antes da chuva. Não deve ter demorado muito, pois não era o local de um crime recente que eles teriam que preservar. É claro que mesmo o mais preguiçoso dos policiais teria examinado a área. Fiquei imaginando se Hollis tinha participado. E se haviam encontrado algo. Devia ter feito mais perguntas a Hollis quando estava em sua picape. Talvez ele estivesse na floresta naquele exato momento.

Mas que diferença faria aquilo tudo? Eu estaria longe bem antes de alguém ser preso. Tamborilei meus dedos na mesa em um ritmo meio ansioso, com meu pé acompanhando. Apaguei o abajur e a luz do banheiro.

Eu iria conquistar aquela coisa. Dessa vez ela não levaria a melhor sobre mim.

O estrondo de um trovão foi seguido por um raio bem luminoso. Pulei uns trinta centímetros. Apesar do *baby liss* não ter fio, achei melhor desligar também. Tirei a televisão da tomada e fui me sentar ao pé da cama no acolchoado verde e brilhante do hotel. Mais um trovão e um raio do lado de fora da janela. Tremia com meus braços cruzados sobre o meu abdome. A chuva começou a cair lá fora batendo no nosso carro e indo violentamente de encontro ao chão. Outro raio. Soltei um pequeno som involuntário.

A porta entre os quartos se abriu e Tolliver entrou com uma toalha enrolada na cintura e o cabelo ainda molhado. Vi algum movimento no quarto dele. A garçonete se vestia com cara de brava.

Ele se sentou na ponta da cama ao meu lado e passou o braço por cima dos meus ombros sem dizer uma palavra sequer. Eu também não disse nada. Tremi e me arrepiei até que os raios acabassem.

3

Sarne parecia ser uma pequena cidade complicada. Eu ficaria feliz quando fôssemos embora de lá. Estava marcado de irmos a Ashdown dali a uns dois dias e eu queria cumprir o combinado. Eu tentava ser tão profissional quanto meu estranho dom permitia.

Às vezes passávamos umas duas semanas seguidas em nosso apartamento em St. Louis e então o telefone começava a tocar sem parar, uma chamada atrás da outra. Com uma agenda de trabalho tão imprevisível, tínhamos que estar prontos para pegar a estrada a qualquer momento. Os mortos poderiam esperar uma eternidade, mas os vivos estavam sempre com pressa.

O xerife me ligou na manhã seguinte, um pouco antes das sete. Normalmente eu teria que correr depois disso, mas um dia após encontrar um corpo e enfrentar uma tempestade é sempre um dia preguiçoso. Olhei para o relógio antes de atender o telefone.

— O corpo é de Teenie. O laboratório em Little Rock confirmou. — Ele falou parecendo cansado, apesar de ser cedo e provavelmente ter acabado de se levantar. — Pode ir pegar seu cheque no escritório de Paul Edwards. — E então desligou. Ele não disse "E não volte mais aqui", mas isso ficou subentendido.

Tolliver entrou no meu quarto já vestido e pronto para o café da manhã, sua refeição preferida, e me olhou quando desliguei o telefone.

— Culparam o mensageiro — falou. — Imagino que tenham confirmado a identidade.

Fiz que sim com a cabeça.

— Não entendo isso. Eles me chamam aqui para encontrar o corpo. Eu faço isso. Então ficam putos comigo e me pagam como se eu tivesse que ter feito tudo de graça.

Ele deu de ombros.

— Acho que até poderíamos fazer de graça se tivéssemos um subsídio do governo ou algo assim.

— Ah, mas é claro, o governo me adora. — Pagar os impostos era algo penoso, não que eu me importasse em dar ao diabo a parte dele, mas porque fazer a contabilidade dos meus ganhos era algo bem difícil. Eu chamava a mim mesma de consultora. Até agora eu tinha conseguido escapar, mas isso acabaria mais cedo ou mais tarde.

Tolliver riu enquanto eu vestia uma camiseta e uma malha. Como eu imaginava que aquele seria o dia de viajar, estava usando calça *jeans*. Sou chata a respeito delas. Essa é a minha preferida e já está gasta em algumas partes.

— Passaremos no escritório de Edwards e pegaremos o cheque quando estivermos indo embora.

— Acho melhor pegarmos o dinheiro logo — falei por causa de outras experiências amargas.

O telefone do quarto tocou novamente, nós nos olhamos e então atendi.

— Senhorita Connelly — uma mulher falou —, Harper Connelly?

— Sim?

— Aqui quem fala é Helen Hopkins. Sou a mãe de Sally e Teenie. Pode vir conversar comigo? — A sogra de Hollis. Será que ele contou o que descobri no cemitério?

Fechei os olhos. *Não* queria fazer aquilo nem um pouco. Mas ela era a mãe de duas mulheres assassinadas.

— Sim, senhora, acho que posso ir.

Ela me passou o endereço e perguntou se eu poderia ir dali meia hora. Falei que demoraríamos uma hora, mas iríamos.

Acabamos demorando um pouco mais de uma hora, pois tivemos que fechar a conta do hotel, colocar as malas no carro e ir até o restaurante onde Janine, a garçonete com quem Tolliver tinha se distraído na tarde passada, nos atendeu de má vontade, me encarando e tentando encostar nele, uma performance bem óbvia e desconfortável. Será que ela achava que eu forçava meu irmão a ficar comigo e o arrastava por todo o país em meus delírios? Será que ela achava que se eu não o influenciasse tanto ele ficaria aqui em Sarne, arranjaria um emprego no mercado e faria dela uma mulher feliz?

Às vezes eu fazia piada com as conquistas dele, mas agora não era o caso. As bochechas de Tolliver estavam vermelhas quando fomos embora e ele não disse nada no caminho até o escritório de Paul Edwards no centro. Era uma casa antiga bem perto da praça e que havia sido pintada de verde-limão e azul-claro, uma combinação estranha que tenho certeza de que quem construiu a casa não aprovaria. Paul Edwards se encaixava na imagem que Sarne queria vender aos turistas, uma cidade antiga e divertida com algo interessante em cada esquina.

— Vou esperar no carro — Tolliver falou.

Imaginei que o advogado tivesse deixado o cheque em um envelope na recepção, mas o próprio Edwards apareceu quando falei meu nome para a secretária. Ele apertou minha mão enquanto a loira de cabelos tingidos e secos olhava cada movimento dele fascinada. E eu entendia. Paul Edwards era um homem charmoso.

Ele me levou ao seu escritório.

— O que posso fazer por você? — Perguntei relutante. Estava pronta para ir embora. Me sentei na cadeira de couro para visitas enquanto ele se encostou na ponta de sua grande escrivaninha.

— Você é uma mulher notável. — Ele sacudiu a cabeça diante do fenômeno da minha notabilidade. Eu não sabia se ria sarcasticamente ou se ficava vermelha. No fim, levantei uma sobrancelha, fiquei em silêncio e esperei para ver o que faria a seguir.

— Em apenas um dia, você fez uma enorme diferença na vida de dois dos meus clientes.

— Como assim?

Helen Hopkins está muito agradecida pelo corpo de Teenie ter sido encontrado. Agora ela pode concluir esse capítulo. E Sybil

Teague está muito aliviada pelo pobre Dell não ser mais vítima das acusações falsas e maldosas que as pessoas vinham fazendo desde o desaparecimento de Teenie.

Digeri aquelas informações em silêncio, imaginando o que é que ele queria me dizer de verdade.

— Se for ficar mais um pouco em Sarne, queria levá-la para jantar e saber um pouco mais sobre você. — Edwards falou. Olhei para seu belo terno, sua camisa branca e seus sapatos reluzentes. Seu cabelo tinha um bom corte e estava penteado, barba feita e seus olhos castanhos brilhavam sinceros.

— Na verdade... — falei devagar — meu irmão e eu partiremos de Sarne daqui a mais ou menos uma hora. Só precisamos passar na casa de Helen Hopkins primeiro, como ela nos pediu. Depois vamos embora.

— Oh, que pena. Perdi minha chance. Talvez um dia, se tiver trabalho aqui por perto, você poderia me ligar. — Ele colocou seu cartão na minha mão.

— Obrigada — falei sem me comprometer e, depois de mais apertos de mãos e olhos nos olhos, saí pela porta do escritório com o cheque na mão.

Tentei contar a Tolliver sobre a estranha reunião, mas acho que ele estava bravo por esperar muito do lado de fora do escritório. E mais, Tolliver estava incrivelmente quieto enquanto procurávamos a humilde casa dos Hopkins, que mais parecida uma caixa em uma rua humilde.

Hollis Boxleitner tinha falado coisas bem ruins sobre o passado da mãe de sua esposa e por isso eu tinha formado uma imagem negativa de Helen Hopkins. Quando ela abriu a porta, me surpreendi ao ver uma mulher magra e arrumada com cabelos castanhos lisos e grandes olhos azuis. Ela tinha sido bela um dia, do jeito que os animais desamparados são. Agora parecia mais uma concha vazia. Ela usava uma camiseta florida e calça bege e tinha um rosto fino como a minha mão.

— Sou Harper Connelly — falei. — E este é o meu irmão, Tolliver Lang.

— Hellen Hopkins. Deus a abençoe por ter vindo me ver — ela falou rapidamente. — Entrem e sentem-se, por favor. — Ela apontou para uma pequena sala de estar que estava lotada de móveis e tão cheia de coisas que demorei um pouco para perceber que também estava muito limpa.

Havia uma estante na parede cheia de vidros promocionais da Avon e uma grande Bíblia repousava na mesinha barata de centro. Dos lados dela, havia duas toalhinhas de crochê engomadas e, exatamente no centro dessas, dois castiçais segurando velas brancas.

Reconheço um santuário quando vejo um.

E tinha as fotos: duas garotas morenas apareciam em todas as partes da sala em idades, começando na parede norte. Sally e Teenie nasceram, foram para a escola, brincaram, dançaram, se formaram na escola primária e no colegial, foram aos bailes de formatura e, no caso de Sally, se casou. Aquela sala era um panorama da vida das garotas, as duas assassinadas. A última era uma foto sombria de um caixão branco coberto com cravos sobre um esquife na frente da igreja. Aquela última foto, com certeza tirada no funeral de Sally, tinha um lugar vazio ao seu lado. Era ali que a foto do caixão de Teenie ficaria. Engoli em seco.

— Já estou sóbria há trinta e dois meses — Helen Hopkins falou e gesticulou para que nos sentássemos em duas apertadas cadeiras com braços do lado oposto ao sofá, onde ela se sentou na ponta da almofada.

— Meus parabéns, fico contente em saber — falei.

— Se você ficou mais de dez minutos nesta cidade, alguém deve ter dito algo ruim sobre mim. Eu bebia e tinha relações pecaminosas durante muitos anos. Mas agora estou sóbria, pela graça de Deus e com muito esforço.

Tolliver concordou com a cabeça para mostrar que estávamos registrando suas palavras.

— Minhas duas meninas estão mortas — ela continuou. A voz dela era firme e dura, mas os músculos de sua mandíbula estavam tensos com a dor. — Não tenho marido há muito tempo. Não tem ninguém para me ajudar a não ser eu, eu mesmo e eu. Quero saber quem a trouxe aqui, o que você é e o que fez naquela floresta para encontrar minha garota. Não sabia de nada disso até Hollis me ligar ontem.

Não dava para ser mais direta do que aquilo. Tolliver e eu nos olhamos, perguntando algo em silêncio. Aquela mulher se parecia com a nossa mãe, quer dizer, a minha mãe, madrasta de Tolliver, a não ser pelo fato de minha mãe ter estudado direito e nunca ter parado de beber. Tolliver deu de ombros em um movimento que apenas eu conseguiria perceber. Respondi com um aceno de cabeça infinitamente pequeno.

— Eu encontro corpos, senhora Hopkins. Fui atingida por um raio quando era criança e foi isso que aconteceu comigo depois. Descobri que simplesmente sabia quando estava perto de um cadáver. E também descobria o que tinha matado aquela pessoa, apesar de não ver quem, no caso de a pessoa ter sido assassinada. — Queria que aquilo ficasse bem claro. — O que sei é como a pessoa morreu.

— Sybil Teague contratou você?

— Sim.

— E como ela soube de você?

— Acredito que foi através de Terry Vale.

— Você sempre acerta?

— Sim, senhora.

— Você acha que o Senhor gosta do que você faz?

— Penso sobre isso o tempo todo — respondi.

— Então Sybil pediu.que viesse aqui e encontrasse Monteen. Ela disse por quê?

— O xerife me disse que todos achavam que o filho dela tinha matado Teenie e ela queria achar o corpo para que descobrissem que aquilo não era verdade.

— E você encontrou Teenie.

— Sim, o xerife Branscom me disse que o laboratório confirmou. Sinto muito pela sua perda.

— Eu sabia que ela tinha morrido — Helen falou com os olhos secos. — Sei desde que ela desapareceu que Teenie tinha passado dessa para melhor.

— Como? — Se ela podia ser direta, eu também podia.

— Senão ela teria voltado para casa.

De acordo com Hollis, Teenie tinha sido uma garota fora de controle igual à mãe. Eu duvidava que Helen estivesse falando seriamente. Mas suas palavras seguintes praticamente responderam minhas dúvidas e imaginei se aquela mulher não era psíquica.

— Ela era uma garota louca e descontrolada — Helen falou devagar — que abusava das coisas porque sabia que podia se livrar de tudo por causa de eu ter sido uma alcoólatra. Mas quando fiquei sóbria, Teenie começou a tomar jeito também.

Ela deu um pequeno sorriso e tentei sorrir de volta. Aquela casca vazia de mulher tivera um charme confiante alguns anos atrás. Ainda dava para ver os traços em seu rosto e em sua postura.

— Eu gostava de Dell Teague — Helen falou devagar como se estivesse pensando bem no que estava dizendo. — Nunca cheguei a pensar que ele tinha matado minha filha. Gostava dele e não tenho nada contra Sybil. Mas eles queriam se casar, e eu não queria que Teenie se casasse cedo do mesmo jeito que a irmã dela. Não que o casamento de Sally tenha sido ruim. Hollis é um bom homem e não o culpo por não gostar de mim. Ele tinha muitas razões. Mas Teenie... ela não precisava se amarrar tão jovem a Dell Teague. Só queria que ela tivesse outras chances. Mas foi bom a Sybil ter pagado para que você procurasse minha menina...

— Hollis contou a você que fomos ao cemitério? — Eu estava tentando fazer com que aquela nuvem de pensamentos tivesse algum sentido.

— Contou. Ele passou aqui ontem e foi a primeira vez que nos falamos em muito tempo. Hollis disse que você descobriu que Sally foi assassinada, que não foi um acidente.

Vi Tolliver se enrijecer e me lançar certo olhar. Ele não gosta que eu vá a esses lugares com outra pessoa nem que faça serviços gratuitos e também não gosta nem um pouco quando não conto tudo a ele.

— Como você faz isso? — Ela perguntou. — Como pode saber? Como posso confiar em você?

Aquelas eram boas perguntas que eu já tinha ouvido antes.

— Não precisa acreditar em nada do que eu digo — falei. — Eu vejo o que eu vejo.

— Acha que foi Deus que deu este dom a você? Ou foi o diabo?

Não ia dizer o que eu pensava para aquela mulher.

— Acredite no que quiser — falei.

— Eu acredito que você viu as minhas duas filhas serem assassinadas — Helen Hopkins falou. Seus grandes olhos azuis pareceram ainda maiores e mais redondos. — Acredito que Deus mandou você para descobrir quem fez isso com ela.

— Não — falei imediatamente. — Não sou um detector de mentiras. Consigo achar os corpos e sei dizer o que os matou. Mas quem e como estão além do que posso fazer.

— Como elas morreram?

— Você não vai querer ouvir isso — Tolliver falou.

— Não, senhor. Isso é um direito meu.

Ela era pequena, mas persistente. *Como um pernilongo*, pensei.

— Sua filha Sally foi afogada na banheira. Ela foi puxada pelos tornozelos e assim a cabeça ficou sob a água. Sua filha Teenie recebeu dois tiros nas costas.

Toda a força se esvaiu de Helen Hopkins enquanto a observávamos.

— Minhas pobres filhinhas — ela falou. — Minhas pobres filhinhas.

Ela olhou para nós sem nos ver de verdade.

— Muito obrigada por vir — ela falou com a voz dura. — Muito obrigada. Estou em débito você. Direi aos pais delas o que me contou.

Tolliver e eu nos levantamos. Helen não falou mais nada.

— Agora vamos embora — Tolliver falou quando já estávamos lá fora. Depois de pararmos no banco para descontar o cheque de Sybil Teague, entramos no carro e rumamos para sul, saindo de Sarne.

Estacionamos em nosso hotel em Ashdown algumas horas silenciosas depois. Tolliver se sentou na cadeira do meu quarto após jantarmos e eu me aninhei na ponta da cama.

— Me conte sobre a saída com o policial — ele perguntou com uma voz meiga, mas eu sabia que era para me enganar. Esperei por aquilo o dia todo.

— Ele apareceu quando você saiu para paquerar a garçonete — falei. E queria que eu fosse dar uma volta com ele. — Tolliver bufou, mas decidi ignorar. — Então ele falou, e falou, e tomamos *milk-shake*, e percebi que ele só queria me levar ao cemitério para que eu dissesse o que havia acontecido com sua esposa.

Eu mal tinha coragem de olhar para o rosto de Tolliver, mas arrisquei uma olhadela. Para meu alívio, ele não ficou com raiva. Ele odiava quando as pessoas se aproveitavam de mim e mais ainda quando era um homem. Mas também não queria que eu me sentisse mal.

— Não acha que ele gostou do que viu e por isso resolveu ir até o hotel?

Deitei a cabeça, e a mão de Tolliver começou a alisar meus cabelos.

— Não — respondi. — Acho que, desde o começo, ele planejou me levar até o túmulo de sua esposa. Eu falei quanto cobrava e ele me levou até o banco e tirou o dinheiro. — Não contei a Tolliver que não era a quantia certa. Mas deixei no carro dele porque me senti muito mal com tudo aquilo. Mal, brava, culpada e magoada.

— Você fez o certo — ele acabou falando. — Da próxima vez não vá a nenhum lugar sem me falar, está bem?

— Você vai começar a me seguir? — perguntei sentindo uma pontada de raiva. — O que devo fazer quando *você* sai sem *mim?* Faço a mulher prometer que o trará de volta até as dez da noite? Tiro uma foto dela para poder ir atrás se você estiver atrasado?

Tolliver contou até dez. Eu sabia por causa dos pequenos movimentos de sua cabeça.

— Não — ele respondeu. — Mas me preocupo com você, que é uma mulher forte, mas não tanto quanto a maioria dos homens. — Esta era uma daquelas verdades simples que me fazia imaginar o que será que Deus estaria pensando ao fazer aquilo. — Ele poderia ter levado você para qualquer lugar em vez do cemitério. E eu teria que procurá-la do mesmo jeito que procuramos as pessoas.

— Se tem alguém neste mundo que sabe que pode ser morta a qualquer momento, Tolliver Lang, essa pessoa sou eu. — Apontei para meu peito com o dedo rígido. — Incrivelmente, todos os dias, milhões de mulheres saem com homens sem nenhum motivo aparente. E, surpreendentemente, quase todas elas voltam sãs e salvas para casa.

— Não ligo para elas. Me importo com você. Como pode confiar em alguém quando tudo o que vemos, ao longo de tantos anos, são assassinatos...

— E mesmo assim você não tem problema nenhum em convidar uma mulher que acabamos de conhecer para ir ao seu quarto!

Ele jogou as mãos para o alto.

— Certo, deixa pra lá! Esqueça que falei alguma coisa! Tudo o que quero é saber onde está e que fique segura! — Ele saiu do meu quarto e foi para o dele, o que exigiu ir lá fora, pois este hotel barato não tinha quartos conectados.

Ouvi o som da televisão vindo do quarto ao lado. Sobre que estávamos brigando mesmo? Será que Tolliver queria que eu ficasse sentadinha no quarto enquanto ele se divertia? Queria que eu não aceitasse nenhum convite que recebesse em nome da segurança?

Tenho certeza de que a resposta, se você perguntasse a ele, seria sim.

Durante a noite, o telefone do quarto de Tolliver tocou. Eu pude ouvir através das paredes finas, mas parou depois de um momento. Tentei imaginar quem sabia onde estávamos e o que fazíamos, e no meio disso acabei caindo de volta no sono. Corri na manhã seguinte e o ar frio e fresco me fez bem. E o chuveiro quente depois foi melhor ainda. Enquanto me vestia, Tolliver bateu à porta, eu abri e continuei abotoando minha blusa. Tinha que vestir roupas melhores porque iríamos nos encontrar com a cliente de Ashdown pela primeira vez. Seria um trabalho no cemitério e eu não precisaria me trocar de novo. Era apenas um rápido entrar e sair.

— Sobre o telefonema de ontem a noite... — ele falou.

— Sim, quem era? — Tinha me esquecido.

— Era a polícia de Sarne.

— Quem exatamente?

— O xerife Harvey Branscom.

Segurando a escova de cabelos, esperei ele continuar.

— Temos que voltar lá.

— Não até terminarmos esse trabalho. O que aconteceu?

— Alguém entrou na casa de Helen Hopkins ontem e a espancou até a morte.

Fiquei olhando para ele por um minuto. Estava tão acostumada com a morte que era difícil produzir uma reação normal para esse tipo de notícia.

— Bom — falei finalmente. — Espero que tenha sido rápido.

Falei que tínhamos que terminar nosso trabalho aqui primeiro e então voltaríamos até lá.

— Estou pronta. — Coloquei a blusa para dentro da calça social cinza e peguei o *blazer* que combinava.

— Ei, o terninho combina com seus olhos.

— Essa era a ideia — respondi secamente. Tolliver parecia sempre achar que, se eu me vestia bem, era um acidente.

A blusa que eu usava com o terno cinza era verde-claro com uma estampa meio de bambu. Coloquei uma corrente dourada que ele havia me dado no Natal anterior e calcei o par de sapatos pretos. Ajeitei o cabelo, chequei minha maquiagem e avisei que estava pronta. Ele vestia um pulôver vermelho e preto de algodão de mangas compridas. Tinha sido um presente meu e ficava muito bem nele.

Encontramos a cliente e sua advogada no cemitério combinado, um daqueles modernos com lápides no chão. Elas são mais baratas e mais convenientes para as pessoas que vão prestar suas homenagens. E, apesar de não ter a atmosfera certa, o "parque" facilita a locomoção das pessoas lá dentro.

A advogada, uma mulher na casa dos sessenta anos, deixou claro que achava que meu trabalho era enganar as pessoas arrasadas e desesperadas. Eu estava recebendo vários alertas vermelhos, não só por causa da atitude da advogada, mas também pela tensão da cliente.

Seguindo o nosso procedimento padrão para quando recebo aquele tipo de vibração negativa, endossei o cheque e dei para Tolliver, indicando que ele devia ir ao banco enquanto eu fazia a "leitura". A situação tinha todas as indicações de um mau negócio.

A cliente, uma mulher pesada e rabugenta de quarenta e poucos anos, queria que seu marido tivesse morrido de algo mais dramático do que com um rádio caindo em sua banheira (as banheiras estavam em alta naquele mês. Às vezes, tenho sequências com apenas uma causa de morte que até eu fico nervosa. No ano passado tive uma sequência de afogamentos acidentais, cinco, um atrás do outro. Fiquei com medo de nadar por alguns meses.) Geneva Roller, a cliente, tinha sua própria teoria da conspiração a respeito de como o rádio tinha caído na banheira, que envolvia a primeira esposa do marido e o melhor amigo dele.

Adoro quando o corpo está em um local conhecido. Foi um pouco complicado quando a cliente me levou até o túmulo do seu marido, pois Geneva Roller caminhava animadamente e eu podia sentir os saltos dos meus sapatos afundando na terra fofa. A advogada estava bem atrás de mim como se eu fosse correr se não estivesse bloqueada.

Paramos em uma lápide onde se lia *Farley Roller*. Para dar um valor emocional ao dinheiro de Geneva, fui até a cova e me agachei, colocando a mão na lápide. *Farley*, pensei, *que merda aconteceu com você?* E então eu vi, como sempre via. Para que Geneva também soubesse o que estava acontecendo, comecei a narrar:

— Ele está na banheira. E... hã... não é circuncidado. — Aquilo não era algo comum.

Isso convenceu minha cliente de que eu não era uma farsa. Geneva ofegou e colocou a mão no peito. Seus lábios vermelhos e brilhantes formaram um "O". A advogada Patsy Bolton bufou.

— Qualquer um poderia saber disso, Geneva.

— É claro, é a primeira coisa que pergunto para os homens.

— Ele está assobiando — falei. Infelizmente não conseguia ouvir o que Farley assobiava, mas podia ver a pia do banheiro. — Tem um rádio na pia. Acho que está assobiando com a música. — Aquela era uma das vezes quando eu via um pouco mais do que o momento da morte. Mas era raro.

— Ele fazia isso quando tomava banho — Geneva falou. — Fazia mesmo, Patsy! — A advogada ficou menos cética e mais assustada.

— Lá está o gato, em cima da pia também. Um gato cor de caramelo.

— O Patinha — Geneva falou sorrindo. Eu apostava que a advogada não estava sorrindo.

— O gato está se preparando para pular por cima da banheira para a janela que está aberta.

— A janela estava mesmo *aberta* — Geneva falou e deixou de sorrir.

— O gato derrubou o rádio na água — falei.

E então o gato pulou pela janela para o gramado enquanto o senhor Roller conhecia o seu fim. A banheira era antiga e tinha um tom verde abacate não muito comum.

— Sua banheira é verde — falei sacudindo a cabeça confusa. — Será que é isso mesmo?

Patsy, a advogada, me olhou boquiaberta.

— Você não é falsa — ela falou. — Acredito em você de verdade. A banheira deles é cor de abacate.

Fiquei em pé e limpei os joelhos ignorando Patsy Bolton.

— Sinto muito, senhora Roller. O seu gato matou o seu marido em um acidente bizarro. — Imaginei que aquela fosse uma boa notícia.

— NÃO! — Geneva Roller gritou surpreendendo até sua advogada.

— É uma explicação bem plausível — Patsy Bolton começou e deu uma encarada séria em sua cliente, mas Geneva não tinha nenhum controle emocional.

— Foi a primeira mulher dele, aquela Ângela. Sei que foi. Ela entrou em casa enquanto eu estava na loja e o assassinou. Foi a Ângela, não o meu querido Patinha!

Já tinha presenciado reações de descrença antes, é claro, apesar da maioria delas ser quando descubro que a pessoa tinha se suicidado. Então é claro que não era a primeira vez que eu via que as pessoas apostavam muito em suas teorias. Em um momento bem Jack Nicholson, quase disse a Geneva que ela não aguentaria a verdade*.

— Vou pegar meu cheque de volta. Não pagarei nenhum centavo a você — ela disse com sua voz aguda. Fiquei contente por ter mandado Tolliver ao banco.

Olhando por sobre o ombro dela, vi nosso carro entrando no cemitério e o alívio me deu coragem.

— Senhora Roller, o seu gato causou um acidente e foi sem querer. Seu marido não foi assassinado. Não há nenhum culpado.

Ela se lançou em minha direção, mas a advogada a segurou pelos ombros.

— Lembre-se de quem você é, Geneva. — Patsy Bolton falou, com suas bochechas vermelhas e seus cabelos castanhos e cinzentos desgrenhados por causa do vendo que soprava ali. — Não manche seu nome desse jeito.

No momento certo, Tolliver estacionou ao meu lado. Tentando não mostrar pressa, entrei no carro enquanto dizia:

— Sinto muito pelo seu marido. — Aceleramos para fora do cemitério enquanto Geneva Roller gritava para nós.

— Pegou o dinheiro?

— Peguei. Foi bom ter pegado?

— Muito. Ela não queria que fosse um acidente. Acho que esperava por um documentário na TV. "Assassinato em Ashdown" ou algo assim. — Fiz uma voz grossa de narrador. — "A viúva, entretanto, suspeitava desde o princípio que a morte de Farley Roller não era o que parecia ser", era o que ela queria. Mas na verdade ela só pode culpar o gato idiota. Imagino que seja meio desanimador mesmo.

— É muito mais interessante ser a esposa de uma vítima de assassinato do que a dona de um gato matador — Tolliver falou, mas precisei ponderar sobre aquilo.

* Referência ao filme *Questão de honra*, em que o personagem de Nicholson fala essa frase para Tom Cruise (N.T.).

4

Ja tínhamos fechado a conta no hotel de Ashdown, por isso fomos para Sarne e Tolliver nos levou diretamente para o escritório do xerife, onde, segundos depois de nos sentarmos nas cadeiras em frente à sua escrivaninha, o xerife entrou tirando seu chapéu e o colocando sobre uma mesa atrás dele.

— Ouvi dizer que visitaram Helen Hopkins ontem — Harvey Branscom falou se inclinando e apertando o interfone. — Reba, mande Hollis aqui. — Um resmungo veio do outro lado e um minuto depois Hollis Boxleitner entrou com uma xícara de café quente. Eu podia sentir o cheiro de onde estava, mas não pedi um para mim nem olhei para ele. Ao meu lado, Tolliver se enrijeceu.

— Senhor Lang, quero que vá com o policial Boxleitner. Gostaria de falar com a senhorita Connelly.

Me virei para Tolliver tentando disfarçar minha ansiedade. Ele sabia que eu odiaria que ele falasse algo em voz alta. Gosto de manter meus medos apenas pra mim. Ele me lançou um olhar firme e relaxei um pouco. Sem dizer nada, se levantou e saiu com Hollis.

— Como foi que fez contato com Helen? — o xerife perguntou com seu rosto de linhas duras. Dava para ver a sombra de uma barba apesar de suas bochechas terem sido queimadas pelo frio. A falta de sono fazia as rugas em sua testa ficarem ainda mais profundas.

— Ela nos telefonou — respondi evitando fazer qualquer comentário. Tolliver sempre me aconselhou a não falar nada extra quando conversasse com a polícia.

— O que ela queria? — ele falou com ar de paciência forçada.

— Que nós fôssemos visitá-la. — Eu tinha adivinhado a expressão no rosto dele. — Ela queria saber quem tinha me contratado e por quê.

— Sybil não contou a ela que vocês vinham? — Branscom pareceu surpreso mesmo sendo irmão de Sybil Teague.

— Parece que não.

— Ela estava brava com isso?

Olhamos um para o outro por um longo segundo.

— Não que nos tenha dito.

— Sobre o que mais conversaram?

Falei com muito cuidado.

— Ela nos contou que teve uma vida ruim por um tempo, mas que agora estava sóbria há trinta e dois meses. Falou sobre as filhas e disse que tinha orgulho delas.

— Ela perguntou a você sobre a morte delas?

— É claro. Queria saber como eu sabia e se tinha certeza de como tinham sido mortas. E falou que iria contar aos pais delas.

Harvey Branscom segurava sua caneca e bebia seu café enquanto eu falava, mas agora a caneca estava de volta na mesa.

— Contar o quê? — ele perguntou.

— Ela disse que iria contar aos pais delas o que eu tinha dito.

— Os pais das garotas. Os dois. *No plural.*

Fiz que sim com a cabeça.

— Ela nunca contou a ninguém quem era o pai de Teenie. Sempre achei que ela simplesmente não sabia. E Jay, o pai de Sally, foi embora anos atrás, após ela conseguir um mandato de segurança contra ele. Helen disse algum nome?

— Não. — Disso eu tinha certeza.

— O que mais ela falou? — ele continuou. — Tente me contar tudo.

— Ela queria saber como faço isso e se achava que o meu dom tinha vindo de Deus ou do Diabo. Queria ser convencida de que eu sabia do que estava falando.

— E o que disse a ela? — Ele parecia interessado de verdade agora.

— Não falei nada. Ela criou a resposta que queria ouvir sozinha. — Minha voz pode ter saído um pouco seca.

— Que horas vocês saíram da casa?

Eu já tinha pensado naquilo, é claro.

— Saímos por volta das nove e meia. Passamos pelo banco ao sair da cidade, fomos pra Ashdown e demos entrada no hotel por volta das duas, duas e meia.

Ele escreveu aquilo e o nome do hotel. Dei para ele o recibo que estava na minha bolsa. Ele copiou e anotou outras coisas em seu caderninho.

— Que horas ela morreu? — perguntei.

Ele olhou para mim.

— Um pouco antes do meio-dia. Hollis foi até lá em seu horário de almoço para conversar sobre o funeral de Teenie. Ele falou com ela pela primeira vez em dois anos quando foi contar o que você tinha dito sobre Sally. O que, aliás, eu não acredito. Acho que você só está tentando ganhar dinheiro aqui e posso afirmar que Hollis não é um cara rico.

Fiquei confusa.

— Ele me deu o dinheiro, mas eu deixei no carro dele. Hollis não contou isso a você? — Talvez não quisesse contar ao chefe que eu tinha pedido dinheiro, apesar de não saber por que ele faria isso.

O xerife Branscom já não tinha uma boa opinião a meu respeito, por isso não ficaria surpreso de eu querer ser paga (por algo que é o meu trabalho!). Apenas confirmaria sua opinião. Sim, eu esperava que mesmo as pessoas pobres me pagassem quando quisessem meus serviços. Igual a todo mundo.

— Não — ele falou se recostando na cadeira e passando a mão nas bochechas com a barba por fazer. — Ele não falou nada. Talvez estivesse com vergonha de ter dado dinheiro para alguém como você.

Às vezes simplesmente não se pode vencer. O xerife Branscom nunca entraria no meu fã-clube. Sorte que estou acostumada a encontrar pessoas assim, ou poderia escorregar e deixar aquilo me magoar.

— Onde Tolliver está? — perguntei com a minha tolerância já baixa.

— Ele voltará diretamente para cá, mas acho que Hollis ainda não acabou as perguntas por lá.

Fiquei inquieta.

— Preciso ir para o hotel e me deitar — falei. — E preciso que Tolliver me leve até lá.

— Você está com a chave do carro — o xerife observou. — Hollis o levará até lá quando terminarem.

— Não — falei. — Preciso do meu irmão!

— Não levante a voz para mim, mocinha. Ele estará aqui em um minuto. — Mas havia uma leve expressão de alerta em seu rosto redondo.

— Agora — falei. — Preciso dele *agora*. — Deixei meus olhos se arregalarem e o branco em volta das íris aparecer bem e apertei as mãos, uma contra a outra, repetidamente.

— Vou verificar — ele falou se levantando mais devagar do que eu gostaria.

Na maioria dos lugares, eu teria sido jogada em uma cela ou levada ao hospital, mas eu soube interpretar aquele homem. Quatro minutos depois, Tolliver entrou rapidamente e, como Hollis estava olhando, ajoelhou-se aos meus pés e segurou minhas mãos.

— Estou aqui, querida. Não fique assustada.

Deixei lágrimas rolarem pelo meu rosto.

— Preciso ir embora, Tolliver — falei baixo. — Me leve para o hotel, por favor. — Passei meus braços em volta do pescoço dele. — Eu adorava abraçar Tolliver, que era magro, forte e quente. E também adorava ouvir o ar entrar e sair de seus pulmões e seu coração bater.

Ele me levantou da cadeira e me acompanhou até a saída com o braço nos meus ombros. As poucas pessoas que estavam na recepção nos olharam curiosas quando saímos pela porta.

Já a salvo no carro e a caminho do motel, Tolliver disse:

— Obrigado.

— A coisa não estava indo bem? — Perguntei tirando as mãos do rosto e me ajeitando no banco. — O xerife acha que eu inventei tudo, mas o recibo do hotel era uma prova bem conclusiva.

— Hollis Boxleitner sente algo por você. Mas não consegue decidir se quer te levar para cama ou te estapear. E está louco de raiva como um vulcão prestes a entrar em erupção.

— Por causa do assassinato da mulher dele.

— Exato. Ele acredita em você, mas isso também o faz ficar possesso.

— Ele vai acabar se queimando — falei.

— Vai mesmo.

— Ele contou algo sobre o assassinato de Helen Hopkins?

— Disse que a encontrou e que ela tinha sido atingida na cabeça.

— Com algo que já estava na casa?

— Um castiçal.

Me lembrei dos castiçais de vidro que ficavam ao lado da Bíblia na mesinha de centro.

— Ela estava em pé quando foi atingida?

— Não. Acho que estava sentada no sofá.

— Então o assassino estava em pé em frente a ela.

Tolliver pensou a respeito.

— Faz sentido. Mas ele não me falou exatamente como ela estava.

— Virarmos suspeitos de assassinato não vai ser bom para os negócios — falei.

— Não mesmo. Precisamos sair daqui o mais rápido possível. — Ele estacionou em frente ao hotel e entrou para pedir nossos quartos.

Eu realmente queria me deitar na hora em que chegamos e fiquei feliz quando Tolliver entrou pela porta de conexão e ligou a TV. Me ajeitei nos travesseiros enquanto ele se largou em uma cadeira e assistimos ao canal de jogos interativos. Ele me venceu no jogo de perguntas e respostas e eu ganhei na *Roda da esperança*. Claro que preferia ter ganhado no primeiro, mas Tolliver sempre teve a memória melhor que a minha.

Era uma vez pais brilhantes antes de se tornarem advogados alcoólatras, drogados e expulsos da ordem. E antes de acharem que o estilo de vida de seus clientes criminosos era melhor e mais aventureiro do que o deles. Minha mãe e o pai de Tolliver se encontraram no fundo do poço, largando seus respectivos cônjuges. Minha irmã Cameron e eu saímos de nossa casa com quatro dormitórios em um subúrbio a leste de Memphis para uma casa alugada com um buraco no chão do banheiro em Texarkana, no Arkansas. Mas isso não aconteceu de repente. Passamos por vários níveis de degradação. Tolliver tinha caído de um andar mais baixo, mas ele e o irmão também desceram alguns níveis com o pai. E ficou com a gente naquele buraco em Texarkana, que foi onde o raio me atingiu.

Minha mãe e o pai de Tolliver tiveram mais duas filhas juntos, Mariella e Gracie, e eu e meu irmão postiço cuidamos delas o melhor que pudemos. As duas não tinham nenhuma recordação de nada melhor do que o modo como vivíamos.

O que aconteceu com a mãe de Tolliver e o meu pai? Por que não nos salvaram da terrível virada que nossas vidas tinham experimentado? Bom, naquela época, meu pai tinha ido para cadeia por uma série de crimes de colarinho-branco, e a mãe de Tolliver morreu de câncer, assim nossos outros pais ficaram livres para completar seu ciclo de declínio e nos arrastar com eles.

E aqui estávamos nós, Tolliver e eu, em uma decadente cidade turística das Ozarks, fora de temporada, e tentando nos livrar de uma acusação de assassinato.

Mas, poxa vida, nós éramos espertos.

Estávamos fazendo um caça-palavras quando alguém bateu na porta. Como era o meu quarto, perguntei:

— Quem é?

— Hollis.

Abri a porta. Hollis viu Tolliver atrás de mim e disse:

— Posso entrar?

Fiz que sim e abri espaço. Hollis entrou e eu logo fechei a porta atrás dele.

— Imagino que esteja aqui para se desculpar — falei com a voz mais fria que pude. E foi realmente bem fria.

— Me desculpar? Pelo quê? — Ele parecia confuso de verdade.

— Por dizer ao xerife que peguei o seu dinheiro. E insinuar que o enganei.

— Você pegou o meu dinheiro.

— Mas deixei no banco da sua picape. Me senti mal por você. — Estava tão brava que quase falei cuspindo. Fui do frio ao calor em menos de cinco segundos.

— Não estava no banco do carro.

— Sim, estava sim.

Ele pegou as chaves no bolso.

— Me mostre onde.

— Não, você quem deve olhar, assim não poderá me acusar de plantar o dinheiro lá.

Tolliver e eu seguimos Hollis até lá fora. O céu estava cinza e as árvores em volta do hotel começavam a chacoalhar com o vento. Fiquei com frio sem o meu casaco, mas não iria voltar para pegá-lo. Tolliver me abraçou. Hollis abriu porta do passageiro da picape e começou a passar os dedos por trás do assento, depois de uns dez segundos achou no banco o envelope ainda gordo com o dinheiro.

Ele ficou olhando para aquilo em sua mão, vermelho de vergonha e empalideceu. Depois de um minuto ou dois, ele olhou para nós.

— Você disse a verdade a Harvey. Me desculpe.

— Muito bem — falei. — Estamos resolvidos em relação a isso?

Ele assentiu.

— Certo. — Me virei e voltei para o quarto. Tolliver ficou mais um pouco lá fora e então também entrou.

Terminamos nosso jogo de caça-palavras e eu ganhei.

Fomos até uma pequena cidade a apenas oito quilômetros dali para comer. Tolliver não estava animado para voltar ao restaurante ao lado do hotel e eu não me atrevi a falar sobre a garçonete. Comemos filé à milanesa, purê de batatas e vagem, em um prato gigante que estava bem saboroso. O ambiente era familiar: mesas de fórmica, chão de azulejos de linóleo, duas garçonetes cansadas e um gerente atrás do balcão. O chá gelado também estava bom.

— Sabia que alguém nos seguiu até aqui, né? — Tolliver falou depois que a garçonete recolheu nossos pratos e foi para a cozinha. Ele pegou a carteira para pagar.

— Uma garota — respondi. — Em um Honda.

— Isso. Será que também é uma policial? Ela parece muito jovem. Talvez a tenham contratado apenas para isso.

— Ela deve estar com frio sentada lá fora naquele Honda pequeno.

— Bom, é o trabalho dela.

Pagamos, deixamos uma gorjeta e fomos embora. A chuva que vinha nos ameaçando finalmente caía, então tivemos que correr até o carro. Ele o destrancou assim que saímos do restaurante e eu pulei para dentro o mais rápido que consegui. Odeio me molhar e odeio tempestades. Nem falo no telefone quando está chovendo forte.

Pelo menos, dessa vez não havia trovões.

— Não entendo — Tolliver falou certa vez, irritado por não conseguir ligar para mim quando estava a alguns quilômetros. — Qual o problema? O pior já aconteceu. Você já foi atingida por um raio. Quais as chances de isso acontecer novamente?

— E quais eram as chances de acontecer uma vez? — Retruquei, apesar de aquela que ele imaginava não ser a verdadeira razão do meu medo.

Voltamos devagar e o Honda vermelho continuou nos seguindo. As estradas próximas a Sarne eram estreitas e rodeadas por terrenos íngremes, além de que sempre havia a possibilidade de um cervo atravessar a pista.

Quando chegamos ao hotel, discutimos se devíamos parar e deixar a garota ver onde estávamos hospedados (o que ela saberia se fosse policial) ou continuar rodando até que ela se cansasse de nos seguir. Concordamos que ir até a delegacia seria uma tolice, afinal ela não tinha nos ameaçado ou feito nada demais além de nos seguir de carro.

Foi a minha bexiga que determinou que decisão tomaríamos. Estacionamos, corri para o meu quarto e, quando saí, Tolliver fez o relatório.

— Ela está decidindo se vem aqui bater na porta ou não. — Ele estava escondido atrás da cortina e não tinha acendido nenhuma luz.

Me juntei a ele para assistir àquilo que era quase uma pantomima. O carro estava iluminado pelas luzes do estacionamento e o rosto dela estava bem visível, ou seja, eu a reconheceria em uma acareação na polícia, apesar de suas feições não estarem totalmente claras. Ela tinha cabelos castanhos curtos, um pouco mais compridos que normalmente um menino usaria, o que ficava bonito nela que era bem pequena. Aparentava uns dezessete anos, talvez menos, tinha um lábio inferior carnudo e usava nos olhos uma maquiagem suficiente para três mulheres. Seu pequeno rosto trazia aquela expressão característica de pessoas cujo lar não está em harmonia, meio desafiadora, meio vulnerável e bem cautelosa.

Cameron mostrara aquela expressão muitas vezes.

— Quanto quer apostar? Acho que ela vai desistir e ir embora. Somos assustadores demais para ela. — Tolliver apertou meu ombro.

— Não, ela vai entrar — falei com segurança. — Ganharia seu dinheiro muito facilmente. Viu só? Ela está desafiando a si própria a vir.

A chuva voltou a cair quando ela resolveu nos desafiar, saiu do carro e correu para a minha porta, batendo duas vezes.

Tolliver acendeu o abajur ao lado da cama enquanto eu atendia a porta.

Ela olhou para mim.

— Você é a mulher que encontra os cadáveres?

— Você sabe que sim ou não estaria nos seguindo. Sou Harper Connelly. Entre. — Me afastei e, com um olhar desconfiado, ela entrou no quarto examinando tudo cuidadosamente. Tolliver sentou em uma cadeira e tentava parecer inofensivo. — Este é o meu irmão, Tolliver Lang. Ele viaja comigo. Quer uma Coca Diet?

— Claro — ela falou como se recusar um refrigerante fosse algo impensável. Tolliver pegou uma do frigobar e deu para ela, que pegou com o braço estendido para se manter o mais distante possível dele. Puxei a outra cadeira indicando que poderia se acomodar e então me sentei na ponta da cama.

— Posso ajudá-la em algo?

— Pode me dizer o que aconteceu com o meu irmão. Não estou dizendo que acho legal ou mesmo moralmente defensável o que você faz — Ela me encarou. — Mas quero saber o que você pensa.

Pensei na hora que ela tivera uma boa professora de educação cívica.

— Certo — falei devagar. — Você poderia, primeiro, me dizer quem é o seu irmão?

Ela ficou vermelha. Estava acostumada a ser reconhecida facilmente.

— Sou Nell — falou escolhendo as palavras. — Mary Nell Teague. Dell era o meu irmão.

— Você não parece muito mais nova do que ele.

— Tínhamos dez meses de diferença.

Tolliver e eu nos olhamos brevemente. Aquela garota não só era menor de idade como também era irmã de uma vítima de assassinato. E eu podia apostar que nunca saíra de Sarne por mais do que umas semanas de férias.

— Moralmente defensável — Tolliver repetiu, tão impressionado pela frase quanto eu. Ele deslizou as palavras por sua língua como se as estivesse saboreando.

— Quer dizer, acho que é errado, certo? Dizer para as pessoas o que aconteceu a seus parentes mortos. Sem querer ofender, mas você poderia estar inventando tudo isso, né?

Sem querer ofender o caramba. Estava cansada das pessoas dizendo que eu era má.

— Ouça, Nell — comecei tentando manter meu tom de voz controlado. — Vivo minha vida da melhor maneira que posso. Você achar que não sou honesta *é* sim uma ofensa a mim. Não tem como não ser uma ofensa.

Talvez ela não estivesse acostumada a ser levada a sério pelas pessoas.

— Hã, bom, certo — ela murmurou, claramente surpresa. — Olha, será que você pode me contar... o que contou à minha mãe?

— Você é menor de idade. Não quero problemas — falei.

Tolliver parecia pensar a respeito.

— Olha, posso ser adolescente, sabe, mas ele era meu irmão! E eu deveria saber o que aconteceu com meu irmão! — Havia uma angústia verdadeira em sua voz.

Trocamos pequenos acenos de cabeça.

— Não acredito que ele tenha se matado — falei.

— Eu sabia! — ela falou. — Sabia!

Para alguém que tinha tanta certeza de que eu era uma fraude, ela estava aceitando minhas afirmações bem rapidamente.

— Então, se ele não se matou... — ela começou a falar cada vez mais rápido — ...também não matou Teenie, e se não fez isso também, então ele não... — Ela parou de falar com uma expressão de pânico quase cômica, com os olhos arregalados e a boca fechada à força para evitar que a palavra crucial saísse, qualquer que fosse ela.

Uma batida na porta surpreendeu Tolliver e eu. Estávamos concentrados olhando para Nell Teague como se pudéssemos arrancar o fim daquela frase apenas com o olhar.

— Maravilha — falei depois de ver pelo olho mágico. — É Sybil Teague, Tolliver.

— Ah, meu Deus — nossa visitante falou, parecendo de repente mais nova ainda.

Soltei, em pensamento, um palavrão sujo por Sybil não ter chegado cinco minutos antes. Pensei em esconder Nell no quarto de Tolliver e a fazer escapar por lá, mas era bem capaz de sermos flagrados se tentássemos aquilo. E, além disso, não tínhamos feito nada de errado. Abri a porta e Sybil entrou como uma bem-vestida deusa da ira.

— Minha filha está aqui? — ela perguntou, apesar de não termos feito nenhum esforço para esconder Nell, que estava sentada bem à frente dela. Era como se ela tivesse planejado aquele momento.

— Está bem aqui — Tolliver disse gentilmente com uma ponta de sarcasmo na voz. Sybil ficou vermelha, e sua cor natural contrastou com o tom nude da maquiagem.

Sybil olhou para Nell sentada na cadeira, intocada e com uma Coca Diet na mão, e pareceu murchar.

— Onde estava até agora, mocinha? — ela perguntou e emendou. — Esperava você em casa duas horas atrás.

Para nossa sorte, Nell decidiu contar a verdade.

— Eu os segui. Eles foram até Flo e Jo para comer — ela contou à mãe. — Comeram devagar, então os segui até aqui e perguntei se podia entrar.

— Você dirigiu de lá até aqui na chuva com as estradas escorregadias e no escuro? — O rosto de Sybil Teague ficou ainda mais pálido. — Ainda bem que eu não sabia disso.

— Eu já dirigi na chuva várias vezes, mãe.

— Ah sim, nesses dois anos de direção. Você não tem experiência suficiente... — Ela parou, respirou fundo e tentou relaxar um pouco. — Certo, Nell, sei que queria falar sobre o que aconteceu ao seu irmão. Deus sabe que eu também queria descobrir e achei que esta mulher me daria as respostas. Mas agora tenho mais perguntas do que antes.

"Aquela mulher" se sentia com vontade de jogar as mãos para o alto de tão irritada. E "aquela mulher" não gostava que falassem dela como se não estivesse lá.

Paul Edwards surgiu na porta atrás de Sybil e colocou a mão no ombro dela. Seu cabelo estava mais escuro por causa da chuva. Pensei em falar para ela entrar para que ele saísse da chuva, e também pensei que seria bom se fechassem a porta, pois o vento entrava em rajadas. Sybil deu alguns passos para frente com relutância, mas a mão dele permaneceu no ombro dela.

Pela primeira vez me ocorreu que poderia haver mais entre eles do que apenas o sigilo entre cliente e advogado. Não sou tão esperta com os vivos quanto sou com os mortos.

Nell fechou a cara completamente quando viu Paul Edwards. Toda a juventude desapareceu de sua boca e de seus olhos, ela agora parecia uma prostituta com maquiagem pesada e roupas apertadas em vez de uma adolescente bonita tentando se descobrir.

— Olá, senhorita Connelly, senhor Lang — Edwards falou e então olhou para Nell. — Estou feliz por termos encontrado você, minha jovem.

Fiquei pensando se Edwards tinha algum parentesco com o falecido marido de Sybil. As orelhas dele tinham o mesmo formato das de Nell, apesar de ela se parecer mais com a mãe.

— É claro — Nell falou com uma voz tão sem expressão quanto seu rosto. — Obrigado por vir me procurar, senhor Edwards. — Dava para perceber o sarcasmo a quilômetros.

— Sua mãe não precisa de mais preocupações, Nell — ele falou com uma reprovação tão gentil que fiquei com vontade de abraçá-lo. Não havia dúvida de que Sybil Teague tinha sofrido com a morte do filho, mas era certo que a irmã mais nova de Dell também sentia falta dele. Se algo acontecesse com Tolliver, eu... não consigo nem imaginar o que faria.

Eu preferia estar brincando de "a causa da morte" em um cemitério do que parada ali naquele momento.

— Até logo — falei dando uma de anfitriã e apontando a porta. Imagino que uma anfitriã não põe seus convidados para fora, mas aquele era o meu quarto e eu podia me comportar como quisesse. Todos me olharam surpresos, menos Tolliver, que esboçou um leve sorriso. Também sorri e todos fizeram o mesmo somente por força do hábito.

— Sim, claro, tenho certeza de que está cansada. — Sybil falou. Como uma verdadeira dama, ela tentava justificar minha descortesia.

Abri a boca para discordar, mas Tolliver foi mais rápido.

— Tivemos um dia longo — ele falou sorrindo. Mary Nell Teague repentinamente passou a olhar para ele com mais interesse. O sorriso de Tolliver é algo tão inesperado que causa uma agradável surpresa.

Um minuto depois, a mãe, a filha e o advogado estavam do lado de fora do quarto, que era exatamente onde eu os queria.

— Harper — Tolliver falou com um tom de reprovação.

— Eu sei, eu sei — concordei sem me arrepender. — Qual será o real motivo de ela ter vindo aqui?

— Estava pensando nisso. Ei, espera aí, de quem você está falando?

— Da mãe.

Ótimo. Eu também. Acha que veio aqui para descobrir o que a Nell estava nos falando? Ou para nos impedir de dizer algo a ela?

— Talvez devêssemos descobrir por que Nell estava tão determinada a falar conosco. Acha que ela pode saber algo sobre a morte do irmão?

— Estamos nos envolvendo demais nesse caso. Precisamos sair de Sarne.

— Concordo. Mas acho que o xerife não nos deixará partir. — Me larguei na ponta da cama tentando não olhar mais para o espelho do outro lado. Eu estava muito pálida e até meio abatida. Eu parecia uma mulher que precisava de uma grande caneca de chocolate quente e umas dez horas de sono.

E eu podia resolver aquilo. Sempre trazia comigo chocolate em pó, e havia uma cafeteira no quarto. Depois de ver que Tolliver não queria, finalmente eu estava com uma caneca fumegante na mão. Me sentei na cabeceira da cama com os travesseiros apoiados nas costas e olhei para Tolliver, que tinha se largado na cadeira com suas longas pernas completamente esticadas.

— Qual o nosso próximo compromisso? — perguntei.

— Memphis em uma semana. Aula de Ocultismo em uma universidade.

— Uma palestra? — Tentei disfarçar meu desânimo. Odiava voltar a Memphis, local onde passei os únicos momentos tranquilos da minha vida.

— Você vai "ler" um pequeno cemitério. Acho que eles sabem a CDM da maioria dos moradores de lá. — Causa da morte. — É um teste. Enquanto falávamos ao telefone, eu podia sentir na voz do professor a certeza de que iria desmascarar você. Paternalista ao extremo. Ele não vai acreditar no que verá.

— Idiota! — falei com desprezo. — Estão nos pagando?

— Um valor simbólico. Mas acho que devemos ir em frente, pois acredito que a notícia vai se espalhar bastante, e é uma universidade privada, por isso vários pais têm dinheiro. Além disso, temos um compromisso em Millington no dia seguinte e é lá do lado.

Tolliver sabia como agendar nossas coisas.

— Obrigado, mano — falei aquilo realmente do fundo do meu coração.

Ele sacudiu a mão para dizer que não era nada.

— Ei, o que mais eu poderia fazer? Cuidar dos carrinhos no Walmart? Dirigir uma empilhadeira em um depósito qualquer?

Casado, com dois filhos e morando em uma casa de três quartos, estável e feliz. Eu quase falei, mas resolvi segurar as palavras.

Eu tinha medo de dizer algumas coisas em voz alta.

5

Não tínhamos nada para fazer no dia seguinte, que amanheceu ensolarado e frio. Fui correr logo que acordei e vi Tolliver trotando na direção oposta quando já estava quase chegando de volta ao hotel. Depois de tomar banho, de Tolliver voltar e também se limpar, fomos comer em outro restaurante.

Mais ou menos no meio da manhã, estava tão entediada que fiz Tolliver me levar ao velho cemitério, aquele que notei na manhã que encontrei Teenie. Nós o achamos com meu sentido especial, não precisamos pedir informações. Aquele cemitério tinha túmulos de mais de 150 anos e era muito respeitado, pelo menos em termos americanos. A presença de tantos mortos antigos produzia uma reverberação fraca e constante que era quase calmante: como se fossem tambores antigos a distancia. Fomos andando pela quadra mais antiga e espiei algumas lápides tombadas com escritas que o tempo tinha apagado.

Aquelas pedras retangulares pertenciam a famílias que morreram sem deixar nenhum descendente vivo para cuidar de suas áreas no cemitério. Me diverti indo de um túmulo a outro e buscando, profundamente, descobrir o máximo possível de informações sobre aqueles montes de ossos. As visões que conseguia de suas faces geralmente eram borradas ou escuras, como se os próprios mortos tivessem se esquecido de quem haviam sido. Em algumas horas, eu tinha visões mais claras, ouvia um nome e conseguia ver uma cena mais longa de uma morte antiga.

— Parto — falei para Tolliver, que estava sentado meio dentro e meio fora do carro enquanto fazia palavras cruzadas.

— Mais uma — ele falou sem levantar os olhos da página. Era a terceira morte de parto que eu encontrava.

— É meio assustador. — Andei até outro tumulo.

Como aquilo era apenas um passatempo, não tirei meus sapatos. Era um dia frio e não queria ficar resfriada, ainda mais por estar apenas brincando ali.

— Sabia que os homens não costumavam morrer de ataque cardíaco, Tolliver?

— É mesmo?

— Foi o que ouvi no jornal outro dia. Puxa, este cara foi esmagado pela árvore que estava cortando.

Tolliver nem olhou para mim.

— Hum — falou, e entendi que ele não estava prestando atenção. Fui para a direita.

— Ataque de asma — murmurei. — Envenenamento causado por corte de faca. Escarlatina. Varíola. Gripe. Pneumonia. — Sacudi a cabeça. Tantas daquelas doenças podiam ser curadas ou pelo menos tratadas agora. Eu não entendia as pessoas que desejavam voltar ao passado. Tenho certeza de que elas não pensam na falta de antibióticos.

O túmulo seguinte era um dos mais antigos. A lápide tinha se quebrado em duas e alguém tinha tentado consertar. Não dava para ler o nome.

— Ei, ferimento de tiro — falei para Tolliver.

— Esse é o Tenente Pleasant Early — Hollis Boxleitner falou um pouco atrás de mim. — Ele tomou um tiro durante a Guerra Civil.

Se houvesse uma cova aberta ali, eu teria pulado para dentro. Tolliver lançou um olhar atento e soltou as palavras cruzadas.

— De onde você surgiu? — Perguntou em um tom nem um pouco amistoso.

— Estava cuidando do túmulo da minha tataravó logo ali. — Hollis inclinou a cabeça para o lado norte do cemitério e vimos um balde cheio de ervas daninhas e uma espátula ao lado de uma lápide inclinada.

— Você tem tempo de fazer isso durante a investigação de um assassinato? — O tom de voz de Tolliver era mais afiado que o necessário.

— É um modo de relaxar. — O rosto largo de Hollis continuava calmo. — E o pessoal do estado está na cidade.

Uma rajada de vento carregou folhas secas pelos túmulos. E, ao passarem pelo caminho de cascalho do cemitério, criaram um assobio que não me agradou nada.

— Estão isso é como... um divertimento para você? — Hollis perguntou apontando para os túmulos em volta.

— Sim. É um jeito de me manter treinada. — As pessoas sempre esperavam que eu ficasse envergonhada pelo que faço. Por que será?

— Você já esteve em um cemitério realmente antigo? Tipo na Inglaterra?

Baixei a cabeça.

— Poucas vezes. Tem os montes indígenas, é claro, e pessoas realmente muito antigas. Esses são bem interessantes. E fomos a um cemitério americano realmente muito antigo em Massachusetts.

— E foi igual? O tempo que estão mortos faz diferença?

Fiquei satisfeita com a pergunta. Não são muitas pessoas que querem saber mais a respeito do que faço.

— Sim, faz diferença. Vejo imagens mais fracas e informações menos exatas. Algum dia, quero ir a Westminster Abbey. E Stonehenge.
— Lá tem muitos mortos antigos, com certeza.

— Acha que pode captar mais alguma informação se voltar à casa de Helen Hopkins? — O policial voltou ao aqui e agora e acabou com o nosso papo.

— Não — respondi. — Tenho que estar junto ao corpo. — Não queria nem um pouco passar por aquilo. Era muito ruim ver a morte de alguém que você conhecia.

— A polícia estadual assumiu a investigação — Hollis falou depois de pegar seu balde cheio de ervas daninhas. — Eu só atendo o telefone durante o meu turno. Temos um número especial.

Levei um segundo para entender que ele tinha sido tirado da investigação.

— Que droga — eu disse. Conheci policiais suficientes para saber que os melhores sempre gostam de serem os encarregados. Os melhores têm esse tipo de confiança.

Ele deu de ombros.

— Mais ou menos. Sou apenas um policial de meio período, essa é a verdade.

— Ela era sua sogra.

— Era sim — ele respondeu sério. — Estão esperando por você.

Por um segundo, já que eu estava sobre um túmulo, achei que ele estivesse falando dos mortos, que já sabia que me esperavam. Então percebi que a afirmação era mais mundana. O advogado Paul Edwards e um homem uniformizado que eu nunca tinha visto estavam parados ao lado do carro e conversavam com Tolliver. Ainda bem que eu não tinha tirado os sapatos. Respirei fundo e caminhei até eles.

— Boa sorte — Hollis falou e eu assenti com a cabeça. Sabia que ele veria aquilo.

Tivemos péssimos momentos na delegacia. A polícia estadual achava que eu era uma sanguessuga. Eu já imaginava que esse seria o comportamento deles enquanto íamos para a cidade, mas aquilo me cansou do mesmo jeito. Os rostos masculinos se sucediam em uma escalada. Magro, gordo, branco, preto, inteligente, carregado; todos tinham a mesma opinião sobre mim e não faziam questão nenhuma de escondê-la. E achavam que Tolliver era o facilitador que ajudava a sanguessuga a agir.

Não gosto de ser tratada como uma vigarista confiante e sei que Tolliver gosta menos ainda. Me concentro em mim mesma e não os deixo me atingir. Tolliver tenta fazer o mesmo, mas nem sempre consegue e fica muito bravo quando as pessoas colocam nossa honra em dúvida.

— Olhamos os arquivos sobre vocês — começou um homem magro com cara de perdigueiro e olhos frios e afiados. A sala de interrogatório era pequena e bege, e colocaram Tolliver na sala ao lado.

Inspirei, expirei e fiquei olhando para a parede atrás da orelha dele.

— Você e o seu "irmão" já foram interrogados várias vezes. — O nome na lapela dele era *Green*. Ele esperou para ter certeza de que eu tinha entendido o irmão entre aspas.

Como não tinha sido uma pergunta, também fiquei apenas esperando.

— Ninguém colocou vocês atrás das grades — continuou.

Aquele era outro fato incontestável, então continuei esperando.

— Mas é claro que deveriam ter feito isso.

Uma opinião. Também não necessitava de resposta. Meus pais não foram advogados à toa.

— Sabe o que dizem por aqui desse tipo de pessoas? — Green perguntou. — Pessoas que vão a reuniões de família para conseguir um encontro?

Imaginei que Green fosse de outra região. Deslizei um pouco na minha cadeira de plástico.

— Acredito que você e seu irmão sejam esse tipo de gente — ele falou com um sorriso desagradável.

Outra opinião, e essa ele sabia que se baseava em uma informação incorreta.

— Ele não é seu irmão de verdade, é?

— É meu meio-irmão — respondi.

Ele foi pego de surpresa.

— Mas você o apresenta como irmão.

— Apenas para simplificar — falei. Cruzei as pernas para outro lado apenas para mudar algo.

Estava pronta para almoçar. Eu e Tolliver iríamos a um restaurante ou compraríamos algo no mercado e esquentaríamos em nosso micro-ondas portátil que estava lá no motel. Conversamos sobre comprar uma casa nas redondezas de Dallas, onde poderíamos ter um micro-ondas maior ou eu poderia aprender a cozinhar. Eu gostava de fazer faxina, quer dizer, não do processo em si, mas adorava o resultado. Poderia assinar uma revista, algo que nunca havia sido possível.

Quem sabe a *National Geographic*? No primeiro dezembro depois que mudássemos para a casa, Tolliver e eu compraríamos uma árvore de Natal. Fazia dez anos que eu não tinha uma.

— ...Ouviu uma palavra do que falei? — O rosto de perdigueiro de Green estava com uma expressão raivosa.

— Não, não escutei. Estou pronta para ir embora. Você sabe que não matei aquela pobre mulher. E sabe que Tolliver também não. Não existe nenhuma razão no mundo para que quiséssemos fazer isso. Você apenas não gosta de mim. Mas não pode me prender apenas por isso.

— Você se aproveita do sofrimento dos outros.

— Como?

Ele me encarou.

— Eles estão sofrendo, querendo encerrar um ciclo, e você e seu irmão aparecem como corvos para revirar a carcaça.

— Não é verdade — respondi rapidamente. Eu tinha muita clareza sobre esse assunto. — Eu encontro o corpo. Assim eles podem encerrar o ciclo. E então ficam tranquilos. — Me levantei e senti minhas pernas formigarem por ficar tanto tempo sentada na mesma cadeira. — Ficaremos na cidade por quanto tempo quiserem. Mas não machucamos Helen Hopkins e você sabe disso.

Ele também se levantou e tentou pensar em algo para dizer que me impedisse de partir e me incriminar de algum jeito. Mas não havia nada, por isso teve que observar enquanto eu saía. Bati na porta da sala ao lado.

— Tolliver — chamei. — Vamos embora.

Depois de uma pausa, Tolliver abriu a porta e saiu. Olhei para ele e vi seus olhos cheios de raiva. Coloquei gentilmente minha mão em sua bochecha e depois de um momento ele relaxou. Juntos, saímos da pequena delegacia de Sarne e entramos no carro. A grama em volta do Tribunal de Justiça estava começando a ficar marrom, e as grandes folhas prateadas de bordo voavam exuberantes por ela.

Seguindo uma das folhas que voava, meus olhos pararam em Mary Nell Teague. Ela estava esperando por nós com uma expressão de ansiedade. Não, na verdade esperava por Tolliver. Aos olhos dela, eu era claramente uma sombra andando ao lado dele. Ela tinha estacionado seu carro compacto bem ao lado do nosso, o que deve ter sido difícil, pois era sábado e a cidade estava cheia.

Um grupo de garotos estava reunido em volta do memorial da guerra. Poderiam ser adolescentes de qualquer lugar dos Estados Unidos, usando *jeans*, camisetas e tênis. Talvez seus cabelos não fossem modernos, mas ninguém por ali ligaria para isso. Eu nem teria olhado duas vezes para eles se não tivesse notado que nos observavam de modo não muito amigável. O mais alto deles olhava de Nell para Tolliver.

— Humm — falei para ter certeza se Tolliver notara os garotos.

— Paranormalidade é uma grande besteira — o garoto mais alto falou em um tom de voz suficiente para ouvirmos, que era o seu propósito, é claro.

Ele provavelmente jogava futebol americano e era o líder da sua turma. E também da alcateia. Bonito e musculoso, usava um par de tênis que custava mais do que tudo o que eu vestia.

— O demônio está nas pessoas que dizem conversar com os mortos — ele falou mais alto ainda. Mary Nell devia estar longe demais para ouvi-lo, mas virava a cabeça e olhava do grupo de garotos para nós e voltava, parecendo, na sequência, indignada, com medo e depois excitada. Imaginei que tínhamos um pequeno triângulo amoroso: o garoto alfa, Mary Nell e Tolliver. Mas Tolliver não sabia disso.

Eu estava cada vez mais inquieta. Os garotos começaram a andar em nossa direção. Tolliver tirou as chaves do bolso e apertou o botão para destrancar o carro.

Mary Nell, movendo-se rapidamente, nos alcançou um pouco antes dos garotos.

— Oi, Tolliver! — ela disse alegremente segurando o braço dele. — Ah... oi, Harper. — Tentei não rir do meu *status* secundário. Era difícil rir ao perceber que não havia como evitar algum tipo de confronto com os meninos. O garoto alfa colocou a mão no ombro de Nell e a impediu de continuar andando, fazendo com que parássemos também.

— Você não devia andar com essas pessoas — ele falou, mostrando pela voz que conhecia Nell há um bom tempo e tinha um interesse nela como se fosse sua propriedade.

O garoto alfa podia conhecê-la faz tempo, mas não a conhecia bem. O pequeno rosto de Nell ficou tenso de raiva. Ele a envergonhara na frente de sua nova fixação, um exótico homem mais velho de fora da cidade.

— Scotty, não me diga o que fazer. Tolliver, vamos até o Sonic tomar uma Coca?

Tolliver estava entre a cruz e a espada, e esperei para ver o que ele faria para escapar. Enquanto ele sofria, olhei para o rosto dos jovens e tentei fazer contato visual com cada um deles e sorrir, daqueles sorrisos inocentes e curtos de âncoras de telejornal. Apenas dois deles fizeram o esforço de acenar com a cabeça para mim. Os outros ou evitaram meu olhar, ou fizeram careta. Aquilo não era nada bom.

— Eu adoraria, Mary Nell, mas a Harper e eu temos que voltar ao hotel para dar alguns telefonemas — Tolliver falou. Vi que ele procurava algo para dizer que salvasse seu orgulho ao mesmo tempo que o livrasse daquilo e diminuísse as enormes colunas de testosterona que nos encaravam. Mas não havia nada que se encaixasse nas três coisas.

— Talvez Mary Nell queira jantar com a gente esta noite — falei com relutância. Não que eu quisesse ser piedosa com a garota, mas, se ficasse brava com a gente, talvez ela permitisse que os garotos atacassem.

Percebi em seu rosto um conflito interno: era eu quem tinha sugerido, o que diminuía o valor do convite, por outro lado isso dava a ela mais uma chance.

— Seria ótimo — ela falou me lançando um olhar inocente. — Vejo vocês às seis no Ozark Valley Inn.

Eu não tinha a menor ideia de onde era aquele lugar, mas falei:

— Vemos você lá.

Nell andou rapidamente para seu carro com a cabeça erguida. Tão rápidos quanto ela, Tolliver e eu entramos no nosso e fomos embora, aproveitando o primeiro farol fechado para colocarmos os cintos de segurança.

Tolliver parecia nervoso e envergonhado.

— Pena que você não queira entrar para uma dessas *boy bands* — falei depois de uns minutos em silêncio. — Você, com certeza, tem o carisma necessário.

— Ah, cala a boca! E você? Vai ser uma daquelas Gatas da Lei?

— Bom, pelo menos o Hollis é maior de idade... — comecei a falar, mas não consegui deixar de rir.

Tolliver apenas esboçou um leve sorriso.

— E onde será que fica o Ozark Valley Inn? — ele perguntou.

— Não tenho ideia, mas é melhor descobrirmos até as seis da tarde. Droga, estou com dor de cabeça. Espero que não piore a ponto de eu ter que faltar no jantar...

— Se fizer isso, você morre.

Compramos saladas e as levamos para comer no hotel. O telefone tocou bem na hora que nos sentamos para ler. Como estávamos no meu quarto, atendi.

— Aqui é o Hollis. Quer sair para jantar comigo?

Poderíamos fazer um programa de casais com Mary Nell e Tolliver! Não seria divertido? Mordi o lábio para conter aquela ideia.

— Tenho um compromisso no jantar — falei hesitante, sabendo que deveria dispensá-lo de uma vez, mas tentada com a ideia.

— E que tal um drinque depois?

— Está bem — falei cautelosamente depois de pensar um momento.

— Pego você no hotel. Pode ser as oito?

— Pode. Nos vemos mais tarde.

— Ótimo. Até logo.

Me despedi e desliguei. Tolliver me olhava com sarcasmo.

— Me deixa adivinhar, era o garoto guarda?

Assenti.

Vamos beber algo às oito, por isso teremos que ser rápidos em nosso encontro romântico com Mary Nell. Tenho certeza de que você não quer ficar a sós com ela.

— Se houver um lugar por aqui onde a gente demore duas horas para comer eu ficarei muito impressionado — ele disse secamente.

Concordei e abri meu livro, mas durante alguns minutos li a mesma página várias vezes.

Quando fomos à recepção do hotel para pedir informações de como chegar ao Ozark Valley Inn, notamos que o senhor que cuidava do lugar não ficou muito feliz em nos ajudar. Descobrimos que seu nome era Vernon, usava macacão e seu rosto era desgastado e enrugado como o de um bassê. Ele fora simpático o suficiente até agora, apesar de não o vermos muito. Mas naquela noite estava distante e com um olhar reprovador.

— Estão planejando levar suas malas para lá? — ele perguntou quase esperançoso.

— Não — respondi surpresa. — Vamos apenas nos encontrar com uma pessoa para jantar no restaurante do hotel.

— É que eu estava querendo falar com vocês, pois em breve precisarei dos quartos. Espero que não estejam planejando ficar aqui por muito tempo.

— Tenho certeza de que haverá muito movimento nos próximos dias — concordei talvez um pouco fria demais. — E não ficaremos nem um minuto a mais do que temos que ficar.

— Bom saber disso.

— Acho que ninguém vai nos convidar para ser jurado no próximo desfile deles — falei para Tolliver quando entramos no carro.

Ele sorriu, mas só um pouco.

— Quanto mais cedo sairmos de Sarne, melhor — falou.

Mary Nell chegou sete minutos depois de sentarmos no restaurante do hotel, que ficava no sul da cidade. Seu rosto estava vermelho, e ela carregava o celular na mão. Eu podia apostar que tinha mentido para a mãe a respeito de onde e com quem estaria. Quase fiquei com raiva dela naquele instante pelos problemas que poderia nos causar.

— Desculpem o atraso — ela falou puxando uma cadeira. — Tive que resolver umas coisas em casa. Minha mãe é muito paranoica.

— Ela perdeu um filho — falei. — Tenho certeza de que isso a deixou mais protetora. — Eu não conseguia imaginar nem a adolescente mais egoísta do mundo não percebendo aquilo.

A garota ficou mais vermelha ainda.

— Sim, claro — ela respondeu secamente. — Só quis dizer que ela parece não saber quantos anos eu já tenho. — Nell teve cuidado ao se vestir, colocando uma camiseta verde justa, uma jaqueta leve por cima e botas.

— Isso é algo comum nas mães — falei.

Minha própria mãe tinha se esquecido de quantos anos eu tinha depois de começar a tomar seus remédios com álcool. Ela decidiu que eu era mais velha e que precisava de um namorado. Então chamou um amigo drogado que estava disposto a dar algumas amostras grátis a ela em troca de ser meu primeiro namorado. Tolliver estava na faculdade, e tive que passar o dia trancada no quarto. Eu sabia que eles acabariam dormindo alguma hora e então poderia sair da casa, mas estava com fome, sede e não tinha como ir ao banheiro. Depois daquilo, guardei garrafas d'água, um pacote de bolachas e uma panela velha no meu quarto.

— Você morou a vida toda em Sarne? — Tolliver perguntou.

Mary Nell ficou vermelha por ele falar diretamente com ela.

— Sim. Os pais do meu pai também nasceram aqui. Ele morreu um pouco antes do Dell. — Fiquei surpresa. Quando Edwards falou que Sybil era uma viúva recente, não imaginei que fosse tanto. — Dell sentia muita falta do nosso pai... pois era mais próximo dele do que eu. — Ela soou um pouco ressentida.

— Quero fazer uma pergunta Mary Nell — falei. — Não quero chateá-la mais do que já fiz, mas quando estava conversando com a gente naquela noite você parou de falar depois de uma frase. Era algo mais ou menos como "Sabia que ele não mataria Teenie e..." e foi quando você parou. O que ia dizer?

Ela ficou me olhando. Dava para ver que suas emoções eram conflitantes.

— Diga o que era Nell, por favor — Tolliver falou e a fez

desmoronar quando olhou em seus olhos castanhos escuros. Ele a achava especial.

— Está bem — falou e se inclinou sobre a mesa para nos contar seu grande segredo. — Dell me contou... uma semana antes de ele e Teenie... morrerem, que Teenie estava grávida. — Os olhos muito maquiados dela eram grandes e redondos como os de um guaxinim. A garota estava claramente chocada pelo fato de o irmão ter feito sexo com a namorada, por isso considerava o assunto da gravidez algo muito secreto.

— Ninguém sabia?

— Ele não contou para minha mãe, com certeza. Ela o mataria. — Então, quando percebeu o que tinha dito, Mary Nell ficou vermelha como um tijolo e seus olhos se encheram de lágrimas.

— Está tudo bem — falei rapidamente —, sabemos que sua mãe não faria isso de verdade.

— Bom, ela nunca gostou muito da mãe de Teenie, não sei por quê. A dona Helen trabalhava para nós há alguns anos e eu a achava ótima. Estava sempre cantando.

Percebi que de repente ela se lembrou de que Helen Hopkins também fora assassinada. Uma expressão surgiu em seu rosto, um olhar perdido, como se ela estivesse se afogando.

— Se eu matasse todas as pessoas de que não gosto, conseguiria me vestir com o couro cabeludo delas — Tolliver falou.

Mary Nell soltou um risinho surpreso e cobriu a boca com sua pequenina mão.

Depois de todo esse tempo, será que a autópsia conseguiria descobrir a gravidez de Teenie?

— Dell falou apenas com você e mais ninguém? — perguntei.

— Ninguém mais sabia, só eu — Mary Nell falou orgulhosa.

Ela tinha certeza de que o irmão não tinha contado a ninguém sobre o bebê, mas e Teenie? Será que tinha contado a alguém? Para a mãe talvez?

A mãe dela que estava... hã, deixa-me pensar... morta.

6

Depois de trocar alguns olhares com Tolliver, mudamos rapidamente de assunto. O rosto triste e lacrimoso de Mary Nell já tinha atraído a atenção da pequena clientela do restaurante. A cor dela melhorou e ela ficou mais animada falando de assuntos mais alegres e se dirigindo praticamente apenas ao meu irmão. Tolliver descobriu que ela planejava ir para a Universidade do Arkansas no ano seguinte, que queria ser fisioterapeuta para poder ajudar as pessoas, que foi animadora de torcida e que não gostava de matemática. E o seu patrocinador como animadora de torcida era ótimo.

Eu estava livre para pensar no que quisesse. Mary Nell não parecia muito diferente de nenhuma das garotas que conheci no colegial, garotas que tinham pais sóbrios e dinheiro suficiente para não se preocuparem com nada, nem com falta de moradia. Ela era inteligente, mas não brilhante; virginal, mas não santa. A perda do irmão a deixou à deriva, procurando uma nova identidade após a sua antiga ter sido profundamente abalada. Era possível ver que saber da vida íntima de seu irmão com Teenie a perturbara profundamente, até que aquele choque foi amenizado pelo trauma maior que foi a morte de Dell. Dividir com alguém o segredo do irmão tinha claramente aliviado o grande nó que havia dentro dela e pareceu não fazer nenhuma diferença para Mary Nell que as pessoas com quem ela havia feito isso não fossem próximas a ela.

Mary Nell estava fascinada por Tolliver e, como era popular, bonita e jovem, tinha certeza de que ele também a achava fascinante. Observei que se esforçava para convencer meu irmão de que já era uma mulher. Mary Nell começou a contar uma piada sobre sua professora de economia doméstica, percebeu que era um assunto de criança e fez um enorme esforço para falar sobre algo que acreditava ter mais apelo com um homem mais velho.

— Você fez faculdade? — ela perguntou a Tolliver.

— Fiz dois anos. Depois trabalhei durante um tempo e então Harper e eu começamos as nossas viagens.

— E por que não arranja um emprego regular e se fixa em algum lugar? — Como fazem as pessoas de verdade, pensei.

Tolliver olhou para mim. Devolvi o olhar.

— Boa pergunta — ele falou. Olhei de lado para ele, decidida a não responder. Ela não tinha perguntado para *mim*.

— A Harper ajuda as pessoas — ele falou. — Ela é única.

— Mas ela recebe por isso — Nell falou indignada.

— Mas é claro — Tolliver respondeu. — E por que não? Você também receberá quando for fisioterapeuta.

Mary Nell ignorou aquilo completamente.

— E ela pode fazer isso sozinha. Pra que precisa de ajuda?

Ei, estou bem aqui! Ouvindo tudo! Estiquei as mãos com as palmas para cima. Apenas Tolliver notou o gesto.

— Não é que ela precise da minha ajuda. Sou eu que quero ajudá-la — ele falou gentilmente. Fiquei olhando para baixo para o meu prato.

Mary Nell, abruptamente, pediu licença para ir ao banheiro. Eu não tinha a menor intenção de ir com ela e também não seria bem recebida, então Tolliver e eu ficamos em silêncio comendo o que havia sobrado até ela voltar com os olhos vermelhos e a cabeça erguida.

— Obrigada pelo jantar — ela falou secamente. Havíamos insistido em pagar. — Eu me diverti. — Então, com os olhos arregalados e sem piscar, ela saiu rapidamente.

Observei o carro dela sair do estacionamento e fiquei surpresa por estar preocupada com a garota. A vida em volta dela estava se destruindo, e isso poderia deixá-la desprotegida. Muitas coisas podem acontecer com uma garota que não presta atenção aonde está indo. Encontro os corpos delas todos os anos.

Voltamos ao hotel com tempo suficiente para que eu penteasse meus cabelos e passasse perfume para sair. Tolliver assistiu àquilo sem comentar, com o rosto fechado na luz fraca do quarto.

— Está com o celular? — perguntou. — Deixarei o meu ligado.

— Está bem — falei. Tolliver foi para o quarto dele e fechou a porta delicadamente.

Hollis bateu na minha porta bem na hora combinada. Quando abri, ele disse:

— Está bonita — com um tom de surpresa que não era nem um pouco elogioso. Eu vestia calça *jeans*, blusa preta e sapato de salto alto preto. Tinha colocado uma corrente de ouro com um pingente de jade, um presente que me dei depois de ganhar uma gorjeta de um marido perturbado que procurava o corpo da mulher há quatro anos.

Ele também estava muito bonito, loiro e forte usando um *jeans* novo e uma camisa dourada e marrom. Tinha feito a barba e estava perfumado, ou seja, estava se esforçando. Talvez aquilo fosse mais um encontro do que um simples passeio.

Fomos a um pequeno bar ao norte da cidade construído com madeira escura e com *banners* de plástico presos por longas cordas que iam da casa até as árvores e com postes de luz em volta do terreno de cascalho. Se os triângulos coloridos flutuassem com uma brisa, o resultado provavelmente seria alegre e festivo, mas no ar frio e parado da noite os *banners* eram apenas lembranças deprimentes de festividades que deram errado.

O interior era melhor do que eu imaginava. O bar era de madeira polida e o chão estava recém-reformado com um carpete de madeira falso de carvalho que tinha ficado muito bom. As mesas e cabines eram limpas, e a decoração mostrava cabanas de caça, com cabeças de cervos e grandes peixes colocados nas paredes intercalados com espelhos e quadros com antigas licenças. A *jukebox* tocava musicas *country*.

Fiquei contente com aquele lugar e sorri. Hollis perguntou se eu preferia uma das pequenas cabines ou uma mesa, escolhi a primeira opção. Depois perguntou o que queria tomar; quando respondi que uma cerveja estava bom, ele foi até o balcão e voltou com duas canecas e dois guardanapos, colocando solenemente um deles sobre a mesa de madeira à minha frente antes de pôr a minha sobre ela. Me segurei para não sorrir.

Isso sim que eram preliminares.

— O que você gosta de fazer? — perguntou. — Enquanto está viajando pelo país, quero dizer.

Não era bem o começo de conversa que eu esperava.

— Gosto de ler. Às vezes tentamos ir ao cinema. Eu corro. Vejo televisão. Gosto de assistir aos jogos de basquete, pois joguei no colégio. E planejo a minha casa dos sonhos.

— Me conte sobre sua casa dos sonhos — Hollis falou sorrindo.

— Certo — respondi devagar. Aquilo era algo sobre o que eu não falava muito. — Tem que ser um pouco afastada, é claro. Quero que pareça um chalé de montanha, mas sem os problemas de um chalé de montanha. Achei uma planta na internet e comprei. Mas claro que quero alterar um pouco.

— É claro — ele falou dando um gole.

— Teria dois quartos, um escritório e uma sala para a família. Teria uma cozinha aqui e um lavabo bem ao lado. — Eu olhava para a mesa e desenhava com o dedo. — Atrás teria um *porte cochère* para os carros, assim se poderiam levar as compras do mercado direto para a cozinha sem se molhar em caso de chuva. E teria um *deck* do lado direito da cozinha, está vendo? Ou talvez ele fique ao lado da sala para a família. É lá que ficará a lareira, e a lenha pode ficar no *deck* junto à uma churrasqueira para assar umas carnes.

— E quem moraria nessa casa com você?

Olhei surpresa para ele.

— Bom, é claro que... — comecei a falar e então me detive.

— Provavelmente o seu irmão vai se casar algum dia, não? — Hollis perguntou gentilmente com os olhos firmes e o rosto calmo. — Você também vai querer se casar. Parar um pouco de viajar.

— Sim, isso pode acontecer — falei depois de um momento. — E você?

— Eu ficarei por aqui — ele respondeu quase triste. — Talvez acabe tentando arranjar algo mais permanente de novo, quem sabe? Não fui mais o mesmo homem desde que Sally morreu. Antes de conhecê-la, fui casado por uns dez minutos quando era moleque. Talvez seja difícil conseguir alguém legal que queira ficar comigo.

— Não acho que isso será um problema — falei. Hollis pode ter sido casado duas vezes, mas não é culpa dele que sua segunda esposa tenha sido assassinada. — Ser casado... é bom? Viver com alguém junto o tempo todo?

Ele pensou um pouco olhando para a cerveja. Depois olhou para mim.

— Na primeira vez, foi o paraíso durante dois meses e depois virou o inferno — ele falou contorcendo a boca. — Foi um grande erro. A única coisa que posso dizer é que ela estava tão disposta a cometer aquele erro quanto eu. Queríamos tanto um ao outro que eu não conseguia dormir à noite. Quando nos casamos, vimos aquilo como uma licença para aproveitar. Nossa, e como aproveitamos. Não percebemos que havia muito mais coisa envolvida, mas acabamos descobrindo bem rápido. Quando nos separamos, foi difícil saber quem de nós estava mais aliviado.

Depois de levantar uma sobrancelha inquisidora para mim, ele pegou mais duas cervejas.

— Sally era diferente. Ela era muito doce, enquanto sua mãe e sua irmã eram loucas por agito, por isso queria se afastar delas, mas se sentia responsável pela irmã, pois a mãe era alcoólatra. Então Helen parece ter tomado consciência e ficado sóbria. — Ele sacudiu a cabeça de um lado para o outro. — Agora todas se foram e isso não faz mais diferença, né? Helen poderia ter continuado bebendo.

— Os resultados da autópsia de Teenie já saíram?

O rosto dele ficou mais reservado e cauteloso.

— Não posso falar com você sobre isso. — Ele me olhou por um bom tempo. — Por quê?

Não era minha responsabilidade revelar o segredo do casal e de repente me perguntei por que eu me importava. Eu encontrava os corpos e depois ia embora. As pessoas morriam o tempo todo, algumas na cama, outras na floresta e algumas com o cano da arma na boca. O resultado era sempre o mesmo. Por que dessa vez era diferente das outras?

— Qual foi o pior caso que já teve? — Hollis perguntou do nada.

Imaginei se tinha expressado em meu rosto algo que o fez perguntar aquilo.

— Ah, o do tornado — respondi sem nem pensar.

— E onde foi isso?

— No Texas. Ele veio direto pela rua principal da cidadezinha. Não me lembro se a sirene de aviso soou ou não, talvez tenha vindo tão de surpresa que nem deu tempo de nada. Por alguma razão, uma mulher chamada Molly Mathers estava correndo de sua loja até o carro com seu bebê em um daqueles moisés de plástico com alças. Um bebê pequeno.

— A tempestade levou o bebê?

Fiz que sim com a cabeça.

— Arrancou o moisés das mãos de Molly.

Ficamos em silêncio por um momento.

— É claro que todos acharam que o bebê não tinha sobrevivido, mas a mãe não conseguia deixar de pensar que ele ainda estava no moisés, talvez em um campo, e agora sentiria fome. — Falei aquilo de uma vez, pois era algo bem difícil de pensar e uma memória dolorosa de carregar comigo.

— Você encontrou o bebê?

Assenti com os lábios apertados.

— Morto?

— Sim. Em cima de uma árvore. Ela ainda estava no moisés.

— Deus do céu.

Assenti novamente. Não havia nada para falar sobre aquilo.

— Mas a maioria dos casos não é tão ruim — falei depois de um momento para que aquela memória se dissipasse. — Em geral, são garotas que não voltam para casa e idosos que saem andando por aí. Às vezes crianças sequestradas, mas não é comum, pois se alguém as leva embora em um carro é impossível adivinhar onde o corpo está.

— Então você pega casos onde a localização do corpo é conhecida?

— É bom se puderem apontar uma área de tamanho razoável. Não dá para alguém chegar e dizer "Olha, ele estava caminhando em algum lugar no Deserto de Mojave" e querer que eu encontre algo. A menos que a pessoa tenha uma quantidade ilimitada de dinheiro pelo tempo que aquilo levará.

— E como é?

— O quê?

— A sensação quando um corpo está perto.

— É como um zumbido, um sussurro. Nos meus ossos, no meu cérebro, é algo que quase machuca. E quando chego perto, quando estou na presença do corpo, posso ver a morte.

— Quanto da morte você vê?

— Vejo os segundos que a antecedem. Mas só consigo enxergar a pessoa que morreu, não vejo ninguém em volta. Naquele momento, sou a pessoa e sinto o mesmo que ela. Então isso pode ser bem... desagradável.

— Parece que você fica meio exposta. — Ele deu um longo gole de sua cerveja.

Fiz que sim com a cabeça.

— Gostaria de ver o rosto dos assassinos, mas nunca consigo.

— De qualquer forma, não poderia haver uma acusação apenas com a sua palavra.

— Sim, sei disso, mesmo assim. — Dei de ombros. — Eu seria mais útil.

— Você vê seu trabalho como algo útil?

— É claro. Todo mundo precisa encerrar seus ciclos, não? A incerteza acaba devorando você; bom quando falo "você", digo no sentido geral da palavra, mas não se sentiu melhor quando soube o que aconteceu com sua esposa? Além disso, se a pessoa acreditar em mim, eu a ajudo a economizar muito dinheiro. Tipo "Não precisa drenar aquele lago ou mandar mergulhadores. Não tem nenhum corpo lá". Ou "Não precisa procurar no aterro". E coisas assim.

— Se a pessoa acreditar em você.

— Isso. Muitas não acreditam.

— E como lida com isso?

— Aprendi a deixar para lá e ir embora.

— Deve ser duro.

— No começo foi, mas agora não. E o seu trabalho, como é?

— Ah, é bem o que se espera dele mesmo. Motoristas bêbados na maioria das vezes, briga de vizinhos, às vezes roubos em lojas, assaltos. Nada de muito misterioso ou de muito sério. Uma vez ou outra, um marido que bate na mulher ou alguém com uma arma no sábado à noite. Nunca consigo ver ninguém fazendo algo realmente sério. — Ele me lançou um meio sorriso malicioso.

Fiquei imaginando sobre o que mais conseguiríamos conversar, mas as duas horas seguintes passaram bem mais rápido do que pensei. Ele falou sobre caça de cervos e me contou sobre quando caiu sobre uma árvore e só torceu o tornozelo no mesmo ano que seu amigo John Harley também caiu e machucou a coluna. Uma vez machuquei as costas jogando basquete. Ele também jogava basquete na época do colegial, que considerava incrível, mas Hollis nunca quis revisitar aqueles dias. E eu também não. Passei meus anos de colegial tentando manter a cabeça abaixada e a boca fechada para que ninguém notasse quão estranha era a minha vida. Por causa da minha mãe e do meu padrasto, eu não queria levar ninguém em casa. E tinha conseguido me virar bem até o desaparecimento da Cameron. O sumiço dela foi tão espetacular e apareceu tanto na mídia que acabou atraindo um monte da atenção que eu não queria para mim.

— Acho que me lembro disso — Hollis falou pensativo. Ele estava na terceira cerveja enquanto eu enrolava com a minha segunda. — Ela não foi levada por um homem em uma picape azul?

Assenti com a cabeça.

— Foi pega quando voltava para casa depois de ajudar a decorar o ginásio para um baile ou algo assim. Eu tinha voltado mais cedo e por isso ela estava sozinha. O cara a pegou bem no meio da rua. Havia testemunhas, mas ninguém nunca a encontrou.

— Sinto muito — ele falou.

Fiz um gesto com a cabeça aceitando os sentimentos dele.

— Um dia eu a encontrarei — falei. — Um dia será ela quando eu sentir o zumbido. E então saberemos o que aconteceu.

— Seus pais ainda estão vivos?

— Meu pai está, eu acho. Minha mãe morreu no ano passado. Seus vícios finalmente a venceram.

— E qual a sua ligação com Tolliver?

— O pai dele se casou com a minha mãe e então fomos morar todos juntos como uma família. — Juntos era modo de dizer, pensei comigo. Nós nos defendíamos, isso sim.

Depois de um tempo, ficamos bons em manter uma fachada para as autoridades que poderiam nos separar. Tolliver cuidava de Cameron e de mim e eu cuidava das duas pequenas, Mariella e Gracie. O irmão mais velho de Tolliver, Mark, passava sempre por lá para ter certeza de que tínhamos o que comer. Se não tivéssemos, ele trazia mantimentos. Tolliver conseguiu um emprego em um restaurante assim que teve idade para isso e sempre trazia de lá o máximo de comida que podia.

Às vezes nossos pais estavam trabalhando, às vezes recebíamos assistência do governo. Mas em geral o dinheiro descia pela garganta deles ou entrava pelas veias.

Aprendemos a sobreviver com bem pouco e também a conseguir roupas em brechós e vendas de garagem, roupas razoáveis que não entregassem nossa situação. Mark sempre dava sermões sobre a importância de tirarmos boas notas. "Desde que se mantenham limpos e arrumados, não faltem à escola e tirem pelo menos notas médias, o serviço social não virá aqui", ele ensinava e tinha razão. Até Cameron desaparecer.

Tentei explicar aqueles anos para Hollis.

— Isso parece terrível — ele falou com o rosto triste pela garota que eu tinha sido, que Deus o abençoe. — Eles batiam em você?

— Não. A negligência era a chave do modo deles de educar, mesmo com Mariella e Gracie. Minha mãe tentou cuidar delas quando eram bebês, mas depois disso elas ficaram meio que a cargo de Cameron e de mim, mais de mim do que dela. Foi difícil para nós não descermos pelo mesmo ralo.

Eu tinha me agarrado às memórias de como era a vida antes da minha mãe começar a usar drogas, antes de meu pai ir para a cadeia, e prometi a mim mesma que poderia ter aquela vida novamente. Minhas duas irmãs mais novas não acharam tudo tão difícil porque não tinham memória de nada melhor.

A tensão em conseguir manter as aparências quase me matou. Mas conseguimos até Cameron ser levada.

— O que aconteceu depois? — Hollis perguntou.

Fiquei inquieta e olhei para o outro lado.

— Vamos mudar de assunto — falei. — O resumo é que passei meu último ano de colegial morando em um lar adotivo e minhas meias-irmãs ficaram com meus tios.

— E como era a família adotiva?

— Eram pessoas decentes. Não eram pedófilos ou exploradores. Desde que fizesse minhas tarefas e terminasse a lição de casa, eu não ficava infeliz. — Tinha sido um prazer viver em uma casa que valorizava a ordem e a limpeza.

— Alguém achou alguma pista de sua irmã?

— A bolsa e a mochila. — Mudei a posição da minha perna direita. Ela tem tendência de ficar dormente se parada.

— Que complicado.

— Sim. Eu diria que nós dois tivemos vidas com certo número de obstáculos.

Hollis concordou com a cabeça.

— Vamos brindar a esperança de uma vida melhor — ele falou e então brindamos.

Mais tarde, fomos para sua pequena casa e conseguimos um pouco de conforto e calor um do outro. Mas não passei a noite lá, apesar de ele querer que eu ficasse. Por volta de três da manhã, dei um beijo de boa-noite nele já na porta do meu quarto no hotel e nos abraçamos por um longo minuto. Entrei sozinha e congelada até os ossos.

7

Estava uma boa manhã para correr. Era o terceiro dia bonito consecutivo, frio e com um brilho promissor no céu. Passei uma escova no cabelo e coloquei minha corrente em que estão gravados meu nome e o celular de Tolliver. Vesti um *top* e uma *legging* para correr. Uma camiseta velha da "Corrida pela Cura" cobria o pequeno *spray* de pimenta que eu levava preso na calça. Achei um tubinho de plástico com uma abertura e usei para guardar minha chave e prender na mesma corrente com as informações gravadas.

Depois de me alongar, decidi correr até o mercado Kroger, que ficava do outro lado da cidade. Não queria seguir pelas ruas principais, pois, mesmo sendo Sarne, haveria certo tráfego, e odeio respirar a fumaça de caminhões e carros. Escolhi uma rota por ruas secundárias em que tinham casas e pequenos comércios. Com uma sensação boa de liberdade, comecei a correr.

Quando entrei no ritmo, pude pensar em outra coisa que não a corrida em si. Para minha surpresa, me sentia bem melhor do que esperava, relaxada e sem culpa. Apesar de eu ser relativamente inexperiente, Hollis tinha sido um amante atencioso e carinhoso. E também parecia precisar do contato, o ato básico do encontro da pele, tanto quanto eu. *Por isso*, disse a mim mesma, *aquilo foi certo.*

Perdida em meus pensamentos, aos poucos percebi que havia uma picape andando bem atrás de mim. O ronco do motor tocava os limites da minha consciência há mais ou menos um minuto. Meu coração começou a bater com certo desespero quando percebi que o carro estava me seguindo. O vulto que eu via pelo canto do olho esquerdo se tornou uma presença barulhenta. Apesar de continuar correndo em um passo constante, toda a minha atenção estava voltada para a picape andando como um leão pelo mato alto, esperando por uma desatenção minha para dar o bote. Abri o pequeno coldre e puxei um pouco o frasco de *spray* de pimenta para ficar à mão. O Arkansas era um dos estados onde o *spray* era legal? Não me lembrava e, naquele momento, decidi que era a menor das minhas preocupações. Eu estava a uns oitocentos metros do hotel e havia poucos carros nas ruas, por isso não poderia contar com ajuda. O pequeno tubo já estava quase todo na minha mão.

Eu estava numa rua de pequenos comércios ainda fechados: uma lavanderia, uma joalheria e uma agência de seguros. Nenhum carro nem pedestres passavam. A tensão aumentava enquanto esperava pela ação de quem quer que dirigisse a picape. Se ao menos eles esperassem chegarmos à rua principal, ou se eu conseguisse passar pelas construções do centro e ir até a delegacia... mas então o suspense acabou.

A picape virou, subiu na calçada, bloqueou minha passagem e três jovens saíram. Mas é claro! O macho alfa, o colegial que Mary Nell chamou de Scotty, estava com seus dois amigos, naturalmente.

Parei e eles se aproximaram com os rostos raivosos e tensos. Claro que os três usavam seus blusões do time de futebol americano da escola. Scotty estava no meio, com um garoto menor e de cabelos pretos à direita e outro de cabelos castanhos, muito forte e com expressão rude à esquerda. À primeira vista, eles pareciam não ter armas, mas todos estavam com os punhos fechados.

— Já falamos para ir embora da cidade, piranha — Scotty falou. A dureza em suas palavras mexia com sua expressão. Os três estavam tão nervosos que pulavam de um pé para o outro e moviam os ombros sem parar.

Passei os olhos pelo rosto de cada um enquanto eu tentava imaginar quem atacaria primeiro. Eles estavam engatilhados, prontos para atirar.

— Vocês estão pensando que vão me estuprar? — perguntei querendo ver tudo com clareza.

Eles ficaram chocados com a pergunta. *Surpresos*. Os dois subalternos olharam para o alfa para que ele respondesse pelos três. Ou talvez só quisessem descobrir o que queriam fazer comigo.

— Não queremos seu corpo, sua puta fedida — Scotty falou tentando soar desdenhoso e igualar a falta de desejo pelo estupro com a necessidade de reafirmar sua masculinidade. É claro que homens de verdade deveriam estar prontos para qualquer ato sexual a qualquer hora, então, se não queriam me estuprar, eu não deveria ser algo desejável.

— Ainda bem — falei e vi que o garoto de cabelos pretos à direita estava agora tenso demais para se segurar. Ele tomou impulso para trás a fim de me dar um soco, uma burrice delatar desse jeito o que iria fazer. Joguei o *spray* em seu rosto, ele ficou vermelho e começou a arranhar os olhos e a gritar.

— Está queimando, não consigo enxergar! — ele gritou.

Enquanto seus amigos o observavam boquiabertos, joguei *spray* de pimenta neles também, mas Scotty desviou no último momento e não consegui acertar seus olhos.

O som de uma sirene de polícia me assustou e acabou com os últimos pingos de coragem que eu tinha. Quando me recuperei do choque, fiquei contente em ver o carro da polícia e mais ainda que o motorista era o xerife Harvey Branscom.

Ele não ficou tão feliz em me ver quanto eu em vê-lo.

— O que está acontecendo aqui? — ele perguntou examinando os jovens com desgosto. Eles choravam, resmungavam e o garoto de cabelos pretos se debatia no chão.

— Eles bloquearam com o carro o meu caminho e desceram para me ameaçar.

— Não, xerife — o garoto de cabelos pretos que tinha se preparado para me bater gritou. — Foi ela! Ela...

— Ela parou o carro de vocês na calçada, os arrastou para fora e os fez ficar parados em frente a ela para que pudesse espirrar o *spray* de pimenta em seus rostos? — Harvey Branscom teria adorado haver uma razão crível para me culpar, mas era honesto o suficiente para não inventar uma. — Vocês três me enojam. Scot, se eu o pegar apenas olhando para minha sobrinha depois desse incidente, acharei um jeito de botá-lo na cadeia e tenho certeza de que você não gostará nem um pouco de lá.

Eu não tinha certeza se Scot estava escutando as ameaças do xerife, pois se inclinava para frente a fim de esfregar o rosto queimando. Aquela era exatamente a coisa errada a se fazer de acordo com o manual que veio com o *spray* de pimenta. O xerife Branscom suspirou profundamente e tirou do carro de polícia um pacote com seis garrafas d'água das Montanhas Ozark.

— Sorte que sempre tenho isso no carro — ele falou, abriu uma garrafa e jogou no rosto dos garotos.

Espero que estejam envergonhados. Não só estiveram próximos de cometer um crime, três caras grandes batendo em uma mulher, como também estão atrasados para a escola, o que quer dizer que ficarão de castigo hoje à tarde e não poderão participar do treino de futebol americano. E estou muito interessado no que o treinador fará quando eu ligar para ele e explicar a razão de vocês faltarem. E vou fazer isso. — Harvey levantou suas sobrancelhas para mim. — Isso se esta senhorita não quiser prestar queixa. Se ela quiser, vocês não irão para a escola hoje.

Eu entendi a dica. Primeiro hesitei. Depois assenti com a cabeça e vi a tensão desaparecer dos ombros do xerife.

— Se ligar para o técnico deles e tiver certeza de que terão um bom castigo, já estarei satisfeita. Além disso, se eu prestar queixa, eles terão que sair do time, pelo menos durante um tempo.

Harvey pareceu aliviado.

— Sim, eles teriam que sair da equipe de futebol americano. E é claro que os pais deles saberiam desse pequeno fracasso. Uma prisão por um delito assim com certeza estragaria bastante a chance de eles entrarem na universidade, não? Seu pai vai adorar ouvir sua explicação sobre tudo isso, Scot, especialmente porque ele acabou de pagar por três caixas de correio novas em Bainbridge Road. Justin, sei que sua mãe deu duro para conseguir comprar sua jaqueta do time. — Justin chorava muito para conseguir responder, mas pareceu ainda mais miserável com aquilo. — Cody, o que acha que sua avó vai dizer sobre você atacar uma mulher?

— Só queríamos que ela fosse embora da cidade — Cody murmurou. Não devo ter mirado direito quando o acertei.

Meu coração ainda batia tão acelerado quanto o de um coelho quando ouve o cão nos arbustos. Era uma sensação desagradável e humilhante estar tão assustada assim. Se eu não tivesse meu *spray* de pimenta ou se o xerife não tivesse intervido, a essa hora eu teria uma mandíbula quebrada, ou talvez algumas costelas. Três fortões apenas alguns anos mais novos que eu poderiam... até me matar sem querer.

Harvey Branscom era um homem de palavra. Ele pegou o celular e ligou para o técnico da equipe de futebol americano da escola e, sem dizer o que quase tinham feito, deixou claro que mereciam a pior punição que o treinador pudesse dar. E eu sabia que ele podia fazer muita coisa no meio da temporada. Fiquei satisfeita com o acordo que fiz com o xerife e pensei que em Sarne era o melhor que poderia ter conseguido.

Quando achou que Scot já enxergava bem o suficiente para dirigir sua picape, Branscom mandou os garotos para a escola. Depois que eles sumiram de vista e meu coração se acalmou, o xerife falou:

— Acho que não é muito popular aqui em Sarne, senhorita Connelly.

— Com certeza eu não era popular com o setor mais antigo da polícia. O rosto dele estava rígido com o desgosto que reprimia. — Me desculpe por isso que aconteceu. Scot é louco por Mary Nell desde o primário.

Eu ainda tremia de tanta adrenalina.

— E ele demonstra isso batendo em outra mulher?

— Não, o idiota demonstra defendendo minha sobrinha de alguém que ele imagina que pode magoá-la — ele disse seriamente e depois encostou em seu carro. Naquele momento, Branscom pareceu bem mais velho. — As pessoas daqui não a entendem nem o que faz, senhorita Connelly. E acho que o fato de você não ser uma farsa só piora as coisas. Você encontrou mesmo a Teenie, claro, mas não estamos nem perto de descobrir quem a matou e ainda não temos como provar que não foi Dell. De algum jeito, a identificação do corpo de Teenie está relacionada ao assassinato de Helen. Inclusive acho que vamos fazer o enterro das duas ao mesmo tempo, lado a lado, no mesmo local onde Sally está. De acordo com o que você falou ao Hollis, são três vítimas de assassinato da mesma família. Gostaria que o raio que a atingiu fosse mais forte, talvez assim conseguisse ver o suficiente para resolver essa grande confusão.

Ou talvez, esse pensamento ele não falou, eu teria morrido e nada disso seria um problema. Fui varrida por uma esmagadora onda de descrença.

— Vocês tiveram meses para resolver os mistérios que cercam a morte de Dell e o desaparecimento de Teenie — falei num sussurro me esforçando para não gritar. — Você tem a força policial e um laboratório à disposição para solucionar o assassinato de Helen. Eu sou apenas *uma mulher* que pode encontrar corpos e que nunca disse ser capaz de mais que isso. Não tente jogar nem um pouco da responsabilidade dessa confusão toda sobre mim.

Outro carro de polícia parou atrás do xerife. Hollis, todo uniformizado, saiu do veículo para o nosso lado antes que eu pudesse sorrir para ele.

— Você está bem? — ele perguntou colocando a mão no meu ombro e olhando fixamente meu rosto. Ele havia ficado nervoso com o que viu. — Parei o garoto dos Briscoe perto da escola por excesso de velocidade e eles estavam com uma cara tão ruim que perguntei o que tinha acontecido. Ele me contou e não entendeu como não concordei com aquilo.

Me senti velha. Com o vento frio que soprava, minhas roupas de corrida pareciam inadequadas, e o único calor no mundo era o da minha pele sob a mão de Hollis.

— Estou bem — falei firme. — Acho que vou terminar de correr e voltar para o hotel.

— Onde está seu irmão? Quer que eu o traga até aqui?

De repente, minha cabeça ficou leve como um balão. Percebi que a combinação de medo profundo seguido por alívio intenso e depois uma forte raiva tinham me deixado anestesiada. Fui despertada pela sensibilidade de Hollis ao falar sobre a coisa que eu mais queria. Mas não iria pedir aquilo para ele.

— Agradeço a preocupação — falei carinhosamente. — Mas agora vou voltar a correr.

Não sei se ele entendeu o que eu quis dizer ou não. Espero que sim. Como estávamos em público, não quis dar um abraço nele. E mesmo que estivéssemos em uma situação mais particular, não tenho certeza se teria feito isso. Mas tentei sorrir para ele quando comecei a trotar. Iniciei bem devagar porque a química do meu corpo estava toda alterada. Meus músculos não sabiam se estavam frios pela inatividade ou quentes da adrenalina, e minha mente se dirigia para várias coisas ao mesmo tempo, mas se concentrava em apenas uma coisa: terminar de correr, por orgulho.

Voltei ao hotel sem nenhum outro incidente e completei a distância que havia planejado. Estava andando em volta do estacionamento para me acalmar e tentar deixar o medo para trás. Estúpida. Eu era muito, mas muito estúpida.

Meu irmão veio descendo a rua terminando sua corrida. Fui rapidamente até a porta do meu quarto e coloquei o cartão para abrir.

— Não senhora! — ele falou. — Pode ficar aí mesmo.

Merda. Fiquei de costas para ele.

Ele segurou no meu ombro e me virou, me examinando de cima a baixo.

— Você está bem?

Ele tinha se encontrado com alguém da polícia.

— Sim — falei tentando não parecer assustada. — Estou bem. Quem contou a você?

— Me encontrei com Hollis Boxleitner — ele falou. — Aquele com o qual você esteve na noite passada.

Assenti, sem olhar nos olhos de Tolliver.

— Temos que sair deste lugar — ele falou. — Poderemos ir se descobrirem quem fez isso.

— Talvez ajude se eu vir o corpo de Helen — falei. — Pode ser que eu descubra algo.

— Hollis falou que ela recebeu um telefonema depois que saímos da casa dela naquela manhã. Era o advogado, Paul Edwards.

— E o que ele queria?

— Hollis não disse. Imagino que ele não contou a você sobre isso ontem à noite, não é?

— Não. — Eu podia sentir meu rosto ficar quente.

— Mas o xerife ainda não quer que vamos embora, pois ainda acha que sabemos de algo.

— Podemos ir mesmo assim — falei. — Legalmente ele não pode nos deter, certo?

— Acho que não — Tolliver falou. Ele estava segurando meus braços e, quando soltou, senti o sangue voltar a correr pelas veias e artérias. — Mas você sabe que uma opinião ruim da polícia nos fará perder muitos trabalhos.

Aquilo era verdade. Na última vez que um delegado ficou insatisfeito comigo (ele achava que eu tinha um conhecimento prévio de onde estava o corpo, pois estava em contato direto com o assassino e usava isso para ganhar dinheiro), fiquei quase seis meses sem nenhum trabalho. Tinha sido um período difícil e eu já tivera épocas duras demais na vida. Não queria mais nenhuma, nunca.

— O seu namorado vai falar bem da gente — Tolliver disse provocando e tentando melhorar meu humor.

Eu nem reclamei dele usar o termo "namorado". Sabia que Tolliver não acreditava que eu sentisse algo por Hollis. E, como sempre, ele estava certo e errado.

8

A funerária Gleason e Filhos era um lugar todo acarpetado e com cantos escuros e pitorescamente localizado em uma velha construção de estilo vitoriano. No lado de fora, havia um jardim e dentro a casa era pintada de um azul sereno além de ter nas janelas vitrais que deviam ter custado uma fortuna. Restaurada, havia duas salas de velório, um escritório, onde as famílias podiam comprar os caixões e contratar outros serviços, e uma cozinha para fazer a grande quantidade de café que era consumida pelas pessoas ali presentes. Numa pequena e discreta construção mais nova nos fundos, ficavam as salas mais sombrias, onde as verdadeiras funções da funerária eram exercidas.

Elijah Gleason nos mostrou a área pública antes de nos levar à construção mais nova. Ele tinha orgulho do que tinha conquistado sendo o terceiro Gleason no mercado funerário em Sarne, e eu respeitava as pessoas que seguiam as tradições e as honravam. Ele era um homem baixo e corpulento, tinha quase quarenta anos, cabelos pretos e ondulados e uma grande boca com lábios finos.

— Esta é a minha esposa, Laura — ele falou quando passamos por uma porta aberta. A mulher que estava lá dentro acenou. Ela tinha cabelos castanhos bem curtos e era uma figura arredondada. — No inverno, ela faz a minha contabilidade e no verão é a Tia Hattie da Sorveteria da Tia Hattie. — A mulher sorriu e concordou com a cabeça de um jeito abstrato, retornando a atenção ao computador à sua frente. Em um cabide no canto, havia um chapéu florido e um avental longo combinando. Eu esperava que a sorveteria tivesse ar-condicionado.

— Imagino que seu trabalho seja mais constante e não tão sazonal — falei na falta de uma resposta melhor.

— Você ficaria surpresa — Gleason falou. — Temos pelo menos duas mortes de turistas por verão. É claro que esses são apenas preparados e depois mandados para a funerária de sua cidade natal, mas também contam.

Não consegui pensar em nada para dizer sobre aquilo, então apenas acenei com a cabeça e fiz uma nota mental de ficar longe de Sarne no verão. Fiquei meio envergonhada por aquelas pessoas que querem imitar um passado mais quente, fedido, ignorante e em que muitos morriam de causas que hoje em dia podiam ser facilmente prevenidas. Mulheres dando à luz, crianças com pólio, bebês com fatores de Rh conflitantes, homens que pegavam infecções depois de acidentes com uma serra... vi tudo isso no meu pequeno passeio ao cemitério. A maioria das pessoas não leva esses fatores em consideração quando tenta pensar como seria viver no passado. Elas identificam apenas que não havia o que chamam de "doenças" modernas: aborto, homossexualismo, televisão, divórcio. O passado para elas é bater papo com os vizinhos na frente de casa na sexta à noite, comer tortas fresquinhas, ouvir músicas gospel e cultivar casamentos duradouros e felizes.

Eu vejo mortes repentinas e desnecessárias.

Logo chegamos à parte nova da funerária, onde o diretor nos mostrava Helen. Hollis havia pedido isso a Gleason depois de garantir a ele que eu não desmaiaria nem vomitaria ao ver o corpo. Gosto de funerárias, da tentativa de fazer a morte parecer algo apresentável e palatável. É como uma almofada para a vida. É como o belo acolchoado de um caixão. O morto não liga para isso, mas faz os vivos se sentirem melhor.

O zumbido na minha cabeça foi aumentando constantemente enquanto nos aproximávamos da sala com a porta fechada. E ficou mais forte quando entrei na sala de embalsamamento, que era branca e moderna.

— Ainda não comecei a preparar o corpo dela — Elijah falou. — Acabei de recebê-la do instituto criminal estadual. Eles vão levar meses para concluir os testes toxicológicos, pois me disseram que estão com centenas de casos atrasados.

— Pode esperar lá fora? — Tolliver pediu. — É que minha irmã tem reações surpreendentes às vezes e isso pode assustar você.

— Me desculpe — Gleason respondeu. — O corpo de Helen está sob minha responsabilidade, por isso ficarei com ela. Bom, não esperaria nada diferente. Assenti com toda a minha atenção voltada para a forma que estava na mesa. Levantei a mão para pedir aos dois homens que parassem de falar.

Me aproximei de Helen, que estava coberta com um lençol do pescoço para baixo. Seu cabelo tinha sido penteado. O zumbido na presença dela preencheu minha cabeça. A alma ainda estava lá. Aquilo era bem inesperado e estremeci com a surpresa. O fato de a alma permanecer ali três dias após a morte, especialmente quando o corpo já tinha sido encontrado, era algo quase sem precedente. Sabia que iria conseguir mais informações porque ela ainda estava intacta, mas fiquei com muita pena. Os músculos do meu pescoço começaram a ficar tensionados, quase imperceptivelmente, porque eu não estava procurando, ela estava bem na minha frente e intacta.

O dono da funerária me olhava com uma repulsa mal disfarçada.

— Ela ainda está aqui — falei devagar e vi o rosto de Gleason murchar de medo. Olhei para Tolliver e acenei com a cabeça, compreensiva. — Vou tocá-la — expliquei para Gleason. — Respeitosamente.

Olhei para o rosto machucado de Helen, e os músculos do meu pescoço e do meu rosto finalmente relaxaram. Todos os machucados faziam parecer que alguém a pintara com tonalidades escuras. Na beira do lençol, as pontas dos meus dedos tocaram a pele do ombro dela.

A distância, pude me ver ofegando, profunda e alarmadamente. Vi o braço levantado, o mesmo que segurava o castiçal. Eu estava agachada e tentava me esquivar do golpe. O braço era masculino e estava coberto por uma manga comprida. Havia uma sensação arrebatadora de traição e surpresa. Um *flash* do braço descendo. Dor, desilusão, mágoa, esperança de ressurreição, uma terrível mistura de emoções finais. E então nada, nada e mais nada.

— Eu sei — sussurrei. — Você pode ir agora.

E então a alma de Helen Hopkins deixou seu corpo.

Aquilo só havia acontecido comigo uma vez e eu ainda não sabia o que fazer naquela época, pois tinha me encontrado por acidente com a presença daquela pessoa morta. Esse tipo de coisa que origina histórias de assombração. A alma quer certo reconhecimento por seu esforço; a agonia envolvida na morte do corpo e o distúrbio emocional de ser assassinado fazem com que a alma, de algum jeito, fique presa ao corpo. Se não for abordada antes do enterro, ela se tornará uma assombração.

Eu ajudei Helen a descansar antes de ser enterrada. Tinha feito uma coisa boa.

Mas também revivi com ela seus últimos momentos, e os efeitos disso surgiram após meu trabalho. Fiquei muito trêmula e senti Tolliver me pegar pelo braço e me levar a uma cadeira de metal. Finalmente, consegui distinguir o que estava bem à minha frente e vi que Elijah Gleason me encarava boquiaberto e com os olhos arregalados. Eu conhecia aquele olhar. Era o olhar de "queimem as bruxas".

— Helen está em paz com nosso Senhor — falei imediatamente e dei um jeito de sorrir. Eles gostam disso.

Gleason pareceu um pouco menos horrorizado.

— Você consegue ver isso? — ele acabou perguntando.

— Sim — respondi com a voz firme. — Ela está no céu com todos os anjos e em glória eterna.

Aquela explicação sempre os impressionava e os tirava de cima de mim. Era uma carta que eu não gostava de usar. Não estou dizendo que não acredito ou que sou agnóstica, mas tenho que conversar sobre Deus com as pessoas de uma maneira que entendam, pois o meu Deus não se parece em nada com o delas. E mesmo que elas não sejam totalmente crédulas e religiosas, sempre se sentem mais seguras ao ouvir coisas básicas do cristianismo. Na verdade, vindo de mim, isso abala a fé delas.

E isso me mantém segura. E Tolliver também.

Gleason puxou o lençol e cobriu o rosto de Helen. Olhei para aquele corpo embaixo do tecido branco. Ele agora estava vazio e era apenas uma coleção de células que iriam acelerar sua dissolução, pois já tinha servido ao seu propósito.

Quando voltamos ao dia frio e ensolarado, perguntei a Tolliver se poderíamos procurar uma amiga de Helen. Depois de ligarmos para Hollis, que nos disse que a melhor amiga dela era Annie Gibson, consultamos a lista telefônica de Sarne. Cinco minutos depois, estávamos sentados em uma sala de estar que era quase um clone da de Helen Hopkins. Fotografias de crianças em várias idades, a enorme Bíblia tradicional na mesinha de centro, o monte de móveis muito limpos e o cheiro de comida... era tudo muito familiar. O único toque que diferenciava aquela casa eram as fotos mais recentes: Annie Gibson tinha netos. Havia um cesto de brinquedos no canto esperando que mãozinhas os espalhassem pela pequena sala.

E a própria Annie Gibson não se parecia em nada com Helen Hopkins apesar de terem o mesmo gosto para decoração de interiores. Annie era gorda e tinha cabelos curtos e enrolados, usava óculos com armação azul e respirava pesadamente. Ela não tinha nada de boba. Annie não nos deixou sentar até mostrarmos nossas cartas de motorista, então nos ofereceu café de um jeito que demonstrou que aquilo era uma cortesia de praxe e não um agrado.

— Helen me contou sobre a visita de vocês. Não sei se são boas pessoas ou não, mas ela falou bem de vocês, e isso é o suficiente para mim. Sentirei falta dela. Tomávamos café juntas sempre e fazíamos compras em Little Rock duas vezes por ano. E mandávamos cartões de Natal uma para a outra. — Lágrimas rolaram por suas grandes bochechas, e Annie pegou a caixa de lenço que estava na mesa à sua frente. Ela enxugou as lágrimas e assoou o nariz de modo mecânico. — Nossas mães eram melhores amigas e nos tiveram no mesmo mês.

Tentei imaginar como era ser amiga da mesma pessoa por tanto tempo. Annie Gibson provavelmente tinha quase quarenta anos. Procurei idealizar como era ter netos, mas não consegui nem sentir como seria ter um filho. E ter uma amiga por tanto tempo, como Annie e Helen, era algo igualmente inimaginável.

Já seria uma sortuda se vivesse tudo isso, pensei. Observei o rastro daquele último pensamento desaparecer e pensei de onde ele teria vindo. Naquele momento, eu precisava prestar atenção na mulher à minha frente.

— Preciso falar com você sobre algo que talvez não lhe agrade muito — falei. Aquela mulher era bem direta, por isso senti que a melhor abordagem era não enrolar.

— Você precisa me dizer o que é antes que eu decida sobre isso. — O rosto dela podia ser macio fisicamente, mas sua vontade não era nem um pouco maleável. — Algumas coisas devem permanecer em segredo.

— Concordo — falei e apoiei os cotovelos nos joelhos. — Senhora Gibson, a própria Helen nos contou que passou por um momento terrível quando bebia.

Annie Gibson assentiu, sem tirar os olhos de mim.

— É verdade — falou.

— Por causa do assassinato de Teenie, Helen estava bem perturbada quando nos pediu para conversar com ela — falei bem devagar e com cuidado. — Quando contei o que sabia de Teenie e Sally, ela disse que telefonaria para os pais delas. O que quero saber é: quem é o pai de Teenie?

Annie Gibson sacudiu a cabeça negativamente. Os cachos castanhos se moveram junto, como se tivessem sido fixados com *spray*. Talvez tivessem mesmo.

Prometi a Helen não contar nunca. Ela me proibiu de dizer até mesmo para a Teenie se ela perguntasse.

— E ela perguntou? — questionei. E agradeci pelo silêncio de meu irmão.

— Sim — Annie respondeu sem hesitar. — Ela me perguntou pouco antes de morrer.

— Então parece que esse segredo era crucial — falei. — Veja só: ela vem perguntar e morre. Helen me diz que vai ligar para o pai de Teenie e morre.

Annie Gibson parecia assombrada, como se finalmente tivesse somado dois mais dois.

— Mas não pode ser. Ele não teria motivo para isso.

— Ele deve ter algum — falei, tentando manter minha voz gentil e sensata. — Contei a Helen que a mulher de Hollis, Sally, também foi assassinada. Os três membros da família se foram, e as três sabiam quem era o pai de Teenie.

— Teenie não — ela falou. — Teenie nunca soube, eu não contei porque tinha prometido para a Helen. E sabia que ela tinha perguntado para a mãe muitas vezes depois de suspeitar que não era o Jay.

— Jay? — Tolliver perguntou.

— O marido de Helen e pai de Sally. Ele veio para o funeral. Mesmo que ele tenha se divorciado de Helen, imagino que vá herdar a casa agora. Jay me ligou hoje de manhã.

— E onde ele está? — perguntei imaginando se ele falaria conosco.

No mesmo hotel que vocês. Mas não espere nada sensato dele. Helen pode ter parado de beber, mas Jay não. Ela precisou de um mandato judicial para ele ficar longe, acho que um ano ou dois depois que Sally nasceu. Jay era um homem bonito e tinha pais muito amáveis, mas não vale um centavo furado.

— Temos experiência em lidar com bêbados — falei.

— Ah, achei que soubessem mesmo. — Ela me olhou com olhos de quem sabe algo. — Pensei ter visto a marca em você.

— A marca?

— Crianças criadas por alcoólatras têm sempre uma mesma marca. Sou capaz de vê-la, mas não é todo mundo que consegue.

Pelo visto, eu não era a única pessoa na Terra que possuía um talento estranho.

Tolliver e eu nos levantamos e Annie se inclinou para também ficar em pé. Olhei em volta da pequena casa e vi que ela tinha fechaduras bem robustas nas portas. E também havia um fluxo grande de amigos e familiares entrando e saindo de lá. O telefone tinha tocado duas vezes em nossa presença, mas ela deixou a secretária eletrônica atender. Annie parecia bem protegida.

— Se eu fosse você — falei com muito cuidado —, passaria alguns dias em Little Rock fazendo compras ou algo assim.

— Você está me ameaçando? — Ela perguntou.

— Não senhora, claro que não. Eu gostava de Helen, mesmo sem a conhecer bem. E a vi após sua morte. Não quero ver a senhora tão assustada quanto ela.

— Continuo achando que você está *me* ameaçando — Annie Gibson falou tensionando a mandíbula. Ela parecia um cão determinado.

— Juro que não estou — falei da forma mais sincera que pude. — Só estou preocupada com você. — Ela não ouviria uma palavra do que eu dizia, então era melhor eu parar de falar. Agora, tudo o que Tolliver e eu falássemos apenas alimentaria sua convicção de que desejávamos mal a ela.

— Vocês precisam ir ao coral gospel hoje à noite e trazer bons pensamentos às suas mentes — ela concluiu fechando a porta atrás de nós.

— E eu achava que Helen fosse durona — falei. — Só porque não conhecíamos Annie Gibson.

Almoçamos no McDonald's, o que mostra como não estávamos em um bom momento. Nossos pais nos alimentaram com lanches de lá tantas vezes quando éramos pequenos que agora mal podíamos sentir o cheiro dos sanduíches. Quando minha mãe era casada com meu pai e morávamos em uma bela casa em Memphis, tínhamos uma empregada de quem eu gostava muito. Ela se chamava Marilyn Coachman e era uma mulher negra e firme, para quem você não respondia e a quem você sempre obedecia. No minuto em que percebeu que minha mãe estava usando drogas, ela se demitiu. Fico imaginando onde Marilyn estaria agora.

Olhei para as batatas em sua caixinha engordurada e as deixei de lado. Ela era uma ótima cozinheira.

— Precisamos comer verduras — falei.

— A batata é vegetal e o *ketchup* é feito de tomate. Sei que tecnicamente não são vegetais, mas penso neles como se fossem — Tolliver falou.

— Muito engraçado. Mas estou falando sério. Sabe que tenho que evitar essas porcarias. Precisamos de um lugar para morar. E então aprenderei a cozinhar.

— Está falando sério?

— Estou.

— Você quer comprar uma casa?

— Já falamos sobre isso antes.

— Mas eu não... você estava mesmo falando sério, né?

— Estava. — Fiquei magoada. — Pelo visto você não estava.

Coloquei o Big Mac na mesa e limpei os dedos no guardanapo. Uma jovem mãe passou carregando um filho no colo. O braço livre levava uma bandeja cheia de comida e bebida e um menino de uns cinco anos a seguia. Ela colocou a bandeja em uma mesa próxima e começou a acomodar as crianças e dividir os lanches. Ela parecia aflita. A alça de seu sutiã ficava caindo de seu ombro; ela usava um *top* sem mangas mesmo naquele dia meio frio.

Agora eu tinha a atenção total de Tolliver.

— Ainda está pensando em Dallas?

— Ou próximo de lá. Poderíamos encontrar uma bela casinha, talvez em Longview ou até mais perto de Dallas, mais ao norte. Isso seria mais central do que Atlanta, que era o outro lugar de que falamos.

Os olhos escuros dele procuraram pelos meus.

— Dallas é próximo de Mariella e Grace.

— Talvez elas mudem de ideia um dia.

— Talvez. Mas não tem sentido dar murro em ponta de faca.

— Elas mudarão de ideia um dia.

— Acha que aquelas pessoas vão nos deixar vê-las? — Mariella e Grace agora moravam com a irmã do meu padrasto e o marido dela.

A tia de Tolliver, Iona, nunca tinha tentado me proteger ou Cameron, nem os sobrinhos de sangue, Tolliver e Mark. Mas no dia em que tudo se complicou, quando por causa do sequestro de Cameron o juizado de menores descobriu quão ruim eram as coisas em casa e eu fui mandada para um orfanato e Tolliver teve que morar com o irmão, Iona e Hank intervieram para salvar a coitadinha da Mariella e da Grace, que era um bebê, em meio a uma grande onda de boatos negativos a respeito da situação de minha mãe.

Depois de morar com Iona e Hank por dois meses, nossas irmãs mais novas pararam de nos ver como se fôssemos seus salvadores e defensores e de reagir como se tivéssemos alguma doença contagiosa.

Das várias memórias dolorosas daquela época, a imagem de Grace gritando "Nunca mais quero ver você!" quando fui buscá-la era a que mais me abalava.

— Não pode ser culpa delas — falei pela centésima vez a Tolliver enquanto estávamos cercados por cheiro de óleo e muitas cores primárias. — Elas nos adoravam. — Ele assentiu do mesmo jeito que fez todas as outras vezes.

— Iona e Hank as convenceram de que tínhamos a ver com o modo que as coisas aconteciam na nossa casa — ele falou.

— Ou como não aconteciam. Como eram estragadas. — Falei por causa do profundo poço de amargura que me separava das pessoas.

— Ela está morta — Tolliver falou bem baixo. — Talvez ele também esteja.

— Eu sei, eu sei. Me desculpe. — Passei a mão pelo rosto para dissipar aquela raiva. — Não posso deixar de esperar que a meninas cresçam o suficiente para entender.

— Nunca mais será como era. — Tolliver era o meu oráculo e sempre adivinhava tudo. Ele quase sempre dizia as coisas que eu tinha medo até de pensar. E tinha razão.

— Imagino que não. Mas um dia elas precisarão de uma irmã e de um irmão e então ligarão para nós.

Ele voltou para o sanduíche.

— Tem uns dias que eu torço para que não façam isso — ele falou bem baixo, me deixando sem conseguir responder nada.

Eu sabia o que ele queria dizer. Não respondíamos a ninguém. Não tínhamos que cuidar de ninguém. Tínhamos apenas um ao outro. Depois de anos tentando desesperadamente esconder de todos as rachaduras em nossa família, cuidar apenas um do outro aqui e agora parecia relativamente fácil e tranquilo.

Hollis sentou à nossa mesa segurando uma sacola com seu lanche.

— Espero não interromper nada — falou. — Eu estava passando pelo *drive-thru* e vi vocês dois aqui. E estavam com um ar muito sério.

Tolliver lançou um olhar afiado para o policial. Hollis estava de uniforme, que caía muito bem nele. Sorri olhando para o que tinha sobrado do meu almoço.

— Estamos prontos para ir embora da cidade — Tolliver falou. — Mas não podemos ir até o xerife nos liberar.

— O que aconteceu na funerária? — Hollis ignorou Tolliver inteligentemente.

Contei que Helen tinha sido morta por alguém que ela conhecia e em quem confiava, o que não era novidade. A casa dela estava tão limpa e arrumada quanto pode estar o local onde ocorreu um assassinato violento. Ninguém havia invadido nem roubado nada.

— Alguém com mangas compridas, não um uniforme. — Isso era novidade.

— Só isso?

Não, também consegui libertar a alma de Helen para o paraíso, eu queria dizer, mas há muitas coisas que não devem ser ditas, esta com certeza era uma delas.

— Me diga uma coisa, Hollis... me disseram que a Helen teve que pedir na justiça que o primeiro marido, o Jay, ficasse longe dela. Isso é verdade?

— Sim, Jay era alcoólatra igual a ela, pelo menos naquela época. E estava muito bêbado no meu casamento com a Sally. Meu tio precisou tirá-lo da igreja porque ele começou a falar alto. Aquilo deixou Sally muito envergonhada. — Hollis balançou a cabeça ao se lembrar. — Ouvi que ele está na cidade. E é claro que Helen fez um testamento. O Jay herda a casa e o que ela tinha no banco.

— Por que Helen deixaria o que tinha para um homem que abusou tanto dela? — Aquilo não combinava com a Helen Hopkins que eu conheci, apesar de apenas brevemente.

Hollis pigarreou.

— Ah, bom, ela poderia ser grata por ele estar disposto a reconhecer Teenie como sua filha.

— E ninguém sabe quem é o pai de Teenie?

— Não, mas deve haver alguma chance de Jay ser o pai. Eles nunca fizeram um teste de DNA, mas Jay agia como se fosse e Helen colocou o nome dele nos papéis, então...

— Por que ele concordaria com isso? — Tolliver perguntou ainda olhando para as embalagens amassadas na mesa. Ele fazia bolinhas com elas e as colocava em nossa bandeja.

— Se ele dissesse que não era, estaria admitindo que não satisfazia sua esposa — Hollis explicou como se a resposta fosse óbvia.

— Ele preferiu reconhecer uma filha bastarda a admitir que a esposa dormiu com outro? — Tolliver estava sendo bem cético.

— E esse foi o jeito de um cavalheiro agir. — Hollis também olhou para outra direção dessa vez. Ele olhava para mim e eu podia sentir meu rosto esquentar. — Algumas vezes os homens fazem o que é certo — Hollis falou muito sério.

— Mas se Teenie não era sua filha, ele estava negando o direito de outro homem agir da maneira certa — falei.

— Não existem muitos homens dispostos a brigar pela honra de reconhecer a paternidade de um bebê.

Eu me lembrava claramente da época do colegial. Havia algo que me incomodava desde o começo e não havia hora melhor que aquela para perguntar a Hollis.

— Tem algo que não entendo. Dell Teague não se importou em namorar uma garota com uma reputação tão ruim? Ele fazia parte da família mais importante da cidade, certo? Ou pelo menos a mais rica. Mesmo assim... namora a filha de uma alcoólatra, de um pai ausente, uma garota pobre e com fama de louca. — Esperei a resposta de Hollis com a sobrancelha levantada.

Ele pensou por uns segundos.

— Eles andavam em turmas bem diferentes até Helen começar a trabalhar para Sybil. Teenie passava por lá depois da escola para fazer a lição de casa. E foi então que ficaram a fim um do outro, mas é tudo o que sei. Quando Teenie se meteu em confusões por causa disso, os pais de Dell resolveram interferir e Helen ficou desolada. Se Teenie não pudesse sair com Dell, ela causaria mais problemas ainda.

Aquilo tudo foi interessante. Não deu em nada, mas foi interessante.

Dobrei minhas embalagens e coloquei na bandeja com as de Tolliver.

— Antes de Helen entrar na justiça contra Jay, o relacionamento deles era violento? A polícia tinha que ir à casa deles toda semana? Ou foi algo específico que levou àquilo?

Hollis ficou pensativo.

— Se chegou a esse ponto, foi antes de eu trabalhar na polícia. Você precisa perguntar para um dos caras mais antigos. Um deles é o gerente do hotel de vocês, o Vernon McCluskey. Ele deve saber.

Não éramos muito populares com Vernon, principalmente se esse fosse o mesmo cara magro e velho que usava macacão e estava sempre atrás do balcão, aquele que nos disse sutilmente que não éramos mais bem-vindos por lá.

Tolliver se levantou para jogar o lixo fora. Uma das funcionárias, uma mulher de uns vinte e cinco anos, o observou de seu lugar atrás de um dos caixas com um olhar ávido. Ela era baixa, atarracada e o uniforme do McDonald's ficava apertado. Tenho que admitir que ela tinha uma pele muito bonita, algo de que Tolliver realmente gosta, talvez por causa de seu rosto todo manchado. Mas acho que ele não se lembraria de citar "pele boa" se alguém pedisse uma lista de coisas que o atraíam, mas notei que todas as mulheres que ele cantou tinham uma pele bem lisa.

Mas aquela mulher especificamente desejou em vão, pois Tolliver nem olhou para ela. Ele foi até o banheiro e, enquanto estava lá, Hollis me perguntou se eu sairia novamente com ele naquela noite.

— Podemos ver o coral gospel no gramado do Tribunal de Justiça. É a última apresentação dessa temporada. Não haverá muitos turistas lá e talvez você goste.

— Talvez eu goste, não é? — Pensei na recomendação de Annie Gibson e na grande mão dele sobre a minha.

— Por favor — ele pediu. — Quero sair de novo com você.

Eu tinha muitas coisas a dizer para ele, mas acabei não falando.

— Está bem — acabei dizendo. — Que horas?

— Vamos jantar primeiro, que tal? Pego você no hotel às seis e meia. — O rádio dele apitou e Hollis se levantou, se despediu e levou suas coisas até o lixo. Enquanto abria a porta de vidro, ele falava pelo microfone preso em seu ombro.

Tolliver voltou sacudindo as mãos de forma exagerada.

— Odeio esses secadores de mão de ar quente. Prefiro as toalhas de papel. — Ele já tinha reclamado disso umas trezentas vezes, por isso olhei meio irritada.

— Enxugue as mãos na calça — falei.

— E aí, vai sair de novo com o seu amorzinho?

— Ah, cala a boca — falei meio irritada. — E sim, já que quer saber, vou sim.

— Talvez ele tenha convencido o chefe dele a nos manter aqui para poder sair de novo com você.

Tolliver falou aquilo de forma tão séria que eu cheguei a considerar a ideia por um minuto, até ver seu sorriso malicioso. Dei um soco de leve nele e me levantei, colocando a bolsa no ombro.

— Idiota — falei sorrindo.

— Vão assistir às pessoas andando pelas calçadas?

— Não, vamos assistir à apresentação gospel no gramado do Tribunal de Justiça, é claro. — Quando Tolliver levantou as sobrancelhas, falei mais sério. — É o último dessa temporada. — Ele riu alto.

Mas fiquei um pouco envergonhada. Quando voltávamos para o hotel, falei:

— Ele é um cara legal, Tolliver. Eu gosto dele.

— Eu sei — ele respondeu. — Sei que você gosta dele.

9

Quando voltamos ao hotel, conversamos sobre nos aproximarmos de Vernon McCluskey. Eu estava pintando as unhas de marrom e Tolliver fazia as palavras-cruzadas da edição de domingo do *The New York Times*. Já sabia o que daria para Tolliver de Natal: um livro com o alfabeto hebraico, que era uma das principais características das palavras-cruzadas, segundo Tolliver, e totalmente desconhecida por ele. Talvez eu dê um atlas também. Assim, se a dica for "rio na Sibéria", ele pode olhar no atlas em vez de me perguntar.

— Por que vamos falar com esse cuzão? — Tolliver perguntou. — Ele deixou claro que quer que a gente saia daqui. Precisamos mesmo descobrir qual era a relação de Helen Hopkins com seu ex-marido? Por que não ficamos descansando até o xerife nos liberar? Por quanto tempo ele pode nos segurar? Acho que não muito. Um telefonema para um advogado e estaremos liberados.

Olhei para Tolliver com a lixa parada sobre a unha do dedo mindinho.

— Não queremos ser lembrados como as pessoas que foram liberadas apenas porque não acharam nada para nos segurar aqui, não é? Sabe como procedemos. As pessoas ligarão para Branscom para pedir referências do nosso trabalho aqui. E vão perguntar se cooperamos. Precisamos fazer parecer que o levamos a sério e que também queremos saber o que aconteceu nesses assassinatos. Que nos importamos com as coisas.

— Que nos importamos? — Ele jogou o lápis sobre as palavras-cruzadas. — Eu acho que você se importa.

Eu hesitei, pensando que aquilo parecia mais uma acusação.

— Isso o incomoda?

— Depende daquilo com que você está se importando.

— Eu meio que gostava de Helen Hopkins — falei finalmente e com cuidado. — Então é claro que fiquei chateada de alguém ter rachado a cabeça dela. Me importo de dois jovens serem baleados e morrerem na floresta e de as pessoas pensarem que o garoto atirou na namorada e depois se matou. Não foi isso que aconteceu.

— Você sente que eles estão pedindo para você investigar?

— Eles?

— Os mortos.

Senti a explosão de uma forte luz por trás dos meus olhos.

— Não — falei. — Claro que não. Ninguém sabe mais do que eu que os mortos estão mortos. Eles não querem nada. Bom, talvez Helen Hopkins quisesse algo, mas agora ela já partiu.

— Você não sente uma obrigação?

Voltei a lixar minha unha.

— Não. Fizemos o que nos pagaram para fazer. Não gosto de pensar em alguém que comete um assassinato e fica livre, mas também não sou policial. — Na mesma hora me arrependi de ter dito aquela última frase.

Tolliver ficou em pé com uma pressa repentina.

— Vou levar o carro para lavar. Acho que vi um lava-rápido perto da rua principal, mas vou parar na recepção e perguntar ao tal McCluskey. Isso me dará uma desculpa para falar com ele. Devo ficar fora por mais ou menos uma hora.

— Está bem. Não quer que eu fale com o McCluskey?

— Não. Ele acha que você é o grande Satã, lembra? Eu sou apenas o assistente de Satã.

Sorri para ele.

— Certo, obrigada. Quer que eu diga ao Hollis que você vai sair com a gente hoje à noite?

— Não, Harper. Vá se divertir um pouco como uma garota comum.

Ele não pareceu sincero.

— O que quer dizer com isso?

— Nunca pensou que poderíamos nos fixar em uma cidadezinha como esta? Parar de fazer o que fazemos e conseguir trabalhos normais?

É claro que eu já tinha pensado nisso.

— Não — falei. — Nunca passou pela minha cabeça.

— Mentirosa. Você poderia namorar de verdade alguém como Hollis. E poderia trabalhar em uma loja de departamento ou em um escritório. Algum lugar que tivesse pessoas vivas.

Desviei o olhar.

— E você poderia namorar centenas de Janines ou até esperar que Mary Nell Teague crescesse — retruquei. — Poderia arranjar um emprego na Home Depot. Aposto que viraria gerente bem rápido.

— Será que conseguiríamos fazer isso? — Ele não quis dizer se conseguiríamos caso tivéssemos a opção. Nós tínhamos a opção, é claro. Ele queria saber se conseguiríamos sossegar e virar cidadãos comuns.

— Seria muito difícil — falei depois de um tempo e com uma voz não muito confiante.

— Comprar uma casa poderia ser o primeiro passo — ele falou.

Dei de ombros.

— Poderia.

Ele fechou a porta bem devagar ao sair.

Não conversávamos muito sobre o futuro.

É claro que tive muitas oportunidades de pensar a respeito daquilo. Passamos muito tempo viajando de carro e, apesar de ouvirmos audiolivros, longos períodos de silêncio eram inevitáveis.

Apesar de não contar para Tolliver, eu pensava demais no passado. Tentava não me lembrar da dificuldade do nosso dia a dia naquela casa em Texarkana. Talvez se eu não tivesse sido tão bem criada na infância, aquilo não teria me incomodado tanto. Mas descer de princesa mimada para virgem vendida por drogas tinha sido chocante e abrupto demais. Não tinha amadurecido devagar o suficiente. Virei uma casca dura e rachada em vez de endurecer aos poucos.

— Que se dane — falei em voz alta. — Já chega disso tudo. — Espantei a introspecção para fora da minha mente e liguei a televisão. Minhas unhas ficaram ótimas quando terminei o serviço.

Tolliver voltou umas quatro da tarde, bem depois do que eu esperava. Quando entrou, senti o aroma de cerveja e sexo. Tudo bem, disse a mim mesma. Fique calma. Tolliver quase nunca bebia muito e não estava bêbado. Mas o fato de ter tomado cerveja no meio do dia e demorado para voltar por transar com alguém, sabendo que eu estava ansiosa, era muito significativo.

— Bom, o carro está limpo — ele disse —, e falei com o ex-policial McCluskey, que sem sombra de dúvida é a pessoa mais repulsiva com quem já conversei.

— Isso é bom. Sobre o carro, quero dizer. — Fiquei satisfeita com o tom equilibrado que usei. — E o que o McCluskey disse? Algo interessante?

— Demorei uma eternidade para amolecê-lo e fazê-lo falar sobre o que importava — Tolliver disse.

— Contar pra mim como foi tedioso o trabalho que eu passei a você é parte do seu plano?

— É claro. Dei duro por essa informação.

— Ah tá!

— E espero que você fique agradecida.

— Ah, mas pode ter certeza de que estou agradecida.

— Por acaso, senti um sarcasmo em sua voz?

— De jeito nenhum.

— Então vou terminar o que estava dizendo.

— Por favor.

Tolliver se esparramou na minha cama de costas e com os braços abertos.

— McCluskey... por acaso já falei o quanto ele é nojento? Ele se convenceu de que sou seu guarda-costas e queria saber como consigo ficar com você, que com certeza é alguém com a marca do diabo.

— É mesmo? E eu achando que tinha tomado banho e tirado todo o cheiro.

— Provavelmente você esqueceu um pouco de Satã atrás das orelhas.

— Me desculpe por isso.

— Bom, ele acha que qualquer coisa que tenha a ver com contatar ou ver os mortos é algo completamente contrário à Igreja, e que qualquer um que afirme fazer isso é...

— Me deixe adivinhar. É demoníaco?

— Como você adivinhou? Incrível, você acertou!

— Chutei.

— Enfim... — Tolliver bocejou. — Ele ouviu sobre o que houve com os garotos hoje de manhã e, apesar de achar que jovens não devem machucar mulheres, também achava que dar um susto em você era uma boa ideia.

— Ah, claro, muito obrigado.

— Eu disse a ele que não era uma boa ideia. — Aquilo pareceu bem sincero. — Disse que, se algo assim acontecesse novamente, eu teria que demonstrar minhas enormes habilidades de guarda-costas que aprendi no curso das Forças Especiais.

— Que curso das Forças Especiais?

— Aquele que existe para treinar guarda-costas especialmente letais e maus.

— Ah, esse curso.

— Isso. Bom, ele engoliu a história e disse que tinha certeza de que aquilo não aconteceria mais com você em Sarne, pois o xerife Branscom ficou bravo por você ter sido ameaçada.

— É bom saber disso.

— Foi o que pensei. Acha que é seguro para você sair hoje à noite?

Parei de olhar as unhas e me virei para Tolliver.

— Não estou tentando te impedir de sair — ele disse apressadamente. — Você pode sair com o policial amigão se quiser. Só estou tentando lembrá-la de que essa é uma comunidade fundamentalista e eles não admiram sua habilidade.

Segurei a língua por um longo minuto, tentando absorver o conselho de Tolliver. Mas então me peguei dizendo:

— Então tudo bem você sair e transar enquanto o carro está lavando, mas eu não posso ver o coral gospel?

O rosto dele ficou vermelho.

— Só não quero que aconteça nada a você — ele respondeu firme. — Você lembra o que aconteceu em West Virginia, né?

A população inteira de uma pequenina vila de West Virginia tinha apedrejado nosso carro.

— Lembro. Mas era um lugar bem menor e tinha um líder carismático que odiava a ideia de eu estar lá e o que eu fazia.

— Está dizendo que não há uma união dessas aqui em Sarne?

Fiz que sim com a cabeça.

— Talvez você tenha razão — ele falou depois de um longo momento. — Mas odeio pensar que algo possa... — a voz dele sumiu.

— Não quero ser alvo de nenhum tipo de ataque — falei depois de uma pausa. — Não quero *mesmo*! Mas também não quero me encolher neste quarto de hotel.

— E também quer sair de novo com o Hollis.

— Quero.

Ele desviou o olhar por um segundo.

— Está bem. — Ele assentiu com a cabeça. — Vai ser bom sair e ver algo diferente. Divirta-se.

Eu não queria me destacar, mas pensei que seria desrespeitoso parecer mal vestida. E foi difícil pensar no que deveria vestir para uma apresentação gospel ao ar livre. Acabei escolhendo roupas que eu considerava neutras: uma calça legal, uma blusa de lã e sapatos. Quando Hollis veio me pegar, coloquei um casaco mais pesado por cima. Ele vestia um *jeans* novo e uma camisa de veludo, que era a mais macia que eu já tinha visto. E também usava botas de caubói, o que me surpreendeu.

— Belas botas — falei.

Ele olhou para baixo como se nunca tivesse visto aquelas botas antes.

— Eu montava antigamente — ele falou. — E passei a gostar de botas.

Hollis perguntou como eu estava me sentindo após o incidente daquela manhã, e falei que estava bem. Não era totalmente verdade, mas quase. Eu não queria mais pensar naquilo, *isso* sim era verdade.

Havia carros estacionados por toda a praça, e as belas luminárias que foram instaladas por causa dos turistas davam um ar de prosperidade e originalidade. O enorme gramado do Tribunal de Justiça estava cheio de cadeiras dobráveis de todos os tipos. Crianças corriam pela multidão e gritavam excitadas no ar frio da noite. Como eu era de fora, não sabia diferenciar os nativos dos turistas, mas Hollis me disse que a proporção era de sessenta para quarenta.

No palco não muito alto, que havia sido montado na base do prédio antigo do tribunal, já estavam montados os equipamentos do primeiro grupo a se apresentar. Uma mulher com um vestido longo e um cinto azul turquesa afinava a guitarra. O cabelo grisalho dela batia na cintura e seu rosto era enrugado, expressivo e calmo. Os homens atrás dela aparentavam mais ou menos cinquenta anos e todos tinham o mesmo ar de profissionalismo dela.

— Aqueles são Roberta Moore e os Filhos da Graça — Hollis falou. — Eles são de Mountain Grace.

— Quantos grupos irão tocar?

— Em geral, apenas esperamos para ver quem aparece. Às vezes temos seis ou sete, mas hoje estou vendo apenas mais três. E Bobby Tatum, que canta sozinho.

Bobby Tatum era um homem bem jovem que usava chapéu, camisa e botas de caubói muito benfeitas. Seu casaco era costurado no estilo do velho oeste, é claro, e seu rosto bem barbeado brilhava de ansiedade. Ele conversava com um grupo de garotas que aparentavam ter a mesma idade de Mary Nell e que riam de tudo o que ele dizia.

Os outros artistas eram grupos como o da Roberta. Observei a quantidade de equipamentos caros empilhados atrás do palco e fiquei impressionada. Aquilo não era amador e desleixado. Aquele pessoal sabia bem o que estava fazendo.

Quando o céu começou a escurecer, Hollis pegou um cobertor na picape e colocou sua cadeira bem ao lado da minha para que pudéssemos nos cobrir juntos. Terry Vale, o prefeito, fez um discurso. Feliz e relaxado, ele não se parecia nem um pouco com o homem ansioso que conheci na sala do xerife.

— Minivan marrom bloqueando a entrada da farmácia do Martin deve ficar sabendo que está impedindo a saída de Jeb Martin, e ele quer ir para casa. A menos que queira que ele chame o guincho, é melhor ir até lá com um pedido de desculpas na ponta da língua. — Terry Vale falou fazendo a multidão rir.

Um jovem com um bigode ralo se levantou envergonhado e foi em direção à farmácia. Depois de mais alguns avisos, incluindo um lembrete para que as pessoas recolhessem seu lixo após a apresentação, Terry Vale anunciou Roberta Moore e os Filhos da Graça sob uma chuva de aplausos. A mulher de cabelos grisalhos fez um distraído aceno com a cabeça para o público e continuou a mexer em sua guitarra. Quando sentiu que estava pronta, fez um sinal para a banda e começou a cantar.

E era muito bom. Eu tinha certeza de que aquelas artistas eram farmacêuticos, pulverizadores de pesticidas e fazendeiros durante o dia, mas a noite eram músicos talentosos, o que me deixava encantada. Não conhecia nenhuma das músicas, apesar de ter uma vaga sensação de já ter ouvido uma ou duas quando era bem nova. As vozes, vibrantes e sonoras, se elevavam no céu noturno e limpo. De tempos em tempos, um dos cantores dizia:

— Agora cantaremos um sucesso antigo, quem souber a letra cante com a gente.

Mas não era um sucesso que eu ou meus pais conhecíamos, nem mesmo meus avós, pelo menos até onde eu sabia, então percebi quão ignorante eu era. Não era a primeira vez que eu pensava aquilo nem seria a última.

Hollis cantou junto "A cruz antiga". Para minha surpresa, ele era muito afinado.

Bem na hora que comecei a sentir frio demais para aproveitar a música, Hollis apareceu com uma garrafa térmica com chocolate quente que me agradou. Fiquei muito relaxada. Ninguém estava prestando atenção em mim e aquilo era ótimo. Além de Hollis aquecer a minha mão com a sua, o chocolate quente estava bem gostoso.

Depois de umas duas horas, a cantoria chegou ao fim e as pessoas começaram a dobrar seus cobertores e suas cadeiras. Crianças adormecidas foram carregadas para os carros com cabeças caídas nos ombros de seus pais. Eu peguei o cobertor e a garrafa térmica enquanto Hollis fechava as cadeiras. Fiquei surpresa ao ver Sybil Teague por ali. Ela fazia exatamente o mesmo que eu, assim como o encarregado das cadeiras dela era Paul Edwards.

Foi difícil saber qual de nós ficou mais surpresa.

— Não sabia que estava na cidade — Sybil falou. Ela parecia um pouco mais rica do que as pessoas ao redor. E Paul também, já que falamos nisso.

— O xerife quis que ficássemos — falei.

Imaginei que Sybil sabia com certeza que estávamos na cidade. E também pensei que ela já tivesse ouvido sobre o incidente daquela manhã, especialmente porque o garoto que liderou o ataque era um grande admirador de Mary Nell. Acredito que ela tenha apenas ficado surpresa ao me ver ali no gramado do Tribunal de Justiça. Paul Edwards não fez nenhum esforço em ser educado ou me cumprimentar e apenas ficou parado atrás de Sybil com as duas cadeiras apoiadas em suas costas.

— Não entendo por quê — Sybil respondeu. — Me desculpe por você estar passando por essa... hã, inconveniência. — Ela me olhou como se não tivesse a menor ideia de como terminar aquele encontro, e eu não era superior o suficiente para tirá-la daquele apuro. — Por que não vem almoçar comigo amanhã? — Ela sugeriu por não conseguir pensar em nada melhor, imagino. Você e seu irmão. Ao meio-dia está bom? Sabe como chegar em minha casa?

— Obrigada. Acho que conseguiremos encontrar. — Dei um leve sorriso e acenei com a cabeça, então Hollis e eu fomos para a picape dele.

Hollis soltou um riso abafado e percebi que estava se segurando para não rir alto.

— Qual o seu problema? — Perguntei e também ri um pouco.

— Ela não conseguiu escapar, né? — ele falou.

— Não mesmo. Ela se sente na obrigação de ajudar por ter nos contratado.

— Você poderia tê-la ajudado — ele falou sem demonstrar nenhuma preocupação pelo dilema social de Sybil.

— Que nada. Sabia que ela pensaria em algo. E foi o que aconteceu.

Guardamos as coisas na traseira da picape e entramos na cabine. Hollis pôs as mãos na minha cintura e deu um impulso desnecessário, mas que me ajudou a subir.

Quando chegamos ao hotel, eu o convidei para entrar.

— Sempre quis fazer amor com alguém em um hotel — ele falou.

— Esse é o meu objetivo... expandir seus horizontes.

A cama do hotel ficou bem melhor com mais alguém.

10

Hollis foi embora às cinco da manhã. Ele sussurrou que precisava ir para casa, tomar banho e ir trabalhar. Ele me beijou e eu o abracei apertado por um longo momento desejando que não fosse embora. Apesar de sutileza não ser a marca registrada de Hollis, fosse fazendo amor, fosse conversando, aquilo não era algo ruim. Ele era grande e quente e tinha uma respiração delicada ao dormir que fazia com que eu me sentisse aconchegada. Era como estar na cama com um urso de pelúcia gigante e entusiasmado.

Eu não me importaria de passar muitas noites com ele.

Aquele pensamento me despertou completamente.

Eu quase nunca fazia sexo. Uma das razões para raramente arranjar um parceiro sexual era a certeza da brevidade da relação. Transas de uma noite eram como satisfazer uma pequena coceira passageira, e eu preferia fazer isso sozinha do que usar um vibrador humano. Sim, claro que eu sabia que adultos donos do seu nariz poderiam dar e receber um pouco do outro em uma noite. E sabia que isso não precisava ser espalhafatoso ou vulgar. Mas na maioria das vezes era e eu sentia um pouco de náusea e ficava insatisfeita comigo mesmo, não importando quão bom tinha sido o ato físico.

E esse era o outro lado negativo. Depois de passar duas noites com Hollis, eu já queria passar mais tempo com ele. Mas sabia muito bem que a natureza da minha vida impedia que houvesse mais encontros.

Parecia muito mais fácil para Tolliver. Ele trocava olhares com uma mulher, ela concordava em transar, eles transavam e ela ia embora sabendo, é claro, que ele sairia da cidade tão repentinamente quanto tinha chegado. Ou será que alguma delas pensava “vai ser tão bom e ele vai gostar tanto de mim que mandará a irmã embora sozinha e ficará um tempo comigo"? Como eu não tinha amigas mulheres há muitos anos, não sabia dizer o que as outras garotas pensavam. Mas talvez, um dia, aquilo pudesse acontecer.

Apesar daquela preocupação mesquinha, voltei a dormir, mas às sete eu já estava no chuveiro. E já tinha me vestido quando Tolliver bateu à porta da frente com cuidado.

Ele deu uma olhada rápida em volta quando o deixei entrar e relaxou quando viu que estávamos sozinhos.

— Como foi o *show* gospel? — Ele perguntou.

— Muito bom. Você teria gostado. — Não perguntei o que ele fez. — Está pronto para o café da manhã?

— Estou. Vamos até o Denny's.

Talvez a salada de frutas do Denny's fosse melhor. Igual a muitos outros sobreviventes de raios, tenho dores de cabeça terríveis e minha perna direita é bem mais fraca que a esquerda. Consigo amenizar esses sintomas evitando frituras e coisas com amido. Nosso almoço no McDonald's no dia anterior tinha sido um grande desvio, por isso minha perna se contraiu a noite toda. Por sorte, Hollis não percebeu. Mas eu não tinha confiança no meu equilíbrio para correr esta manhã.

— Ah, fomos convidados para um almoço — falei para Tolliver quando colocávamos nossos cintos de segurança.

O dia estava nublado e frio. Em breve, haveria uma chuva com ventos fortes que arrancariam todas as lindas folhas dos carvalhos, das seringueiras e dos bordos. Sarne fecharia as poucas calçadas que haviam sido deixadas para os amantes das folhas. O povo tiraria suas fantasias de caipira e fecharia suas barracas de cristais e frutas, e a cidade de Sarne ficaria deserta no inverno.

— Onde? — Ele perguntou me trazendo de volta ao presente.

— Na casa de Sybil Teague. — Contei como encontrei com ela e Paul na noite passada.

— Interessante — ele falou. — Antes de irmos até o restaurante, me deixa contar o que descobri com a Janine na noite passada. Paul Edwards foi o advogado que Helen contratou para conseguir o mandato e depois o divórcio de Jay Hopkins. Ele já tinha representado Helen e Jay antes em um processo deles contra Terry Vale.

— E por que eles processaram o prefeito?

— Talvez ainda não fosse prefeito. Ele é dono da loja de móveis, tapetes e carpetes. Jay disse que o tapete que Terry vendeu a eles não era resistente a manchas e que Terry não tinha dado uma boa garantia.

— Huumm — falei. — Não sei bem o que isso tudo significa. — E precisava de uma xícara de café antes de tentar pensar naquilo.

— Quer dizer — Tolliver falou — que Paul Edwards está numa posição que o faz saber todos os segredos das duas famílias.

— Por exemplo?

— Quem é o pai verdadeiro de Teenie, por exemplo.

— Oh.

— E talvez saiba por que Dell e Teenie foram até a floresta naquele dia. O que os faria ir àquele lugar, uma terra que não era de nenhuma das duas famílias, onde acabaram sendo assassinados?

— Quem é o dono daquelas terras?

— É outra coisa que não sabemos.

— Podemos tentar descobrir isso agora de manhã?

— Claro. Podemos ir até o cartório de registro de imóveis da cidade. Mas para que gastar nosso tempo com isso?

— Prefiro ter algo para fazer a voltar ao hotel e ficar completando palavras-cruzadas.

— É, eu também. E parece que agora já temos planos para o dia todo.

A primeira coisa que fizemos depois do café da manhã foi lavar roupas na Lavanderia Sudsy Kleen, cujo dono (não para nossa surpresa) era Terry Vale. Quem cuidava da lavanderia era uma senhora idosa enrugada com um andador que dispensava a necessidade de moedas trocadas para as lavadoras e secadoras. Ela também vendia pequenas caixas de sabão em pó e amaciante atrás de uma mesa velha. Observando também percebemos que a senhora lavava e dobrava roupas por encomenda. A Sudsy Kleen era um belo negócio *delivery*.

Concordamos que aquela mulher gorda era ótima no que fazia e prestava um belo serviço, mas estava determinada a ser o mais desagradável possível enquanto fazia isso.

Inicialmente o cabelo branco fofo e a malha branca de crochê me fizeram acreditar que eu deveria ser educada com aquela velhota. Mas quando tentei trocar uma nota de um dólar para poder usar a moeda na secadora, ela bufou como se eu tivesse feito uma proposta indecente. Fiquei paralisada tentando imaginar o que tinha feito de errado. Idiotamente, estiquei a nota para ela. A Vovó Ranzinza pegou o dólar da minha mão hesitando e o examinou, pois eu obviamente era uma falsificadora. Depois contou as moedas bem devagar enquanto me lançava olhares rápidos, como se suspeitasse que eu ia arrancar a caixa com o dinheiro e sair correndo. Seus óculos brilhavam a cada olhada, apenas com um pequeno *flash* das luzes do teto, como se ela tivesse olhos biônicos. Quando levei as moedas para o meu irmão, estava meio divertida e meio irritada.

— Ela é uma graça, você precisa ver — falei em tom de bate-papo enquanto colocava as moedas na máquina.

Tolliver olhou para ela, começou a dizer algo e tentou não rir.

— Quer dizer, é simplesmente adorável quando ela faz aquela carranca — continuei. — Que figura! Não se acham mais senhoras assim!

— Psiu! — ele falou, sem parecer sério.

Eu não tinha certeza se ela tinha me ouvido ou não, pois sua expressão de desgosto extremo não mudava. Será que havia algo a nosso respeito que dava nojo nela? Ou será que não confiava na gente apenas porque não éramos de Sarne? Era difícil dizer. Não sei se eu ligava para isso.

Terminamos de lavar e dobrar as roupas rapidamente já que não havia muitos clientes por lá de manhã. Talvez o dragão tenha afastado todos os clientes.

Nossa próxima parada foi num lugar perto do centro da cidade. O cartório de registros ficava no velho Tribunal de Justiça na praça. Era a primeira vez que entrávamos naquele prédio. O teto era tão alto quanto eu imaginava e as janelas, enormes. Era óbvio que aquele prédio não aderia ao crescente uso do ar-condicionado como todos os lugares. Entramos em uma sala tão desproporcional, em que a distância do chão ao teto era maior do que entre as paredes, que me senti meio desconfortável. Não conseguia imaginar como seria trabalhar em um lugar daqueles.

As duas pessoas que trabalhavam ali ficaram surpresas de verem estranhos chegando, mas a mais velha delas, uma mulher de cabelos castanhos, imediatamente se levantou da cadeira e veio até o balcão. Quando pedimos para ver um mapa do condado, ela apontou silenciosamente para a parede atrás de nós.

— Cobra — murmurei para Tolliver depois que nos viramos. Havia um mapa enorme do condado de Colleton ali. Ele assentiu, entendendo o que eu quis dizer. — Se fosse uma cobra, teria nos picado. — Tentei me orientar seguindo as duas ruas principais de formavam um X irregular por Sarne, mas ainda tentava entender quando Tolliver apontou para a área onde tínhamos saído do carro quando procurávamos pelo corpo de Teenie.

Depois de cruzar algumas referências, encontramos o local que procurávamos e a atendente nos passou o registro correspondente. De acordo com o livro, a empresa Desenvolvimento de Terras do Condado de Colleton era a dona da propriedade, e de vários outros pontos dos dois lados da estrada. Não consegui ver nenhum avanço no nosso caso. Tolliver perguntou à funcionária se ela sabia quem estava por trás da empresa.

— Ah — ela começou. — Paul Edwards, Terence Vale e Dick Teague. Eles compraram muitas propriedades ao longo dos anos pensando que um dia nossa cidade poderia se tornar outra Branson. Mas acho que isso não vai acontecer.

— Os mesmo nomes continuam a aparecer o tempo todo — falei quando já estávamos a sós no carro.

— Isso acontece em cidades pequenas e antigas — Tolliver falou pensando logicamente. — Não tenho certeza se significa alguma coisa. O que faremos agora?

Chegamos ao escritório do *Colleton Mountain Gazette* às nove e quarenta e cinco e descobrimos que todas as edições antigas daquele jornal (pelo menos dos últimos dez anos) tinham sido digitalizadas. E poderíamos olhar os arquivos computadorizados de graça e o quanto quiséssemos ali no escritório. Aquela inesperada recepção entusiasmada veio de uma mulher mais ou menos da minha idade, uma repórter nova que esperava que rendêssemos algum tipo de história. Ela era gordinha, tinha cabelos escuros e vestia roupas com uma cor que eu chamava de mostarda. Não me interessava muito por roupas e assuntos relacionados à moda, mas até eu podia ver que era a pior cor que poderia ter escolhido. Mas ela era uma pessoa que gostava de coisas brilhantes, como atestavam sua corrente e seu bracelete dourados e seu batom cor de bronze, então talvez a cor mostarda fosse parte da mesma síndrome. O nome dela era Dinah Trout, de acordo com a plaquinha em sua mesa. Ela nos ofereceu café, passou por nós umas onze vezes e ficou ouvindo cada palavra que dizíamos um para o outro. Aquele era o nosso dia de encontrar mulheres desafiadoras.

Para nos defendermos, revezamos no computador e quem não estava lendo tinha o trabalho de distrair a extremamente curiosa senhorita Trout. Se algumas das pessoas em Sarne sabiam da minha carreira incomum, elas não dividiram essa informação com ela, o que me deixava muito agradecida.

Mais ou menos uma hora depois, tinha certeza de que havíamos lido todos os artigos relacionados com a morte de Dell Teague, o desaparecimento de Teenie Hopkins e o "trágico acidente" de Sally Hopkins Boxleitner. Fiquei fascinada com as fotos das irmãs Hopkins. Foi um choque vê-las vivas.

Eu fiquei tão impressionada pela multiplicidade das fotos na sala da Helen que nem prestei atenção no que estava nelas.

As irmãs não eram muito parecidas. Sally, a esposa de Hollis, era mais clara, tinha cabelos loiros avermelhados e sardas. Seu rosto e seus ombros eram largos e tinha algo de agradável em seu visual. Não consegui ver nada de estranho em seu olhar, nenhuma angústia escondida em sua postura, nenhuma pista de que soubesse que iria morrer. Achei a foto do casamento dela (era estranho ver Hollis bem mais novo oferecendo para ela um pedaço do bolo de casamento) e a da contratação tirada pelo Walmart, onde ela era a gerente do setor de bebês.

Sua irmã mais nova, Teenie, aparecia na foto da escola, o acompanhamento mais triste que poderia haver para um obituário. Ela estava um pouco maquiada demais para a ocasião e seu cabelo tinha sido milimetricamente dividido ao meio, fazendo duas partes sólidas e escuras descerem de cada lado de sua face. Ela tinha os mesmos traços retos e a aparência da mãe, um nariz pontudo e perfeitamente reto. Era difícil deduzir algo em seu rosto a partir de uma foto escolar. Ela sorria, é claro, mas apenas com um movimento dos lábios. Não tinha nada de genuíno naquele sorriso. Ela era um poço fundo e não me surpreendia que Dell Teague tivesse ficado intrigado.

Dell era loiro como sua mãe. Achei uma foto dele em uma antiga página sobre esportes, em que aparecia usando uniforme do time de futebol americano. Era o suficiente para partir o coração, até mesmo o meu, ver aquele jovem ali parado sorrindo para a câmera, cheio de juventude, orgulho e força. Fiquei imaginando se ele sabia o que estava acontecendo, se o tiro tinha sido uma completa surpresa e se ele teve tempo de se preocupar com o destino de sua namorada. A sensação que tive quando estava em seu túmulo era de que ele sabia o que estava acontecendo. E senti pena daquilo.

Olhei para a foto de Dell e depois voltei para a de Teenie. Depois fiz isso outra vez. Aqueles dois dividiam algo. Olhei o ano em que aquelas fotos foram tiradas. A de Teenie era do começo do outono assim como a de Dell. Era cedo demais para Teenie desconfiar que estivesse grávida. Que segredo havia entre eles? Queria imprimir aqueles arquivos e levá-los comigo. Então percebi que estava ficando envolvida demais na vida daqueles dois adolescentes que estavam mortos e enterrados.

Já que estava conseguindo muitas informações boas, aproveitei e pesquisei por histórias e fotos que também incluíssem Mary Nell Teague. Ela aparecia em muitas fotos, era animadora de torcida (nenhuma surpresa nisso), representante de classe e participava do comitê organizador do baile de formatura. Olhei de novo a foto de Dick Teague, o falecido esposo de Sybil. Ele era um homem médio, de estatura média, cabelo meio castanho, magro, ombros estreitos e um sorriso tentador, pelo menos nas fotos do jornal. Tinha também uma mordida profunda e um nariz generoso. Morreu de um ataque cardíaco fulminante em casa.

Era triste saber de uma morte tão repentina de um homem que tinha feito tanto pela comunidade, pelo menos de acordo com seu obituário. Dick Teague tinha sido juiz municipal, sócio do Lion's Club e do Rotary, membro da Câmara do Comércio e do conselho do Clube dos Garotos e das Garotas. Tinha sido até o líder local da Habitat para a Humanidade. Fiquei imaginando se Sybil tinha pedido que colocassem a foto dele na prefeitura. Não sei por que eu duvidava disso.

Falando em Sybil... olhei o relógio.

— Precisamos ir — falei para Tolliver que sorria para Dinah, talvez encantado pelo brilho de tantas superfícies reluzentes nela. — Será que podemos imprimir esses artigos? — perguntei tentando ser encantadora.

— É claro, são vinte e cinco centavos por página — ela falou. Pelo visto, eu não tinha sido encantadora o suficiente. — Não ligamos de imprimir, mas é que temos que pagar pelos cartuchos de tinta. — Entendi e tentei manter uma expressão animada enquanto a impressora cuspia lentamente as páginas que eu havia solicitado.

Dinah Trout insistiu para que voltássemos quando quiséssemos, o que eu não achava que aconteceria. Ela usava uma aliança de casamento, por isso Tolliver não a convidaria para sair, mesmo que ela desse um sinal claro de que estava disposta a isso.

Vendo que estávamos escapando de seu cerco, Dinah pensou em mais algumas perguntas para nós, e nos esquivamos delas de um jeito mais ou menos educado.

— As Ozarks criam mulheres de personalidade forte — falei para Tolliver, que só fez que sim com a cabeça de um jeito meio sério.

Mas a mulher mais inesquecível com a qual falei naquele dia foi Sybil Teague, que não era nem um pouco desleixada no quesito roupas e apresentação. Ela vestia um conjunto vermelho e branco de saia e suéter que ficava ótimo. Fiquei pensando se ela era o tipo de mãe que tirava tudo do quarto do filho falecido ou se o mantinha intacto como um santuário. Eu teria apostado na primeira opção, mas teria errado. Quando entrei no quarto de Dell após o almoço, pedindo licença para ir ao banheiro, eu o encontrei mais limpo e arrumado do que um adolescente deixaria. Mas as roupas dele estavam no armário e, apesar de ele não ter uma prateleira de lembranças patéticas como Teenie, havia um porta-retratos com a foto dela em sua mesa de computador. Fiquei com uma impressão melhor de Sybil por ter deixado a foto ali.

Tive que dar algumas voltas para poder olhar a casa, mas por sorte Sybil era egocêntrica o suficiente para levar a minha falsa admiração a sério. Tolliver e eu conseguimos nosso passeio no minuto que mostrei interesse quando Sybil fazia comentários como "está precisando de umas reformas" e "não reparem na bagunça". A casa estava em perfeita ordem e provavelmente sempre esteve. Até o quarto de Mary Nell tinha sido limpo e arrumado, nada de roupas no chão ou cama desarrumada. O banheiro tinha sido esfregado e havia toalhas limpas. Se Mary Nell se casasse com um garoto local, ele teria muito trabalho para seguir aqueles padrões.

É claro que havia uma empregada para quem eu dei os créditos de toda aquela arrumação e limpeza. Ela era uma mulher mais velha e magra que usava uma blusa de tricô e calças largas. Sybil não a apresentou, mas a mulher nos lançou um olhar curioso quando passamos pela cozinha. Pelas olhadelas que dei para o quintal por várias janelas, vi um homem juntando e queimando as folhas caídas. Não consegui ver bem sua feição, o que mostrava o quanto estávamos longe da cerca dos fundos. Era uma mansão, ou o mais perto de uma mansão que Sarne poderia oferecer.

Fiquei imaginando novamente como Sybil se sentiu quando Dell escolheu uma garota de uma camada social mais baixa. Conhecendo a casa dela, eu sabia que o papo sobre ter aceitado Teenie como nora em potencial era besteira. E pensei quão longe ela iria para evitar que Dell ficasse preso àquele relacionamento por ser pai de um filho da garota.

Eu tinha certeza de que era como Sybil encarava a coisa. Qualquer que tenha sido o papel dela na morte de Teenie Hopkins, ela amava muito seu filho Dell.

Mary Nell chegou quando estávamos sentados à mesa. Ela entrou falando:

— Mã? Mã? Olha a minha saia! — Ela ficou vermelha quando nos viu lá. Não sei se ficou desconcertada por ver Tolliver ou assustada de me encarar depois do que seu admirador tinha feito para que eu fosse embora da cidade. Talvez as duas coisas.

— O que está fazendo em casa, Mary Nell? — Sybil perguntou surpresa.

— A idiota da Heather derrubou a droga da bebida dela na minha saia — ela falou depois de um segundo de pausa. — Pedi à senhora Markham se poderia me ausentar por trinta minutos e vir para casa me trocar.

— A senhora Markham é a treinadora das animadoras de torcida — Sybil nos explicou como se ligássemos. — Bom, então vá se trocar, querida — ela falou, mas poderia ter dito também "Xôôô!" e batido as mãos. Nell saiu correndo com as bochechas vermelhas.

Em cinco minutos, ela já tinha voltado vestida em uma camiseta azul escura de mangas compridas e uma saia cáqui. Eu podia apostar que a roupa anterior estava no chão do quarto dela.

— Estou indo, mãe — ela falou descendo pelo corredor e entrando na cozinha, que tinha uma porta que dava na garagem, eu podia jurar que Nell tinha seu próprio carro. Um minuto depois, vi um Dodge Dart partindo pela frente da casa.

— Ela é muito ativa na escola — Sybil falou.

— E está em que ano? — perguntei educadamente.

— Ah, ainda a terei por mais um ano — Sybil respondeu. — Depois ela irá para a faculdade e ficarei sozinha vagando por esta casa enorme e vazia.

— Você poderia se casar de novo — falei num tom de voz totalmente neutro.

Sybil pareceu surpresa, talvez por eu oferecer uma sugestão a respeito de um assunto que não era da minha conta.

— Bom, acho que essa é uma possibilidade — ela respondeu séria. — Não tinha pensado nisso.

Não acreditei nem um pouco. Pelo jeito que a empregada encarou Sybil (enquanto tirava os pratos), ela também não acreditava. Tomamos chá gelado com nossa salada e frango servido sobre uma cama de arroz, mas eu só repeti a bebida uma vez. Queria dar um jeito de ir ao quarto de Nell, mas não podia dizer que queria ir ao banheiro de novo, seria muito suspeito. E não havia como contar a Tolliver o que eu pretendia, além de ele não ser bom em se esgueirar pelos cantos.

Acima da cabeceira da mesa de jantar, havia um quadro, que imaginei ser um retrato do falecido marido de Sybil. Eu estava sentada exatamente de frente, então tive quarenta e cinco minutos para olhar a pintura e comparar com os traços das de Dell e Mary Nell, que estavam penduradas dos lados da primeira.

— É o seu marido? — perguntei e apontei com a cabeça. Imaginei que tivesse sido pintado a partir de uma foto, mas tinha ficado bem interessante. Os olhos pareciam vivos e a tensão do corpo sentado sugeria que Dick se levantaria a qualquer momento.

Ela virou a cabeça para a pintura como se tivesse esquecido que estava ali.

— Ele era um bom homem — ela falou docemente. — E era louco pelas crianças. Ele pegou pneumonia, uma daquelas resistentes a antibióticos, por isso foi internado no hospital de Little Rock. E tinha um pequeno problema cardíaco, mas os médicos sempre nos diziam que não era nada demais, para não nos preocuparmos. Eles fariam algo a respeito depois de curar a pneumonia, entende? Mas, uma tarde, quando se recuperava, ele estava no escritório aqui com todos os nossos históricos médicos do ano anterior. Ele não estava satisfeito com nosso seguro de saúde ou achava que eles deveriam ter reembolsado uma parte maior da conta ou algo assim que nem me lembro mais. Mas tinha sido um ano de muitas doenças para nós. Acho que às vezes essas coisas acontecem.

Mary Nell teve que tirar as amídalas e Dell era o passageiro de um carro que sofreu um pequeno acidente. O motorista quebrou a perna e Dell bateu a cabeça e precisou levar uns pontos. Sangrou muito, mas depois de limpo, o machucado não era muito grave. E eu descobri que estava com o colesterol alto. Então havia uma pilha de papéis que o Dick estava examinando, e em algum momento da tarde ele simplesmente... morreu. Quando entrei para chamá-lo para o jantar, ele estava com a cabeça caída na mesa.

— Sinto muito — falei. Sybil teve que aguentar muita coisa na vida e eu precisava respeitar aquilo, não importava quanto eu a achasse fria.

— Estou curioso com uma coisa, Sybil — meu irmão falou como se mudar de assunto fosse algo lógico. — Ela olhou e piscou para ele. — Por que você não chamou Harper para vir a Sarne antes?

— Como? — O belo rosto dela ficou pálido.

— Por que não chamou Harper logo depois que Teenie desapareceu?

— Eu... bom, eu... é claro que primeiro fiquei chocada com a morte do meu filho e simplesmente não conseguia nem pensar em Teenie. Falando francamente, eu... não ligava, em vista do tamanho da minha perda. — Sybil nos olhou com uma expressão nobre que nos dizia que se envergonhava daquilo, mas e daí?

— É claro — falei. — É claro. — Apenas para que ela continuasse.

— Mas então surgiram todos esses rumores na cidade, de que só havia justiça para os ricos, porque não havia ninguém procurando por Teenie e as pessoas pareciam ter muita certeza de que Dell tinha feito algo terrível a ela... Em um almoço de domingo no clube de campo, eu estava conversando com Terry e ele me disse o que tinha ouvido a seu respeito. Paul era totalmente contra, mas eu não podia descartar nenhuma opção. Tinha que haver algo que eu pudesse fazer além de ir à floresta e procurar sozinha. Eles deviam ter trazido os cães farejadores logo de cara, sabe? Mas ninguém sabia que Teenie tinha ido lá com Dell. Quando ele foi encontrado, a hipótese era de suicídio. Helen percebeu que Teenie também tinha sumido tarde da noite e chovia forte. Quando retomaram as buscas no dia seguinte, o rastro tinha sumido. Mas não me lembro de nada disso. Não estava nem um pouco preocupada com Teenie.

— Não havia cães farejadores de cadáveres? — perguntei.

— Eles são diferentes dos farejadores normais, não é? Não, acho que não. Depois de Helen pensar um pouco no assunto, ela falou que tinha certeza de que Teenie apareceria viva em algum lugar, e trazer cães farejadores de cadáver seria assumir que ela estava morta. Pensei que ela voltaria atrás, mas Helen disse que todo mundo falou que seria a coisa errada a fazer. — Sybil sacudiu a cabeça negativamente. — Terry achou que isso mancharia o nome da cidade, mas que se dane. Se há uma jovem perdida, você tem que procurar por ela. Talvez se o Jay estivesse por aqui... Ah, ele quer que vocês passem lá na casa, falando nisso. Ele ligou aqui hoje de manhã para saber mais sobre vocês. Nem sempre o relacionamento de Jay e Helen foi ruim. Helen ficou bem melhor quando largou o álcool, sabem, mas ela era uma pessoa mais forte quando estava com o Jay. Depois de se separar dele, Helen ouvia algo aqui, algo ali e terminava sempre confusa.

Aquela não era a impressão que eu tive de Helen Hopkins. Parecia que ela e Sybil não se comunicavam muito.

E como se tivesse lido meu pensamento, Sybil falou:

— Ela nunca quis sentar e conversar comigo para que decidíssemos o que fazer. Eu ligava e outra pessoa atendia. Mandava mensagens, e ela não respondia. — Sybil fez que não com a cabeça. — E agora é tarde demais — falou dramaticamente, sem conseguir disfarçar a falta de sinceridade agora que não falava mais da morte do filho. — Pobre Helen. Pelo menos, ela foi poupada do funeral da filha. Harvey vai pegar quem fez isso. Se o filho da puta tentar vender algo que roubou da Helen ou se ficar bêbado em um bar e contar tudo para um amigo. Harvey me disse que é assim que funciona.

Sybil Teague nunca saberia como as coisas funcionavam, pensei. De certa forma, ela estava tão longe da verdade que não saberia se a verdade mordesse sua bunda.

11

— Por que você não é um desses *hackers*? — perguntei para Tolliver. — Assim eu poderia contar tudo isso e você teria uma ideia brilhante, invadiria os computadores da polícia ou da casa dos Teague, descobriria informações preciosas e eu as usaria de forma brilhante.

— Você tem que parar de ler livros de mistério por um tempo — Tolliver falou enquanto freava delicadamente em um dos muitos cruzamentos sem semáforo da cidade. — Ou então conseguir um novo parceiro.

— Parceiro?

— Claro. Se você é a detetive brilhante, devo ser o parceiro um pouco menos inteligente, mas brilhante de um jeito útil, não é?

— Exatamente, Watson.

— Estou mais para a Sharona — ele murmurou.

— Então eu sou o Monk?

— Se a carapuça serviu...

Na verdade aquilo foi um pouco doloroso, assim como as piadas que têm um fundo de verdade.

— Mas é claro que você é muito mais bonita — ele falou com uma voz ponderada, que me fez sentir melhor. Um pouco.

— Me diga uma coisa, aquelas coisas que a Sybil falou parecem com a Helen que conhecemos?

— Não — respondi prontamente. — Aliás, aonde estamos indo?

— Até a casa de Helen. Jay Hopkins quer nos encontrar lá.

— Por que será?

— Não tenho a menor ideia.

— Bom, me pareceu que nenhuma delas queria fazer o esforço de falar com a outra, apesar de uma ser a mãe de um adolescente morto e a outra, de uma adolescente desaparecida. E os dois jovens se amavam. Mas deve ter sido um choque saberem que Teenie estava grávida.

— Verdade. E é claro que ela não contou para a mãe. E com certeza Dell não contou para Sybil. Mas abriu a boca para a irmã. Não acha isso estranho?

— Não. Eu contaria qualquer coisa a você muito antes de contar ao meu pai ou à sua mãe.

Me senti quente imediatamente.

— Mas nossas circunstâncias eram diferentes. Esses dois eram de famílias normais.

— Normais? Helen era alcoólatra e se divorciou do marido porque ele bebia e batia nela. Sybil Teague é uma das mulheres mais frias que conheço e se não se casou com aquele pobre homem por dinheiro... bom, me parece é que para ela seu filho Dell vem antes de tudo, ela mesmo vem em segundo e, bem distante, em terceiro lugar está Mary Nell.

— Está certo — falei. — Tem razão. — Tolliver me impressionava às vezes, e esta tinha sido uma delas.

Dirigimos pela cidade absorvendo as visões e os sons limitados de Sarne. Com o fim de semana, a cidade tinha retornado à sua preocupação de fechar para o inverno. As placas estavam sendo retiradas dos postes ornamentais de luz e ninguém mais usava fantasias fofas. Na janela do Tia Sally, tinha uma placa de "Fechado durante o Inverno", e os cavalos e carruagens desapareceram da praça.

Nosso celular tocou quando chegávamos novamente à pequena casa na rua da Liberdade e atendi, pois Tolliver estava dirigindo.

— Alô? — falei, e uma voz mecânica respondeu:

— Harper?

— Sim?

— É Iona. A tia do Tolliver.

— Iona — sussurrei para Tolliver e voltei ao aparelho. — Sim, o que quer?

— Sua irmã fugiu de casa.

— Qual delas?

— A Mariella.

Mariella tinha acabado de completar onze anos. Tolliver e eu mandamos um cartão e dinheiro. É claro que não recebemos nenhum tipo de agradecimento e, quando ligamos (tá bom, quando eu liguei) no dia do aniversário, Iona disse que ela tinha saído, apesar de eu ter certeza de tê-la ouvido ao fundo.

Aquilo parecia horrível, como a história da Cameron, e me forcei a perguntar:

— Ela fugiu com alguém ou apenas desapareceu?

— Ela fugiu com um garoto de treze anos. Um delinquentezinho chamado Craig.

— E?

— Queremos que você venha aqui e procure por ela.

Afastei o telefone para dar a dimensão do espanto e incredulidade que a frase dela merecia.

— Você passou anos dizendo a ela o quanto Tolliver e eu somos péssimos — falei. — Ela não voltaria comigo se eu a achasse. Provavelmente correria para o outro lado. Além disso, só encontro pessoas mortas. Procure por ela você. Ligue primeiro para a polícia, pois aposto que não fez isso ainda. — Apertei o botão de desligar e acabei com a conversa, se é que se pode chamar aquilo de conversa.

— O que aconteceu? — Tolliver perguntou. Repeti as palavras de Iona.

— Não acha que foi um pouco má com ela? — Ele falou suavemente, mas aquilo doeu em mim.

— Temos trabalho em Memphis e Millington e já estamos atrasados por causa de Sarne. Não há como saber onde Mariella ou Craig estão. Quão longe podem ter ido? Eles não dirigem. Aposto que estão no fim da rua da Iona. E ela não chamou a polícia por ser orgulhosa demais para deixar que saibam que Mariella fugiu.

— Você se lembra de como Cameron era quando tinha onze anos? — Tolliver perguntou. — Eu ainda não a conhecia, mas aposto que ela também fugiu, não?

— Não — respondi. — Ainda estávamos sãs e salvas quando ela tinha onze anos. — Apesar dos sinais da separação dos meus pais já estarem presentes, éramos muito jovens para interpretá-los. Ainda estávamos fechadas em nosso mundo seguro de classe média alta. — Talvez Mariella e o amigo tenham fugido para se juntarem ao circo — sugeri. — Ou para viajar com uma banda de *rock*.

— Acho que você está sendo saudosista. As garotas de hoje em dia querem ser estilistas ou supermodelos.

— Bom, Mariella nunca conseguirá isso — respondi. Na última vez que a vimos, ela estava gordinha e continuava baixinha, coisa que as modelos não são. Mas ainda era cedo para saber se ela ainda daria aquela espichada ou não.

— Eles vão ligar para Mark — Tolliver falou. O irmão mais velho dele não morava muito longe de Will e Iona.

— Pobre Mark — falei. Sempre ajudava os outros e agora precisava de um tempo para ele. Seu primeiro casamento tinha fracassado rapidamente e ele vinha saindo com várias mulheres erradas desde então. Mark era um cara legal e merecia coisa melhor, mas sempre escolhia mal. — Acho bom ligarmos para ele à noite.

— Boa ideia. Bom, chegamos.

A casinha parecia bem triste à luz do dia. Jay Hopkins teria trabalho para vendê-la, mesmo recentemente pintada e com o gramado em boas condições.

Jay era tão magro quanto sua ex-mulher. Vi de relance a imagem dos esqueletos deles batendo um contra o outro durante uma transa, mas a tirei rapidamente da cabeça. Ele estava sentado nos degraus da frente, por isso pude dar uma boa olhada enquanto atravessávamos o gramado. O ex de Helen tinha o rosto subnutrido de um alcoólatra antigo, e ele poderia passar por qualquer idade entre a sua (que devia ser uns quarenta e poucos) e os sessenta anos. Seus cabelos eram esparsos e loiro cinzentos, e ele fumava com rápidos movimentos da mão.

— Muito obrigado por virem — ele falou. — Você deve ser a dama que é médium.

— Não sou médium — expliquei, provavelmente pela milésima vez. Comecei a dizer que também não era uma dama, mas aquilo era evidente e o assunto me cansou. — Apenas encontro corpos.

— Sou Tolliver Lang, o irmão de Harper. — Tolliver esticou a mão. — Sinto muito por sua perda.

— Minha família inteira está morta agora — Jay falou retoricamente. — Minhas duas filhas e minha esposa. Não dá para ter uma perda maior que essa.

Tentei pensar em algo para dizer, mas não achei nada. Talvez não houvesse nada a dizer mesmo.

— Sentem-se — Jay falou quando a pausa começou a ficar desconfortável.

— Antes disso — falei de repente — tenho uma pergunta. Sua esposa deixou o quarto de Teenie exatamente como era?

— Sim, pois ela sempre achou que Teenie voltaria — ele falou não muito convicto. — Sally e Teenie dividiram o quarto até Sally se casar com Hollis. Por que quer saber isso?

— Posso ver o quarto?

— Você disse que não é médium. O que espera descobrir lá? — Jay Hopkins era mais esperto do que imaginei. Talvez ainda não tivesse começado a beber naquele dia.

Hesitei.

— Quero ver se ficou algum fio de cabelo dela na escova de cabelos — acabei falando.

— E por quê? — Ele acendeu outro cigarro. Era a casa dele, lembrei a mim mesma.

— Porque quero testá-lo.

— Para descobrir o quê?

Agora ele tinha ido um pouco longe demais.

— Acho que você sabe — Tolliver disse inesperadamente. — E acredito que você se pergunte sobre isso também.

Jay apagou o cigarro com um soco.

— Do que está falando, cavalheiro?

— Que você fica se perguntando quem é o pai dela.

Jay congelou na posição que estava, imagino que impressionado por alguém ser rude o suficiente para dizer aquilo em voz alta.

— Ela era minha filha — ele acabou dizendo em tom de fim de conversa.

— É claro. De todas as maneiras que importavam. Mas precisamos saber de quem ela era filha biológica — Tolliver falou.

— Por quê? Vou enterrar minha criança. Você não pode tirar isso de mim. — Aquela era a voz de um homem que tinha perdido muitas coisas, apesar de eu achar que algumas foi ele mesmo quem jogou fora.

— Se o pai dela não deu um pio ainda para reclamar a paternidade, não acho que o fará agora — falei sendo razoável.

— Mas tenho todas as chances de ser mesmo o pai de Teenie. Não quero que ninguém pense mal da Helen.

Tarde demais para isso.

— Acho que todos sabem que Helen era humana — falei gentilmente. Acho que a vergonha seria do pai por não cumprir com suas responsabilidades. — Eu comecei a pensar que Tolliver podia segurá-lo enquanto eu corria até o quarto...

— Então está bom — Jay Hopkins falou. Ele soou derrotado, derrubado na lona e eu sabia que ceder ao meu pedido era apenas mais um item de uma longa lista de coisas que o faziam menos homem. Mas, naquele momento, a autoestima dele não estava no topo da minha lista de coisas a serem preservadas. E duvidava que tivesse sobrado alguma, de qualquer forma.

— O que fará com o cabelo dela? — ele perguntou.

— Mandarei para um laboratório para analisarem o DNA.

— Mas como?

Dei de ombros.

— Acho que pela empresa de envio expresso.

— O quarto dela é o da esquerda. — Os cotovelos dele estavam apoiados em seus joelhos ossudos e ele deitou a cabeça sobre as mãos. Ele tinha certo ar de presunção agora. Aquilo devia ter servido de aviso para mim.

A casa era tão pequena que não havia dúvida de qual quarto ele tinha indicado. Havia camas gêmeas com um criado mudo entre elas. As paredes eram cobertas de pôsteres e bugigangas. Havia flores secas, convites de festas, bilhetes de amigos e broches com frases bacanas, um grande chapéu de palha e um guardanapo do Dairy Queen. Coisinhas como aquelas significariam algo apenas para a pessoa que as guardou, e agora aquelas memórias não existiam mais. Eu estava disposta a apostar que todas as pequenas lembranças de Sally tinham ido com ela quando se casou, e tudo o que estava ali era de Teenie.

Não havia nenhum cabelo na escova que estava na pequena penteadeira embaixo do espelho. Fiquei imaginando se a polícia tinha recolhido quando ela desapareceu para fazer um DNA. Vi que havia uma bolsa em cima de um gaveteiro velho. Joguei o conteúdo dela sobre a cama mais próxima e fui recompensada com uma pequena escova cheia dos cabelos escuros de Teenie. Coloquei a escova em um envelope marrom que eu tinha trazido e dei uma olhada em volta. Eu estava certa de que várias pessoas já o tinham examinado à exaustão, a polícia e Helen com certeza. Eu vasculharia o quarto da minha filha se ela desaparecesse, arrancaria o piso e tudo mais. Não havia muito sentido em ser eu a procurar pistas ali.

Peguei uma amostra de cabelo de Jay, que fez uma piada irônica sobre ele ter tão poucos para desperdiçar. Agora eu tinha amostras do cabelo dele e de Teenie, o que poderia me trazer problemas, mas eu enviaria mesmo assim.

Tolliver tinha uma amiga em um grande laboratório de Dallas. Ele resolvia coisas que eu não conseguia. Ele tinha que ser meigo e fofo com ela para conseguir as coisas, mas isso nunca matou ninguém. Se bem que fazia o meu estômago se revirar, mas eu não ia morrer.

Eu estava ansiosa para partir, mas Jay queria saber sobre nossa conversa com Helen, e me senti obrigada a contar do mesmo jeito que contei à polícia. Ele também me deu permissão para pegar fios de cabelo da escova de Helen, e de repente estava menos chateado e mais interessado em como poderia descobrir se era o pai biológico de Teenie.

— E você vai pagar do seu bolso? — Tolliver me perguntou quando já estávamos no carro indo embora. Fomos até o lugar de encomendas da empresa de transporte expresso que ficava em uma loja de autopeças a vários quarteirões da praça. Pequenos negócios em Sarne, e no sul em geral, tinham que diversificar suas atividades, mas já estava acostumada com aquilo e me diverti. Peguei alguns envelopes e segui as instruções da amiga de Tolliver de como mandar as amostras.

— Sim — falei. — Vou pagar por isso.

— Por que, em nome de Deus, está fazendo isso?

— Não sei exatamente. Quero ir embora. Quero que a justiça seja feita. Me sinto péssima por Helen ter perdido as duas filhas por causa de um assassino.

— Ou será que tudo isso é por causa do Hollis? — Tolliver perguntou em tom provocativo. — Será que é porque você quer impressionar um homem da lei?

Fiquei com vontade de gritar ou estapear Tolliver. Mas apenas o encarei e me contive. Depois de um longo momento, ele falou:

— Tá, me desculpe.

— Ela disse que vai demorar três dias para ter uma resposta preliminar? — perguntei.

— Sim. E mais que isso para uma resposta definitiva, mas três dias para um sim ou não rápido, pois serão usados folículos capilares e não amostras de sangue.

Estávamos saindo da loja quando um carro de polícia parou ao lado do nosso e um policial, que eu nunca tinha visto antes, saiu dele. Era um homem alto, magro, de meia-idade e com cabelos brancos cortados com máquina bem rente à cabeça. Ele usava óculos horríveis e estava tão tenso quanto uma cobra prestes a dar o bote, foi até a parte de trás do carro e examinou nossa placa do Texas como se fosse uma placa da Alemanha.

— Chequei a placa de vocês — ele começou. — Vocês têm um mandato de prisão em Montana.

— Não, não temos — respondi, mas Tolliver segurou meu braço.

— E vocês estão com uma lanterna quebrada lá atrás. — Ele apontou, mas eu não era tola o bastante para me aproximar dele e olhar. Depois ficou esperando uma reação nossa e pareceu bem desapontado por não conseguir uma. — Você é o proprietário deste carro, senhor?

— Sim — Tolliver respondeu com cuidado.

— Encoste no carro com as mãos sobre o teto. Vou ter que levá-lo para a delegacia.

Comecei a sentir um zunido na cabeça, mas fraco e distante. Fiquei ali parada enquanto meu irmão cumpria as ordens em silêncio e quase como se fosse normal. Percebi que Tolliver também tinha a tensão no corpo do policial.

— O que... — tive que limpar a garganta. — O que vai fazer?

— Com um mandato pendente, tenho que levá-lo para a cadeia até verificar o que está acontecendo.

— Como? — Não consegui entender o que tinha dito porque o zunido estava mais alto.

— O juiz virá logo até a cidade. Se houver algum erro, ele será solto em menos de um minuto em Nova York.

— O quê?

— Não está me entendo? — Ele perguntou. — Você fala inglês, mulher?

— Você está prendendo o meu irmão — falei.

— É isso mesmo!

— Porque está dizendo que há um mandato de prisão em Montana.

— Sim, senhora.

— Mas não é verdade. As acusações foram retiradas.

— Não é o que o computador diz. E, além disso, tem também o problema da lanterna, senhora. — Ele apontou. Enquanto Tolliver permanecia onde estava, dei a volta com cuidado no carro mantendo uma distância segura do policial. A lanterna estava quebrada.

— Estava inteira quando entramos na loja — falei.

— Me desculpe, mas não podemos acreditar apenas na sua palavra — ele falou sorrindo maliciosamente. Depois deu a volta no carro tomando cuidado para ficar tão longe de mim quanto eu queria ficar dele e revistou Tolliver. Pude ver os pedaços brilhantes da lanterna do carro no chão.

— Quando posso tirá-lo da cadeia? — perguntei, fingindo com todas as minhas forças que o policial não estava ali. Aquilo era uma grande sacanagem, mas não havia nada que eu pudesse fazer.

— Depois que o juiz fixar a multa pela lanterna quebrada e verificarmos o problema do mandato. Não temos um juiz que fica na cidade, eles vêm de vez em quando para julgar os casos, por isso teremos que esperar.

Eu ofeguei. Não consegui evitar. Cada reação de medo que eu tinha alimentava o senso de poder e satisfação maligna do policial, mas não tinha nada que eu pudesse fazer a respeito. Estava bem próxima do pânico e procurava em minha cabeça uma forma de conseguir ajeitar as coisas *agora mesmo*.

— Qual o seu nome? — perguntei.

— Bledsoe — ele respondeu não muito feliz.

— Harper — meu irmão falou, agora algemado, e o zunido aumentava e aumentava enquanto eu olhava para o metal em volta dos pulsos dele. O policial olhava para mim inquieto e parou de sorrir. — Ligue para o Art. Ele recomendará alguém.

— Art Barfield era nosso advogado. O escritório dele ficava em Atlanta, onde estávamos quando precisamos de um advogado pela primeira vez.

O policial pareceu ainda mais nervoso ao absorver a implicação de termos um advogado poderoso dando apoio (o que não era bem verdade) e fez menção de dizer algo, mas pensou melhor e parou, com a palavra já pela metade em sua boca. Então mudou de ideia novamente.

— Não fique nervosa a respeito de tudo isso, mocinha. Não acontecerá nada com o seu irmão em nossa cadeia.

Eu nem tinha pensado naquilo. Meu foco estava em minha necessidade egoísta de Tolliver e no pânico por imaginar como me viraria sem ele. Percebi imediatamente que estava assustada pelas coisas erradas. Vi que Tolliver estaria nas mãos daquele policial, que era um idiota com poderes.

Tolliver começou a dar a volta no carro até mim, mas o policial o puxou de volta pelas algemas.

Tive que me controlar. Me concentrei completamente para empurrar a criança aterrorizada dentro de mim para o lugar dela. Respirei fundo e devagar. Tinha que concentrar minha atenção em Tolliver, não em mim e em minhas mãos trêmulas. Meu cérebro começou a funcionar de novo, talvez não perfeitamente, mas pelo menos voltou a produzir ideias.

Olhei Bledsoe diretamente nos olhos.

— Se algo acontecer com Tolliver em sua cadeia, isso será muito desastroso. — Aquilo não era uma ameaça, era? Não queria dar a ele uma desculpa para me prender também.

— Agora vou pegar o nosso celular que está no bolso do meu irmão — falei em uma voz um pouco mais alta que um sussurro.

Deixei minha bolsa no capô do carro para mostrar que estava obviamente desarmada e sem nada comigo. Ninguém se mexeu enquanto levantei as mãos e andei bem devagar até Tolliver. Queria que aquele policial morresse. Queria pisar no túmulo dele. Não parei de encarar os olhos dele, que eram afiados e azuis, nem por um segundo. Suas pálpebras se agitaram e ele olhou em direção à sua viatura, fingindo estar fascinado pela voz queixosa que vinha do rádio.

Coloquei a mão no bolso de Tolliver e peguei o celular.

— Estou orgulhoso de você — ele murmurou e eu sorri, o máximo que poderia naquele momento.

Pus a mão em seu ombro por um segundo e depois me endireitei, aumentando mais um pouco meu sorriso enquanto o policial colocava Tolliver no banco de trás da viatura. Depois ele também entrou no carro e, enquanto eu observava, deu ré e levou meu irmão embora.

Fiquei ali parada até que o homem da loja de autopeças saiu e veio me perguntar se eu estava bem.

12

Dirigi de volta ao hotel com muito cuidado e devagar. Era como se minha mão direita tivesse sido amputada, ou um de meus pés. Eu me sentia exposta e vulnerável, como se tivesse um alvo preso nas minhas costas, tão visível quanto uma girafa que caminhasse pelas ruas de Sarne.

Quando já estava no quarto, com a porta trancada, percebi que já estava perto do meu limite. Minha perna direita, ferida pelo raio anos atrás, tremia e mal aguentava o peso do meu corpo. Mas eu ainda me segurava, mesmo que apenas com a pontinha dos dedos. Fiquei encarando o espelho em cima da pia.

— Vou me segurar! — falei em voz alta. — Vou me segurar, pois sou a única pessoa com quem Tolliver pode contar para tirá-lo dessa confusão. — Me senti melhor e por um minuto olhei para mim mesma, para a minha determinação. Eu parecia uma pessoa capaz de lutar.

Liguei para Art Barfield. Ele não era um advogado nacionalmente famoso nem trabalhava em um escritório grande. Art era bem respeitado no sul por causa de sua família tradicional e rica, e bem conhecido em Atlanta por sua excentricidade. Ele era sócio de dois outros advogados que eram apenas um pouco mais tradicionais que ele.

A secretária dele era extremamente caxias e não gostou quando mandei ela me passar diretamente para ele. Mas depois de checar com o chefe, ouvi a poderosa voz sulista dele e a terrível tensão que tinha tomado conta de mim esmoreceu um pouco.

— Onde está agora, criança? — Art perguntou.

— Em Sarne, no Arkansas.

— Meu Deus todo-poderoso, que diabos está fazendo aí?

Quase sorri.

— Tivemos um caso aqui, mas houve complicações. Quando saímos de uma loja de autopeças, havia um policial sacana esperando para prender Tolliver. — Expliquei sobre o mandato em aberto e da lanterna quebrada.

— Huumm. Então Tolliver está preso?

— Está. — Aquilo saiu quase um lamento choroso. Segurei o celular com tanta força que meus dedos ficaram brancos.

— E você está aí sozinha, querida?

— Estou.

— Isso não é bom. É claro que Tolliver não é procurado em Atlanta. Nós esclarecemos e resolvemos esse assunto. E não poderia ser preso por uma lanterna traseira quebrada, então o policial forjou isso por alguma razão.

Aquela não seria minha abordagem se eu fosse defender Tolliver, mas fiquei feliz de falar com alguém que acreditava veementemente na inocência do meu irmão.

— Você vai conseguir lidar com isso sozinha, docinho? — A voz de Art era muito gentil, mas animada, como se esperasse por uma resposta rápida.

— Vou sim, ficarei bem por aqui — falei com consciência de que estava mentindo.

— Isso quer dizer que você vai se esforçar bastante — Art traduziu.

— Isso.

— Bom pra você, querida. É o seguinte, conheço uma advogada em Little Rock que pode ir até aí e a ajudar com o caso. O nome dela é Phyllis Folliette. Anote o nome dela agora.

Não havia nada de errado com a minha memória, mas anotei mesmo assim, junto ao telefone dela.

— Vou ligar para ela assim que desligar aqui e ela entrará em contato com você em seguida, ou pelo menos o mais rápido possível.

— Que bom — falei. — Isso ajudará muito. Me diga uma coisa, Art. Eles não podem abrir pacotes que enviarmos pela empresa de transporte expresso, podem?

— Não — ele falou. Eles precisam de um mandato para isso. — Depois me disse para ligar para ele se eu precisasse de algo e desligou.

Eu esperava que Bledsoe não soubesse o que estávamos fazendo na loja de autopeças; ele não tinha entrado para perguntar enquanto estávamos lá, e também não tinha perguntado para mim. Talvez enviar as amostras não tenha sido o motivo da prisão de Tolliver. Poderia haver algo mais aí.

Harvey Branscom, apesar de não ser a minha pessoa favorita, sempre pareceu um cara bastante independente e que faz bem seu trabalho. Por que teria concordado em participar do teatro em frente à loja de autopeças? Quem poderia tê-lo influenciado tanto? Não é possível que ele não soubesse o que seu policial estava fazendo.

O que alguém ganhava com Tolliver na cadeia? Aquela era uma pergunta crucial. E qual era o resultado da prisão dele?

Bom, a primeira coisa que me vinha à cabeça é que agora precisaríamos ficar mais tempo em Sarne. Mas não entendia como isso seria uma vantagem para alguém. Um pensamento bizarro passou pela minha cabeça e tive que considerar. Será que Hollis tinha ficado tão louco por mim em tão pouco tempo que enquadrou Tolliver só para me manter aqui? Não consegui acreditar nisso. Era mais fácil imaginar outro cenário em que Mary Nell fizesse o mesmo para manter Tolliver na cidade, pois aquele mandato tolo e a lanterna quebrada pareciam um plano desesperado e amador. Mas também parecia difícil pensar que Mary Nell teria como saber que tivemos problemas em Montana no passado e, mesmo se descobrisse, não poderia entrar na rede de computadores da polícia e dar um jeito de plantar um falso incidente lá.

Sentada sozinha no meu quarto, tentei imaginar uma progressão crível de causa e efeito, oportunidade e motivo. Tendo minha mente insistido em permanecer vazia, abri a porta de comunicação com o quarto de Tolliver, entrei e me sentei lá. A arrumadeira tinha feito a cama e trocado as toalhas, então não havia nenhum vestígio de Tolliver lá, pelo menos não que eu visse. Durante um tempo, estar ali me fez sentir melhor, mas me achei tola e depois uma invasora, então voltei ao meu quarto.

Alguém bateu na porta e quase meu esqueleto pulou para fora da minha pele. Olhei para meu relógio e vi que estava sentada com meus pensamentos correndo como ratos em uma roda há mais de uma hora.

Na porta, Hollis falou:

— Sinto muito.

— Você... não teve nada a ver com tudo isso, né?

— Não — ele respondeu sem parecer ofendido. Seu tom era tão gentil como quando falamos quando estamos com medo que um cão nos ataque. — Marv Bledsoe costumava beber com Jay Hopkins.

Lembrei o olhar malicioso no rosto de Jay e tive certeza de que ele tinha ligado para Marv e disse a ele onde nos encontrar. Por isso não se importou de pegarmos os fios de cabelo. Ele achou que não teríamos tempo de enviar.

— Se quer saber, nunca confiei em Jay nem em Marv. Infelizmente Harvey confia, ou pelo menos está agindo como se confiasse. E os agentes federais já foram embora, chamados para investigar outro assassinato de casal de adolescentes que acham que pode estar relacionado com o caso de Teenie e Dell. Então não há ninguém para deter o Marv.

— E você viu o tal mandato?

— Não, eu não. Apenas fiquei sabendo que houve algum problema em Montana quando vocês trabalharam lá. No ano passado?

— Isso, mas foi tudo resolvido. Não há nenhum mandato de prisão contra Tolliver. Tenho certeza disso. Nem tínhamos uma lanterna quebrada quando saímos de casa hoje de manhã.

— Você o viu quebrando?

— Não, não vimos.

— Se Marv inventou tudo isso, ele teria uma maneira de detê-los com certeza — Hollis falou sentando pesadamente na ponta da minha cama. Ele viu o meu olhar e disse hesitante: — Pensei em passar aqui para ver como estava. Tenho a impressão de que você depende bastante do seu irmão.

— Dependo mesmo — respondi de forma simples. — Mas vou ficar bem. Já liguei para uma advogada em Little Rock e ela me retornará daqui a pouco.

— Isso é bom. Você está se saindo bem. — Mais uma vez, o incentivo foi exagerado.

Eu estava ciente que não era... bom, a senhorita Estabilidade. Mas há uma diferença entre saber que você tem um defeito e ver outras pessoas reagindo a ele. "Não se pode esconder o quão estranhos somos", foi a mensagem subentendida. "Você precisa de cuidados e tratamento especial." Comecei a ficar tensa novamente.

— Hollis — falei, ouvindo minha voz sair como um uivo. — Cuide para que nada aconteça com Tolliver naquela cadeia. Está me ouvindo?

Pude ver o ressentimento dele com a implicação daquilo, mas naquele momento eu não ligava. O que importava era eu ver no rosto dele a garantia de que nada poderia acontecer com meu irmão na cadeia, que ele seria tratado justamente e passaria bem.

Porém, não vi isso na expressão de Hollis.

— Ouça o que estou dizendo, Hollis. — Falei na voz mais calma que consegui. — Sei que você ama esta cidade e que adora a vida que leva aqui. Mas tem algo acontecendo em Sarne, há uma maçã podre em algum lugar estragando todo o resto. Tem muitas coisas que não sabemos sobre essas mortes. Alguém que você conhece assassinou Dell e Teenie. Alguém que você conhece matou sua esposa e espancou Helen Hopkins até a morte. E alguém que você conhece não quer que eu e meu irmão saiamos daqui, por alguma razão. Agora precisamos descobrir quem é esse alguém. Vim até aqui e fiz meu trabalho, que foi rápido e correto. Agora, Tolliver e eu deveríamos poder ir embora e deixar que vocês resolvessem os seus malditos problemas.

— Você estava começando a gostar de mim antes disso tudo acontecer — Hollis falou me surpreendendo completamente. Parecia o tipo de coisa que os homens esperam que as mulheres falem. Se a vida fosse um seriado, eu teria dito aquilo.

— Sim — falei. — Estava.

— Sei que alguém é responsável por todas as mortes — ele falou. — Sei bem disso e também já pensei que é alguém que conheço. Mas não consigo imaginar o motivo. Sally era uma boa pessoa, uma mulher ótima que eu amava. — Hollis parecia ter a mesma dificuldade que eu em manter os pensamentos em ordem.

— Ela sabia algo — falei. — Ela sabia um segredo, algo grande. E foi a primeira a morrer.

Pensamos naquilo por um momento.

— Você se lembra de algo diferente nos dias que antecederam a morte dela? Ela estava excitada, chateada ou preocupada?

Hollis parecia profundamente deprimido. Eu queria tocar em seu cabelo, fazer um carinho, mas mantive minhas mãos travadas ao lado dos meus quadris.

— Ela parecia ter um segredo — ele disse pesadamente. — Ela falava comigo sobre qualquer coisa, mas algumas questões sobre sua família e as confusões em que a mãe tinha se metido... quer dizer, entendo que não fosse algo surpreendente ela não querer falar da bebida, das brigas, do divórcio ou das... hã... infidelidades do pai e da mãe.

Pensei sobre aquela afirmação.

— Então ela seria totalmente honesta com você a respeito de tudo, menos da família dela.

Ele hesitou.

— Isso — finalmente ele respondeu de forma firme. — Qualquer coisa, menos sobre a família dela.

— Acha que ela tinha um segredo que acabou deduzindo sozinha, tipo "Opa. É isso!", ou descobrindo porque a mãe ou Teenie teriam confidenciado algo?

Hollis se esforçou para se lembrar de algo e eu para não ficar impaciente. Sentia muito que ele tivesse que mexer naquela ferida novamente, mas sabia que era algo necessário. Aliás, parte de mim perguntava: *Por que ele não fez tudo isso antes?* Está certo que ele achava que a morte dela tinha sido acidental. Mas, agora que sabia ter sido assassinato, será que estava revirando aqueles últimos momentos em sua cabeça?

— Acho que ela descobriu algo. É quase impossível dizer o que se passa na cabeça de alguém, sabe? E estive pensando que talvez não conhecesse Sally como eu pensava. Se tivéssemos sido casados há mais tempo e confiássemos mais um no outro, ela teria me dito o que a preocupava e no que pensava. Teríamos resolvido a coisa juntos. Mas infelizmente não éramos casados há tanto tempo assim. Não tínhamos sido testados ainda.

Aquilo não estava nos levando a lugar nenhum.

— Aconteceu algo pouco antes de ela morrer? — Perguntei percebendo que poderia soar calculista. — Alguma coisa que pode ter levado à morte dela?

— Só a morte de Dick Teague.

— Quando ele morreu? — Eu tinha visto as matérias no jornal, mas não prestei atenção na data.

— Acho que foi em fevereiro. Sim, acho que é isso — Hollis falou depois de pensar um pouco. — Quando Sybil o encontrou, não conseguia se concentrar em arrumar tudo para o funeral, então contratou Helen e Sally para limparem a casa. Sabia que Helen trabalhava limpando a casa de Sybil antes de começar a beber pesado e tudo o mais? Depois ela contratou Barb Happ. Eu não queria muito que Sally fizesse faxina para ninguém, mas ela adorava limpar e disse que faria isso em seu dia de folga no Walmart, não só porque sentia pena de Sybil, mas também porque queria um dinheiro extra para o Natal. Sally voltou para casa naquele dia bem preocupada com algo.

— Mas não deu nenhuma pista para você? — Eu imaginei que Sally tivesse descoberto a gravidez da irmã, mas ela tinha morrido bem antes disso.

— É claro que perguntei como tinha sido o trabalho. Ela disse que limpou a parte de baixo da casa enquanto a mãe ficou com a parte de cima, e não falou praticamente mais nada. O escritório estava do mesmo jeito desde que Dick caiu morto, e ela disse que aquilo fez com que se sentisse estranha. Naquela noite ela procurou um de seus livros do colegial. A escola parou de usar aquele livro, por isso os estudantes puderam ficar com eles no fim do ano. Sally se interessava por algumas coisas que me surpreendiam:

— Qual era o livro?

— Ela tinha tantos que não consigo me lembrar agora. Só me lembrei da história porque ela parecia... estar pensando muito em algo, e, quando encontrou o livro, Sally o folheou por muito tempo. Aquilo não era algo que acontecia sempre.

— Você acha que consegue se lembrar de qual era o livro?

— Talvez. Vou dar uma olhada hoje à noite e tentar encontrá-lo. Acho que tinha uma contracapa vermelha... — Hollis parecia distante, como se seus olhos estivessem vendo uma cena longínqua, e imagino que estavam mesmo.

O telefone tocou e eu pulei uns trinta centímetros.

— Alô? — falei.

— Senhorita Connelly? — Era uma voz de mulher com um forte sotaque sulista e um jeito inteligente.

— Sim?

— Aqui é Phyllis Folliette. Do escritório Huff, Moon e Greene.

— Ah sim, que bom.

Hollis apontou para a porta indicando que precisava ir, e concordei com a cabeça, fiz um tchau com a mão e voltei minha atenção à advogada.

— Certo — ela começou e sua voz se tornou cuidadosa e suave. — Fui informada de que você está com problemas aí em Sarne.

— Isso.

— Antes queria dizer que liguei para a delegacia e me disseram que seu irmão não será julgado nos próximos dois dias. Não posso pagar a fiança antes de o juiz estabelecer uma, entendeu?

— Sim, entendi.

— E o juiz só chegará aí depois de amanhã.

Está bem, eu não era burra.

— Eu sei que daqui a dois dias quer dizer depois de amanhã — falei claramente.

— Hum. Entendi... desculpe estar sendo muito didática — a advogada se desculpou. — São ossos do ofício.

— Aham.

— Então, estarei aí em Sarne depois de amanhã para tirar seu irmão da cadeia. As acusações não passam de um monte de besteiras, mas ligarei para Montana amanhã cedo para saber tudo certinho. Enquanto isso, não faça nada arriscado e não se preocupe. O Art falou para eu não me esquecer de dizer isso a você. Está bem?

— Sim.

— Certo. Agora passarei você para nosso departamento financeiro para que possam cuidar dessa parte.

Todos querem ser pagos, inclusive eu, aliás, especialmente eu, desde que imaginei que meu dom poderia desaparecer a qualquer momento. Quero usá-lo enquanto o possuir, pois é a única habilidade que tenho. Imaginei que ele deveria me dar suporte, visto que me privou de ter uma vida normal.

Depois de resolver as coisas com o departamento financeiro, desliguei e tentei pensar no que deveria fazer a seguir. Arrumei as coisas de Tolliver e coloquei no meu quarto. Depois, fui até a recepção e disse ao terrível Vernon McCluskey que não usaríamos mais o segundo quarto. Ele disse que esperava que eu saísse também, e respondi que ainda precisava ficar em Sarne mais alguns dias. Ele não podia me expulsar, pelo menos não legalmente, apesar de hoje eu ter tido uma ideia de como as leis funcionavam em Sarne. Se ele desse um jeito de me fazer sair, era só eu dirigir até a cidade mais próxima, que já ficava em outro condado.

Pensei em todas essas possibilidades enquanto voltava ao meu quarto e percebi que sacudia minhas mãos no ar como uma criança se exercitando, tentando me concentrar. Era hora de comer e eu peguei uma barra de cereal. Precisava de mais do que aquilo, de comida de verdade, mas não queria sair sozinha. Uma coisa era saber que Tolliver estava me esperando no hotel ou em algum lugar da cidade, outra completamente diferente era ele estar trancafiado na cadeia. Fiquei pensando o que teriam dado para ele comer e quando poderia vê-lo. Também tentei imaginar se ele tinha um companheiro de cela.

A pessoa mais importante que eu conhecia em Sarne, depois do xerife, era Sybil Teague. Não sabia se ela se importaria com aquilo e duvidava que me ajudaria, mas liguei mesmo assim.

— Meu irmão foi preso sob uma acusação forjada, Sybil — falei depois que ela disse que estava feliz em falar comigo.

— Paul Edwards me contou hoje à tarde — ela disse em seu descolado tom de voz de mulher rica. — Sinto muito pelo trabalho que está tendo.

Aquilo não era muito promissor.

— Tolliver não é procurado pela polícia em nenhum lugar — falei do modo mais calmo que consegui.

— Sei que meu irmão é o xerife, mas você deve saber que não posso interferir em assuntos legais — Sybil respondeu com uma voz que não era mais fria, e sim gelada.

— Tolliver é meu irmão, e um policial que trabalha para o seu irmão armou contra ele por razões que só o próprio policial sabe.

— Qual policial? — ela perguntou me surpreendendo.

— O tal do Bledsoe. Que coincidência, não? — Queria que Sybil confessasse que o tinha instigado contra mim, assim saberia quem era o meu inimigo.

— Ah, o Marv — ela disse devagar, soando agora nem um pouco feliz, talvez por eu tê-la envolvido. — O primo de segundo grau de Paul. Não que tenha algo a ver.

Será que todo mundo envolvido nesse caso era parente?

Sybil não estava disposta a fazer nada para me ajudar, e eu mesma não conseguia pensar em nada concreto que ela pudesse fazer. Ela não estava feliz com aquilo, o que me deu a sensação de que ela não achava que Tolliver fosse culpado de algo. Mas também não queria ou podia interceder junto ao xerife. Desligamos o telefone igualmente insatisfeitas uma com a outra.

Pensei bastante e por um bom tempo e então liguei para no celular de Mary Nell Teague. Ele deu o número para Tolliver e eu peguei do bolso dele quando arrumei suas coisas. Ela tinha feito um rabisco embaixo do "Nell".

Mary Nell não ficou feliz em ouvir minha voz do outro lado da linha.

— Tolliver não pode ligar para você porque seu tio Harvey o colocou na cadeia. — Aquilo não era exatamente o que tinha acontecido, mas eu não me preocupava em ser exata agora.

Ela gritou por um minuto, enquanto eu esperava pacientemente na linha.

— É claro que ele não é procurado em Montana — ela falou. — Isso é loucura.

Apesar da opinião de Mary Nell ter base apenas na atração física que tinha por Tolliver em vez de fatos, era bom ouvir alguém totalmente do lado dele. E para colocar a adolescente no caminho certo, contei a ela que a mãe tinha se recusado a ajudar. Não disse assim de forma brusca, mas me certifiquei de que a cena fosse entendida. Aquilo garantiria que a vida de Sybil seria irritante e chata por pelo menos vinte e quatro horas, que era o mínimo que ela merecia. Também sei ser má quando quero.

Liguei para o Hollis em seguida, mas ele não atendeu. Considerando a saída apressada, como se precisasse estar logo em outro lugar, pensei que tivesse voltado para fazer a ronda. Ou será que talvez estivesse apenas sendo um rato idiota e covarde? Era possível que o xerife tivesse dito para ele ficar longe de mim se quisesse manter o emprego? Hollis provavelmente se importava bastante com o emprego a ponto de fazer isso. Tentei não jogar a culpa nele, mas, de qualquer forma, eu estava miserável o suficiente para pensar nele como um rato idiota e covarde.

Pensei no que faria a seguir. A possibilidade de perder o controle e chorar muito passou pela minha cabeça. Mas aquilo seria contraproducente, devia ter algo que eu pudesse fazer além de ficar sentada na porcaria do quarto do hotel. Poderia dar um pau no Bledsoe, naquele momento eu me sentia como se pudesse arrancar o fígado dele com as unhas. Mas claro que devia haver algo mais construtivo... pensei em tudo o que conhecia e então descobri. Liguei de novo para Hollis e deixei uma mensagem em sua caixa postal.

— Se não estiver atendendo porque não quer falar comigo, não tem problema. Mas saiba o seguinte: estou indo agora para sua casa e vou querer dar uma olhada nas prateleiras de livros. — Fiquei chateada por ter sido orgulhosa e ter devolvido o dinheiro dele, pois poderia usar como uma desculpa a mais se tivesse guardado comigo.

Corri até a casa de Hollis, pois precisava me exercitar. Aquilo podia me manter calma por mais tempo. A perna fraquejou umas duas vezes, mas não cedeu completamente. A picape não estava parada na entrada da casa. Eu tinha planejado entrar Hollis estivesse lá ou não, então não me importei. Mas também não queria ser presa por invasão. Por sorte, a porta dos fundos ficava bem escondida das pequenas casas vizinhas por arbustos altos. E como era um dia de semana, o mais provável é que não tivesse nenhum vizinho por lá.

Para um policial, a segurança dele era fraca. Achei a chave reserva no terceiro lugar que procurei (pendurada em um preguinho no telhadinho sobre a varanda). Estava em um canto escuro parcialmente escondida, mas fui tateando até encontrar o prego e um segundo depois a chave estava na minha mão. Fiquei contente em descobri-la, pois me pouparia de quebrar um dos vidros da porta dos fundos (o que também era um risco à segurança, como qualquer policial devia saber).

Como o dia estava encoberto e cinzento novamente, acendi a luz da sala. Eu só tinha passado por ali para ir ao banheiro da última vez que estive naquela casa, então não estava familiarizada com as coisas. A pequena sala era confortável e... aconchegante, com um sofá de dois lugares e uma poltrona reclinável combinando. Tinha uma mesinha na frente do sofá e uma mesa de apoio ao lado da poltrona reclinável com um abajur, algumas revistas, um livro e vários controles remotos. Ao alcance da mão, havia uma pequena estante lotada de livros, a maioria de suspenses românticos escritos por Jayne Anne Krentz, Sandra Brown, Nora Roberts e outros do tipo. Também havia uns poucos livros de aventura e mistério, Lee Child e Thomas Cook, que eram mais a cara de Hollis.

Fiz um pequeno *tour* pela casa para ter certeza de que estava procurando no lugar certo. O primeiro quarto não tinha nenhuma estante de livros, e o outro (usado como escritório e depósito) tinha apenas manuais de computação e de jogos. A cozinha tinha alguns livros de culinária e o banheiro, um cesto de vime cheio e revistas. Voltei à sala de estar e me ajoelhei em frente às prateleiras lotadas.

Hollis havia me falado que sua esposa pegou um livro antigo da escola e eu podia apostar que ele ainda não os tinha empacotado, e tinha razão. Sally Hopkins Boxleitner guardou um livro de poesia britânica, uma cópia de *Júlio César*, outra do *Mercador de Veneza* e um de história americana. E havia também um de biologia básica que estava bem velho e amassado.

De acordo com Hollis, o livro tinha uma capa vermelha. Os de biologia e historia tinham vermelho pelo menos em suas lombadas.

— Mas que diabos está fazendo aqui? — Acho que uma parte de mim absorveu os pequenos sons da chegada de Hollis em casa, pois não pulei de susto. Ele parecia muito bravo.

— Estou investigando para entender o que Sally estava pensando naquela noite — falei. — Achei sua chave reserva em menos de dois minutos. Aqui. Pegue o livro de história. Era este que ela estava olhando?

— Por que não me esperou chegar em casa? — Talvez ele estivesse um pouquinho menos bravo.

— Achei que estivesse me evitando e imaginei que não me deixaria entrar.

— E então decidiu ir em frente e invadir minha casa? Sabia que isso é ilegal?

— Colocar um homem na cadeia sob acusações falsas também é. É esse o livro que ela olhava?

— Talvez seja — ele respondeu distraído. — Tem algum outro vermelho?

— Sim, o de biologia, olha só.

— Pode ser esse também.

— Tá. Você olha o de história, e eu fico com o de biologia.

Virei o livro de ponta cabeça e, quando o sacudi, um pedaço de papel caiu dele. Achei que tinha encontrado uma lista de supermercado antiga ou um bilhete que ela tinha escrito para o garoto que se sentava ao lado dela no colegial, mas descobri que era algo bem mais misterioso.

Era meia folha de papel branco em que estava escrito "SO, MO, DA, NO".

— Se tivesse deixado dentro, saberíamos em que página estava guardado — Hollis apontou.

— Tem toda razão — respondi meio distraída. — Fiz besteira. Tem ideia do que isso significa?

— Não, pelo menos à primeira vista. Mas é a letra dela... de Sally.

O tom de voz dele agora era diferente e penetrava até mesmo no meu sistema emocional sobrecarregado.

— Me desculpe — falei, me esforçando de verdade. — Sei que esse é um assunto cansativo para você e que está tentando deixar isso para trás.

— Eu não estou tentando deixar Sally para trás, mas estou sim tentando pensar no resto da minha vida. E os fatos dos últimos dias, Sally ter sido assassinada e o filho da puta que fez isso estar andando por aí, falando comigo, têm corroído minhas entranhas. Além disso, toda vez que a vejo eu quero tanto transar com você que até dói. E você praticamente invade minha casa, a minha casa, caramba, e ainda assim só penso em foder você aqui mesmo, no chão.

— É mesmo?

— É mesmo.

Foi como se ele tivesse ligado um interruptor. De repente, eu também estava pensando naquilo, que seria ótimo esquecer meus problemas por alguns minutos, então deitei de costas e tirei a camiseta.

Foi o encontro mais rápido, mais violento e mais excitante que já tive. Unhas, dentes, pele escorregadia contra pele escorregadia e o barulho de um corpo contra o outro. Depois, ele ficou deitado no chão ao meu lado no pequeno espaço que tínhamos disponível e disse:

— Preciso passar o aspirador aqui. — Ele ofegava bastante e as palavras saíam devagar.

— Só tem um ou outro coelho empoeirado — concordei. — Mas eles foram bons companheiros para nós.

Ele arquejou e riu e eu vesti meu sutiã porque tínhamos um projeto em andamento. Rolei para o lado e me apoiei em um cotovelo.

— Tirei sangue de suas costas — falei olhando os arranhões feitos pelas minhas unhas. — Me desculpe.

— Foi bom na hora — ele respondeu quase pegando no sono. — Não ligo.

Enquanto ele cochilava, deitei de bruços e comecei a folhear o livro de biologia. Era bem básico, com capítulos de células de plantas e reprodução, o sistema nervoso humano, como o olho funcionava e...

Olhei os arranhões no ombro de Hollis e sacudi a cabeça. Olhei de novo para o gráfico na página.

Vesti minha calça *jeans*.

— Hollis — chamei baixinho.

— Hum? — ele falou abrindo os olhos.

Preciso ir embora.

— Quê? Espere um minuto. Onde está o seu carro?

— Vim correndo do hotel até sua casa. Voltarei caminhando.

— Não, espera um minuto que levo você de volta. Ou pode ficar aqui. Sei que não gosta de ficar sozinha.

Não era ficar sozinha que estava me deixando impaciente. Era ficar sem meu irmão, mas não queria explicar isso.

— Preciso voltar para o hotel — falei com o máximo de lamento que consegui. — Pode ser que a advogada me ligue. — Tá, era mentira, mas queria poupar os sentimentos dele. Eu tinha algumas coisas para fazer e teria liberdade total para isso sem estar perto de Hollis, o homem da lei. Ele vestiu rapidamente o seu uniforme.

— Você comeu alguma coisa? — ele perguntou de forma prática quando passávamos pela rua principal.

— Ah... não, não comi. — Não tinha nem terminado a barra de cereal.

— Então me deixe passar pelo Subway pelo menos e pegar alguma coisa.

— Isso seria bom — concordei, percebendo de repente que estava com fome.

O carro dele se encheu com cheiro do sanduíche quente de frango e fiquei com água na boca.

Quando Hollis parou na vaga em frente ao meu quarto, desci do carro levando a sacola com o sanduíche. Queria usar a luz dos faróis para me ajudar a pôr a chave na fechadura. O hotel era muito mal iluminado. Hollis começou a dar ré quando abri a porta. Me virei para acenar com uma mão enquanto a outra segurava minha sacola de comida. Pude ver vagamente o braço dele se mover para mudar de marcha e sair do estacionamento.

Repentinamente, uma mão de dentro do quarto segurou meu braço levantado e me girou, fazendo com que eu entrasse cambaleando no quarto e caísse no tapete em uma velocidade assustadora.

Fiquei em pé imediatamente e me lancei contra o agressor e o empurrei exatamente contra a abertura da porta. Nunca se deixe ficar encurralada. Você tem que reagir instantaneamente, eu descobri ainda adolescente, ou o seu oponente ficará em vantagem, por seus ferimentos doerem demais ou por você ficar muito assustada. E deve reagir com cada fibra de seu ser. Empurre, morda, ataque, arranhe, aperte, solte-se completamente. Se você se esforçar para machucar outra pessoa, não sentirá tanto quando machucarem você. Quase nem senti os dois socos que o homem deu nas minhas costelas antes de agarrar o saco dele, apertar e puxar para baixo, e depois o mordi no pescoço o mais forte que pude. Ele gritava e tentava me afastar quando Hollis nos separou.

Me sentei e encostei na parede do hotel soluçando e tremendo como consequência de liberar tudo aquilo, e observei meu agressor ser algemado por Hollis rapidamente. É claro que era o Scot, o admirador de Mary Nell; o mesmo Scot que tinha tentado me atacar. Ele agora choramingava, babaquinha de nariz sujo.

— Você ficou louco? — Hollis gritou com ele. — Perdeu a noção? O que pensa que está fazendo atacando uma mulher desse jeito?

— É ela que é louca — Scot falou e cuspiu um pouco de sangue. — Viu o que estava fazendo?

— Scot, que merda fez você tomar essa atitude? — Dava para ver que Hollis estava totalmente atordoado. — Quem o deixou entrar no quarto dela? — Ele sacudiu o garoto.

O adolescente permaneceu em silêncio, apenas olhando para Hollis.

Vernon McCluskey saiu mancando da recepção e veio pela calçada onde estávamos posicionados em nosso estranho tabuleiro.

— Você deixou este garoto entrar no quarto de Harper, Vernon? — Hollis gritou.

— Não — Vernon respondeu e olhou para o garoto desdenhosamente. Eu sabia que o desdém não era por ser pego atacando uma mulher menor que ele, e sim por ter falhado em fazer isso com força suficiente e na hora errada. — Aluguei o quarto que o irmão dessa moça estava usando. Não é minha culpa se ela deixou a porta que conecta os quartos aberta. Não tinha ideia que Scot faria algo assim. — Vernon sacudiu a cabeça com um falso arrependimento.

Filho da puta.

Se eu estava me sentindo paranoica, era por boas razões.

— Levante-se Scot — Hollis falou. — Você vai para a cadeia. Vai prestar queixa, Harper?

— Pode apostar que sim. — Eu precisava de uma mão para me levantar, mas Hollis estava levando Scot até sua picape, e eu não pediria a Vernon nem um lugar para cuspir na calçada. Tremendo, dei um jeito de ficar em pé. Os músculos da minha coxa sacudiam e me sentia fraca e nauseada. Estava odiando praticamente tudo. — Talvez precise esperar até amanhã, mas farei queixa com certeza. Estava disposta a perdoar na primeira vez quando ele parecia um adolescente enlouquecido de ciúme, mas isso aqui foi a gota d'água.

O que poderia ter induzido aquele garoto, que morria de medo dos pais e do treinador, a tentar algo assim? O que o mandaram fazer? Me matar ou apenas me espancar?

— Foi pago — falei e Hollis parou no meio do caminho enquanto levava o garoto algemado até a picape. — Aposto que alguém o pagou para fazer isso.

Vi no rosto de Scot que eu tinha descoberto algo valioso.

— Você devia fazer o quê, quebrar uns ossos? — perguntei como se batêssemos papo. — Ou me matar?

— Cala a boca — ele respondeu virando a cabeça para mim. — Não fale mais comigo.

— Covarde — falei e me lembrei de que Harvey Branscom tinha dito a mesma coisa na manhã anterior. E ele tinha razão.

— Queime no fogo do inferno — Scot falou pouco antes de Hollis bater a porta do carro.

Vernon continuava ali parado quando eles foram embora.

— Se pegar minha chave de novo quando eu sair, entrarei com um processo e levarei este hotel à falência. — Eu tinha certeza de ter trancado a porta de comunicação. Peguei minha sacola de comida. Por sorte, não tinha pedido nada para beber, já que havia bebidas em meu frigobar. Vernon teria me denunciado por danos à propriedade se eu derrubasse Coca-Cola no carpete verde dele.

Segurei a porta da frente com uma cadeira e empurrei o frigobar para a porta de comunicação dos quartos. Ele não seguraria ninguém, mas atrapalharia e me daria um alerta. Usei o celular para ligar para Art em Atlanta e deixei um recado na caixa postal dele contando tudo o que tinha acontecido, apenas para ficar registrado.

Estava me sentindo tão sozinha que chorei.

Depois comi o lanche, não porque queria (já estava frio e meio ruim), mas porque precisava de energia. Tirei a roupa com os dedos trêmulos. Eu estava toda bagunçada; tinha transado e brigado na mesma noite e precisava tomar uma ducha. Me olhei no espelho sobre a pia. A pele sobre minhas costelas do lado direito estava ficando roxa no lugar onde Scot tinha dado dois socos. Respirei fundo tentando descobrir se as costelas estavam quebradas. Concluí que não depois de alguns movimentos.

Me deu certa satisfação saber que, se o meu dia tinha sido ruim, o do Scot tinha sido ainda pior. De *quarterback* do time de futebol americano da escola e pretendente de Mary Nell ele tinha passado a um réu a ser processado em breve. O orgulho e uma recompensa o tinham levado a isso, pensei. Ele devia se sentir envergonhado depois do incidente matinal. O treinador deve tê-lo feito parecer um idiota, além do xerife tê-lo chamado de covarde. Em vez de usar isso para melhorar, Scot ficou com raiva e, quando alguém ofereceu dinheiro, aproveitou a oportunidade de recuperar sua autoestima. É uma daquelas situações em que você descobre quem é de verdade. Infelizmente, Scot parece não ser grande coisa.

Hollis me ligou depois de colocar Scot na cadeia. Ele queria saber como eu estava e assegurar que nada mais iria perturbar minha noite.

— Vamos descobrir o que aquelas iniciais significam. Eu conhecia minha esposa e entenderei aquilo mais cedo ou mais tarde.

Eu achava que não teríamos tempo para o "mais tarde" e não sabia se conhecer Sally ajudaria. Ela sabia exatamente o que queria dizer e estava se referindo a algo simples e óbvio. Com todo respeito a Sally, se uma garota que se formou no colégio Sarne High fez alguma descoberta significativa depois de olhar seu livro de biologia básica, então eu devia ser capaz de descobrir o que era. E várias outras pessoas também seriam capazes, e era isso que me preocupava. Escrevi "SO MO DA NO" no pequeno bloco de papel que ficava ao lado do telefone. Escrevi como uma palavra, depois ao contrário e então tentei forma uma palavra com as letras. Dormi com o lápis na mão.

13

Uma batida na porta me acordou. Abri um olho para ver que horas eram no relógio do criado-mudo. Eram sete da manhã.

— Quem é? — perguntei cuidadosamente enquanto me arrastava até a porta.

— Mary Nell.

— Ah, que ótimo. Tirei a cadeira para abrir a porta e ela entrou.

— Temos que tirá-lo de lá — ela falou dramaticamente, me deixando com vontade de dar uns tapas nela.

— Sim, também quero que ele seja solto. — Se havia um pouco de sarcasmo na minha voz, foi em vão, pois Nell Teague nem percebeu.

— O que você fez a respeito disso?

Pisquei e me sentei na cama.

— Contratei uma advogada que virá aqui amanhã.

— Ah — ela falou meio murchando. — Bom, eu liguei pro Toby Buckell, mas ele riu de mim e disse que não pegaria o caso a menos que um adulto ligasse para ele.

Eu podia imaginar aquilo.

— Sinto muito que ele tenha tratado você dessa forma — falei tentando parecer que eu achava mesmo isso. — Agradeço o seu esforço. Mas Tolliver é meu irmão e por isso eu é que tenho que trabalhar nisso.

Queria ser simpática com a garota, cujo único problema era ter dezesseis anos, mas ela estava me cansando com tanto drama. Então lembrei que ela tinha perdido o irmão e o pai em um curto período de tempo e me forcei a agir de um modo mais hospitaleiro.

— Quer um café ou um refrigerante?

— Quero — ela falou indo até frigobar para pegar uma Coca-Cola. Me servi de um pouco do café que tinha na cafeteira do hotel.

Era fraco, mas estava quente e continha cafeína. Olhei para a minha visitante. O rosto de Mary Nell tinha apenas um pouco de maquiagem, seus cabelos estavam presos em um rabo de cavalo e agora aparentava a idade que tinha. Ela devia estar em casa fazendo algum trabalho de escola ou falando no telefone com uma amiga sobre a saída da noite passada, e não em um quarto de hotel com uma mulher como eu.

— Você disse que ligou para um advogado. Por que não falou com Paul Edwards?

Ela respondeu rapidamente.

— Acho que talvez minha mãe se case com Paul Edwards.

— Você não gosta dele? — Fiquei tentando pensar no que falar.

— Nós nos damos bem — ela falou. — Ele sempre esteve por perto, era amigo do meu pai, e minha mãe sempre ouve a opinião dele a respeito de tudo. Dell nunca gostou do senhor Edwards e eles tiveram uma discussão feia antes de o meu irmão morrer.

— Sobre o quê? — perguntei tentando parecer casual.

— Não sei. Dell não me contou. Ele descobriu algo e foi falar com o senhor Edwards, mas não gostou do que ouviu.

— Era algo que ele descobriu sobre Paul?

— Não sei se era sobre o senhor Edwards ou outra pessoa. Dell pensou que ele poderia ajudá-lo.

— Ah. — Nenhuma das letras era P ou E, imaginando que Sally as tivesse escrito se referindo a alguém. Droga, por que as pessoas não escreviam o que queriam dizer? Malditas sejam as abreviações. — Pensei que você e Dell fossem bem chegados — falei, o que foi algo sem tato e estúpido. — Fico surpresa por ele não ter contado a você o que o deixou bravo.

Ela me lançou um olhar indignado.

— Bom, éramos o mais próximo que irmão e irmã podem ser.

— O que quer dizer com isso?

— Tem coisas que um irmão homem e uma irmã mulher não conversam — ela falou como se tivesse que explicar a neve para o esquimó. — Quer dizer, deve haver algumas coisas que você e Tolliver não falam, não? Ah, esqueci que você não é irmã dele de verdade. Então talvez não saiba disso.

Touché.

— Irmão e irmã não falam sobre sexo. Aposto que nem quando são adultos — ela me ensinou. Me lembrei do quão chocada ela ficou ao me contar que o irmão tinha engravidado Teenie. — E não falam sobre quais amigos estão transando, mas sobre o resto pode-se conversar.

— Você e o Scot conversaram sobre ele vir até aqui e bater em mim?

Ela recuou.

— Do que está falando?

Então a rede de fofocas de Sarne ainda não tinha entrado em ação e ela não sabia.

— Alguém pagou para o Scot vir aqui e se esconder no meu quarto na noite passada. Ele devia me dar uma surra. Igual no outro dia de manhã, mas dessa vez estava sozinho. Se Hollis Boxleitner não estivesse comigo, eu poderia estar no hospital agora.

— Eu não sabia — ela falou, me deixando mais uma vez culpada, mas não tinha uma maneira gentil de contar uma história daquelas. E também não dava para minimizar mais do que eu já tinha feito. — O que aconteceu com nossa cidade? Estávamos indo bem até você chegar!

Foi uma boa inversão das coisas.

— Sua mão me chamou até aqui — eu a lembrei. — E tudo o que fiz foi encontrar o corpo de Teenie, que foi o que me pediram.

— Teria sido melhor se você não tivesse encontrado — Nell falou infantilmente, como se eu pudesse prever que tudo isso fosse acontecer.

— Era o meu trabalho. O corpo dela não devia ter ficado lá na floresta esperando para ser encontrado. Fiz o meu trabalho e foi a coisa certa a fazer — falei do jeito mais calmo que consegui.

— Então por que está acontecendo tudo isso? — ela perguntou como se eu devesse ter uma resposta. — O que está acontecendo?

Sacudi a cabeça negativamente. Não tinha ideia. Mas, quando pensasse em algo, algo que tirasse meu irmão da cadeia, jamais poria os pés em Sarne de novo.

Nell foi embora para a escola, parecendo assustada e muito infantil.

Fui até a delegacia para dar um depoimento a respeito do incidente da noite anterior e perguntar sobre quando poderia ver Tolliver. Estava com receio de perguntar à atendente que ficava no balcão, a mesma moça gorda que estava lá na semana anterior. Minha preocupação era que, quando soubessem que eu queria vê-lo, eles achassem um jeito de me impedir. E eu nem sabia quem eram "eles".

— O horário de visita é das duas às três às terças e sextas — ela me falou olhando em outra direção como se eu fosse muito repugnante para seus olhos.

Como era terça, poderia vê-lo naquela tarde. O meu alívio foi enorme. Mas até as duas da tarde eu não tinha nada para fazer e estava morrendo de medo daquele quarto do hotel.

Fui até o cemitério, aquele mais novo. Queria fazer outra visita aos Teague, pelo menos aos falecidos da família. Dessa vez consegui parar bem perto dos túmulos deles e estava bem agasalhada porque a temperatura baixava cada vez mais. Estávamos no Arkansas no começo de novembro, então não era provável que nevasse, mas, naquela região da cadeia montanhosa das Ozarks, não se podia descartar a opção completamente. Eu estava com um cachecol vermelho enrolado no pescoço e usava luvas vermelhas e um casaco grosso azul brilhante. Gostava de estar bem visível, principalmente no Arkansas durante a temporada de caça. Era a primeira vez que me agasalhava tanto neste outono e me sentia tão acolchoada quanto uma criança brincando na neve pela primeira vez.

Olhei em volta para a paisagem sem nenhuma pessoa. Atravessando a rua, a oeste, estava a floresta. Havia um pequeno grupo de casas, por volta de vinte, ao norte, com gramados de meio acre, varandas e churrasqueiras a gás do lado de fora de suas portas deslizantes de vidro. Não dava para ver nenhum carro: todos trabalhavam para manter aquele pedaço de subúrbio. O cemitério se esticava para o sul até uma parte de um morro íngreme que bloqueava em parte a visão do lado leste. Aquele era um lugar muito calmo.

Foi fácil encontrar a quadra dos Teague. Bem no meio de uma coluna de suporte, havia uma grande lápide com a palavra TEAGUE esculpida nas duas faces.

Andei por entre os Teague me movendo bem devagar de um túmulo para o outro. Em geral, eles não eram uma família que desfrutava de vidas longas. O avô de Dell tinha vivido apenas até cinquenta e dois anos, quando teve um ataque cardíaco fulminante. Dois irmãos do avô estavam lá também por terem morrido na infância. A avó dele era mais durona, viveu até setenta e dois e morreu de pneumonia havia apenas dois anos. Dei um oi para Dell. A morte dele por tiro baixou bastante a média da família. Calculei as datas que apareciam na lápide do pai dele e descobri que tinha apenas quarenta e sete anos quando Sybil o encontrou com o rosto na escrivaninha.

É claro que o meu objetivo ao ir até lá era Dick Teague. Quando pisei sobre o local de seu descanso final, senti uma excitação antecipada, como antes de saborear uma sobremesa deliciosa. Descendo pelo solo rochoso, meu dom fez contato com o corpo abaixo. Examinei Dick Teague com a atenção cuidadosa que ele merecia, mas descobri que a barreira de sapatos, terra e caixão estava abafando demais a resposta. Precisava de mais contato. Me abaixei em frente à lápide para pôr minhas mãos no chão. Assim que fiz isso, houve um som de estouro vindo da floresta a oeste do cemitério e algo picou meu rosto forte o suficiente para me fazer gritar.

Coloquei minha mão enluvada na bochecha e vi sangue nela. Ele era diferente do vermelho vivo da luva, e fiquei olhando para aquilo espantada. Ouvi o mesmo estouro novamente e de repente percebi que alguém estava atirando em mim.

Em um rápido movimento, passei de agachada a quase deitada. Graças a Deus eu não estava no Delta, onde o chão era tão reto que eu não teria conseguido me esconder nem de uma mosca. Rastejei para me esconder atrás da lateral do grande monumento no centro do terreno. Não era tão largo quanto eu, mas era o melhor que dava para fazer.

Por milagre, eu tinha posto o celular no bolso, então tirei uma luva e liguei para o número de emergência. Percebi que a pessoa que atendeu era a mulher da recepção da delegacia de polícia que tinha acabado de conversar comigo.

— Estou no cemitério perto da 314 e alguém está atirando em mim da floresta — falei. — Foram dois tiros.

— E você foi atingida?

— Só por um pedaço de pedra, mas estou com medo de sair daqui. — Comecei a chorar por causa do pânico e tive que me esforçar para manter a voz firme.

— Está bem, vou mandar alguém agora. Quer ficar na linha enquanto isso? — Ela se afastou por um momento e eu a ouvi mandar uma viatura ao meu encontro. — Provavelmente é apenas um caçador que se enganou — ela tentou explicar.

Só se os servos daqui forem azuis.

— Ouviu mais algum tiro?

— Não — falei. — Mas estou escondida atrás da lápide dos Teague.

— Já está ouvindo o carro de polícia?

— Sim, estou ouvindo a sirene.

Não era a primeira vez que ficava feliz em ouvir a sirene de uma viatura em Sarne. Limpei o rosto com a outra luva. Um carro de polícia freou bruscamente ao lado do meu e Bledsoe, o policial que prendeu Tolliver, saiu dele e caminhou até onde eu estava agachada.

— Você disse que tinha alguém atirando em você? — ele perguntou. Eu vi que por dois centavos ele pegaria sua arma e também atiraria.

Fiquei em pé devagar, lutando contra a tendência das minhas pernas em permaneceram abaixadas. Encostei no monumento de granito imaginando que respirar fundo algumas vezes faria com que eu conseguisse caminhar.

Ele olhou para o meu rosto e o seu comportamento ficou mais profissional.

— De onde falou que vieram os tiros?

Apontei para as árvores do outro lado da rua na parte da floresta que era mais próxima do cemitério.

— Veja a lápide de Dick Teague — falei mostrando a cicatriz branca formada no canto de onde o pedacinho foi arrancado.

De repente, Bledsoe revistava a floresta com olhos atentos. Ele colocou a mão no coldre.

— De onde veio o sangue? Você foi atingida?

— Foi a lasca da lápide — falei, infeliz com o fraco tom de voz que saiu. — A bala passou bem perto e por isso o estilhaço acertou minha bochecha.

Eu o achei no chão e dei para ele.

— É claro que você pode ter feito tudo isso — ele falou sem muita convicção.

— Não me importo com o que você pensa — falei. — Nem com o que escreverá no seu relatório. O importante foi que apareceu e ele parou de atirar em mim.

— Você disse "ele" por alguma razão especial?

— Não, nenhuma. — Minha respiração já estava quase normal agora. Assim que me convenci de que ninguém iria tentar me matar nos próximos segundos, retomei a minha opinião anterior sobre o policial.

— E o que você estava fazendo por aqui? — Ele também estava retomando o modo hostil.

— Apenas visitando.

Ele pareceu enojado.

— Você é uma figura estranha, sabia?

— Eu poderia dizer o mesmo de você. Olha, vou aproveitar para ir embora enquanto você está aqui, pois não quero morrer nesta cidade. Obrigada por vir até aqui. Pelo menos... — parei antes de completar com "a polícia não é totalmente corrupta por aqui". Imaginei que aquilo seria exagerado, ainda mais porque ele não estava ali parado apontando para mim e dizendo "Pode ir em frente e atirar nela".

Ele fez um sinal cortês com a cabeça. Quando ia fechar a porta do carro, ele perguntou:

— Estava parada no túmulo de Dick Teague?

Fiz que sim com a cabeça.

— Bom, e o que aconteceu? Segundo o que você viu.

— Ataque cardíaco, igual ao pai dele. — Olhei para ele me esforçando para que meu rosto parecesse calmo e sincero.

— Então o médico tinha razão?

— Tinha.

Ele assentiu de forma presunçosa. Liguei o carro e o aquecedor. Quando parei na saída do cemitério que dava para a estrada, olhei no retrovisor e vi que Bledsoe estava bem atrás de mim. Lembrei que precisava passar no hotel antes de ver Tolliver, a menos que quisesse que ele também tivesse um ataque cardíaco. Minha bochecha tinha sangue seco, que também havia espirrado no meu casaco.

Ainda estava odiando o hotel, mas (como nenhum agressor pulou em mim quando abri a porta) me senti mais segura do que nas ruas. Sarne estava começando a representar uma grande zona de perigo para mim. Com a porta trancada e a corrente passada, lavei o rosto e me maquiei, passando até um batom brilhante. Não queria parecer um fantasma quando fosse visitar Tolliver. Talvez o pequeno *band-aid* que coloquei no corte da bochecha estragasse um pouco o efeito, mas precisava dele. Coloquei de molho na banheira a jaqueta manchada de sangue e as luvas e peguei uma jaqueta de couro preta.

Indo para a cadeia, me peguei olhando para os lados de vez em quando. Tentei não me sentir ridícula. Ninguém tentaria me matar à luz do dia com a cidade movimentada, falei para mim mesma. Mas então pensei que também tinha visto pela última vez o Scot, que não passava de um adolescente brigão e inofensivo cuja punição eu poderia deixar para o time de futebol americano. Rá!

Já tinha visitado cadeias antes. Ser revistada e deixar que o carcereiro ficasse com a minha bolsa não era algo novo nem extraordinário. Mas também estava longe de ser confortável. Os movimentos bruscos que fiz no cemitério tinham deixado meus ferimentos da noite anterior ainda mais doloridos. Eu era uma grande massa miserável e odiava ficar tão carente.

Ver Tolliver entrar na sala de macacão laranja fez meu cérebro tremer. Quando o carcereiro o empurrou, tive que cobrir minha boca com a mão. Outros dois prisioneiros entraram na sala (nenhum deles era o Scot) e foram para as mesas com seus visitantes. As regras na cadeia de Sarne eram: mantenha as mãos na mesa para que fiquem visíveis o tempo todo; não passe nada para o interno a menos que tenha sido vistoriado pelos carcereiros antes; não fale alto ou se levante repentinamente de sua cadeira até que o preso tenha saído da sala.

Tolliver segurou minhas mãos e olhamos um para o outro. Finalmente ele falou:

— Feriram você.

— Sim.

O rosto dele estava rígido.

— Seu rosto. Alguém deu um soco em você?

— Não, não. — Não tinha preparado uma história. Seria burrice tentar esconder o que aconteceu comigo, afinal ele estava na cadeia. Não consegui pensar em uma mentira que encobrisse tudo, nem mesmo para que ele ficasse mais tranquilo. — Alguém atirou em mim da floresta — falei sem emoção. — Não fui ferida, a não ser por este arranhão. E não voltarei mais ao cemitério.

— O que está acontecendo nesta cidade? — Tolliver estava tendo dificuldade em controlar sua voz. — O que há de errado com essas pessoas?

— Você viu o Scot? — perguntei tentado enfeitar um pouco a voz.

— O garoto Scot?

— Esse.

— Trouxeram alguém ontem à noite, mas ainda não vi quem. Por que ele foi preso?

— Ele estava no meu quarto quando Hollis me levou para lá na noite passada, e...

A expressão no rosto de Tolliver fez com que eu parasse.

— Você precisa se acalmar — falei com muita calma e atenção, segurando nas mãos deles como se fossem salva-vidas e eu estivesse me afogando. Ou ele estivesse se afogando. — Precisa se acalmar. Por favor.

Não pode se meter em problemas aqui dentro senão eles o manterão aqui. Agora me ouça, eu vou ficar bem. Já liguei para nossos advogados e uma moça, a Phyllis Folliette, de Little Rock, virá amanhã para cuidar do seu caso. Ela é amiga do Art, então deve ser boa. Você será libertado e ficaremos bem. — Me ajeitei na cadeira disfarçando uma estremecida.

— Aquele rato idiota do Scot — ele falou com uma falsa voz calma.

— É — respondi e sorri rapidamente. — Ele é isso mesmo. Mas acho que alguém o pagou para ser mais idiota e mais rato do que é.

Contei a Tolliver sobre a morte de Dick Teague, o fato de Sally ter sido contratada para limpar o escritório, que viu algo na mesa que aguçou tanto sua curiosidade ou interesse que ela voltou para casa e consultou seu livro escolar a respeito do que viu. "SO MO DA NO" também não significava nada para ele.

— Será que é um anagrama?

— Não consegui formar uma palavra com as letras — respondi. E também não são as iniciais de ninguém. Tentei escrever ao contrário, atribuir números, usar a letra seguinte e a anterior do alfabeto de cada uma delas. Não acho que Sally Boxleitner criaria um código mais complexo que esses.

Tolliver pensou por um minuto. Embaixo dos meus dedos, sentia seu pulso vital e firme.

— E o que havia mesmo na mesa dele? — Ele perguntou.

— Formulários do seguro de saúde.

— De quem?

— Segundo Sybil, ele estava revisando todas as contas médicas da família do ano inteiro.

— E ele morreu mesmo de ataque do coração?

— Sim. Era o que eu estava checando no cemitério. E foi isso mesmo. É algo de família, pois o pai de Dick morreu cedo do mesmo jeito, apesar de não tão cedo quanto Dick.

— Bom, posso me concentrar nisso já que não tenho mais nada para fazer aqui. — Tolliver falou se esforçando para não soar amargo.

Limpei a garganta.

— Trouxe um dos seus livros. Acho que estão examinando para ver se não há mensagens escondidas e entregarão a você quando voltar para a cela.

— Ah, obrigado. — Houve uma pausa enquanto ele se esforçava para não dizer nada, mas não conseguiu. — Sabe que, como acabei aqui dentro, não posso impedir ninguém de machucar você.

— Eu sei.

— Estou me sentindo mais nervoso do que nunca.

— Eu percebi.

— Mas temos que descobrir quem se esforçou tanto para me pôr aqui dentro.

— É claro que... será que foi o Jay Hopkins?

— Quais são as suas suspeitas sobre isso?

— Marv Bledsoe é um grande amigo de Jay. E também é primo de Paul Edwards. Ou talvez tenha sido o próprio Harvey, o xerife, que mandou Marv prender você.

— Dos três, prefiro que tenha sido o Jay.

Concordei com a cabeça. Jay era o mais fraco deles.

— O tempo acabou — o carcereiro falou e os outros dois visitantes se levantaram. Tolliver e eu olhamos um para o outro. Fiz um enorme esforço para não parecer tão ansiosa quanto estava de verdade, e suspeito que Tolliver fez o mesmo.

— Vejo você amanhã no tribunal — ele falou quando o carcereiro mostrou sinais de impaciência. Soltei as mãos dele e empurrei minha cadeira para trás.

Cinco minutos depois, eu já estava em pé lá fora no dia claro e frio, refletindo no que faria a seguir. Não conseguia parar de pensar se alguém estava atrás de mim e se esse alguém tinha um rifle nas mãos. Fiquei imaginando se viveria o suficiente para ver Tolliver sair da cadeia e me senti desprezível por causa do meu medo, afinal pelo menos eu estava livre; meu irmão não. E ele, provavelmente, não estava mais seguro na prisão do que eu andando por aí, especialmente se o nosso inimigo acabasse sendo o xerife.

Pude ver pelo trânsito que as aulas já tinham acabado, então não fiquei surpresa quando minha nova melhor amiga, Mary Nell Teague, apareceu em seu pequeno carro.

— Vamos dar uma volta? — ela falou e sentei no banco do passageiro. Fiquei surpresa de ela estar sozinha e de se aproximar de mim tão publicamente.

— Você o viu? — ela perguntou dando ré e saindo no que posso descrever apenas como uma velocidade perigosa.

— Vi.

— Eles não me deixam entrar porque não sou da família nem a esposa — ela falou com surpresa e mau humor, como se fosse algo extraordinariamente estúpido os carcereiros não deixarem uma adolescente apaixonada visitar um prisioneiro.

Eu estava ficando tão cansada daquela garota com sua paixão desmedida e seu senso de privilégio. Mas também sentia certa pena dela e esperava que ela pudesse nos ajudar a descobrir o que estava acontecendo em Sarne.

E ela precisava começar a fazer isso agora.

— O que sabe sobre o Jay Hopkins, Mary Nell?

— Ele era o marido de Helen Hopkins, mas disso você sabe.

— Ele teve algum contato com Dell?

— Que diferença isso faz? Não penso em pessoas inúteis como ele.

— Isso não será fácil, mas está na hora de você crescer um pouco.

— Como se isso já não tivesse acontecido nesse ano que passou.

— Você passou por algumas tragédias este ano, mas, até onde sei, elas não fizeram com que amadurecesse nada.

Ela parou no acostamento com lágrimas nos olhos.

— Não acredito no que está falando — ela disse chorando. — Você é muito má! Tolliver merece uma irmã melhor que você.

— Concordo, mas sou o que ele tem e preciso fazer tudo o que puder, pois ele é tudo o que tenho. — Percebi que ela ainda não tinha respondido minha pergunta, mas imaginei que isso já era meio que uma resposta.

Ela limpou as lágrimas com um lenço e assoou o nariz.

— Por que você fica me perguntando sobre as pessoas?

— Alguém atirou em mim hoje. Alguém pagou para o seu admirador dar uma surra em mim e alguém o deixou entrar no meu quarto. Não acredito que ele tenha pensado em tudo sozinho, né?

Ela fez que não com a cabeça.

— Quando falei com Scot ontem, ele estava bravo comigo e com você, mas ia ficar longe, pois o senhor Random, o técnico do time, deu uma bronca nele na frente de todos os companheiros, o mandou dar vinte voltas nas arquibancadas e depois o pai de Scot o deixou de castigo sem TV e telefone por um mês.

— Então, o que pode ter acontecido nesse meio tempo que o fez se esconder no meu quarto daquele jeito? — Subir e descer as arquibancadas vinte vezes e nada de TV e telefone. Bom saber que me aterrorizar valeu uma pena dura.

— Você não pensou que pode ter sido o seu queridinho Hollis que pediu a ele? — Mary Nell tinha decidido contra-atacar.

— Não, não pensei nisso. Por que sugeriu isso?

— Mary Nell estava tentando me deixar nervosa e estava bem perto de conseguir, mas contive o meu temperamento com um grande esforço.

— Bom, talvez Hollis quisesse ter a chance de salvar você de algo ruim, assim poderia aparecer como o grande herói salvador, não acha? E talvez tenha atirado em você também, coisa que, aliás, só tenho a sua palavra de que aconteceu.

— E por que ele atiraria em mim?

— Para fazer com que você precisasse dele, que se apoiasse nele. Agora que o seu irmão não está em cena, você precisa de um aliado, certo? Então desse jeito Hollis pode até ter mandado prender Tolliver.

Fiquei impressionada com Mary Nell. Aquilo era um pensamento complexo e inteligente para uma jovem de dezessete anos. O que ela disse fazia sentido, pelo menos um pouco. Eu não queria acreditar na teoria dela sobre Hollis e acho que não acreditava, mas precisei considerá-la por um ou dois segundos. Fazia tanto sentido quanto as minhas teorias, e até mais do que algumas delas. Me lembro de transar com Hollis na noite passada e tive um momento frio e tenso imaginando se ele tinha me traído desde o começo. Depois percebi, mais racionalmente, que Mary Nell estava me atacando por muitas razões, das quais a maioria tinha mais a ver com o meu irmão do que comigo.

Garota tola. Mas, olhando para ela enquanto enxugava o rosto e penteava o cabelo, percebi que ela era apenas sete anos mais nova que eu. A vida de Mary Nell não tinha sido um piquenique, é claro, mas provavelmente era melhor que a minha. Quando eu tinha a idade dela, mesmo sem contar ser atingida por um raio, minha vida já tinha mudado radicalmente. Tinha assistido a adultos que conhecia e amava jogarem seus futuros no lixo. E então perdi minha irmã Cameron. Eu a perdi literalmente.

— Não olhe para mim desse jeito — Mary Nell disse com a voz trêmula. — Você nem sabe onde está! Por Deus, pare com isso!

Pisquei. Não tinha percebido que a encarava.

— Desculpe — falei mecanicamente. — Sua mãe disse que você tirou as amídalas no ano passado, é mesmo?

— Você é tão estranha. Estranha pra caralho — ela falou ousando soltar um palavrão na minha frente e me desafiando a repreendê-la.

Não dei a ela nenhuma reação.

— Me responda — falei depois de uma pausa.

— Sim, tirei — ela falou mal humorada.

— E ficou no hospital daqui?

— No da cidade vizinha, Mount Parnassus. Nosso pequeno hospital fechou há dois anos.

— E Dell foi para o mesmo hospital quando teve que levar uns pontos? — Eu estava usando o papo que tivemos com Sybil quando conhecemos a casa dela. Mas foi difícil, pois não sabia o que estava procurando. Talvez soubesse quando ouvisse. — Ele quebrou a perna ou era outra pessoa?

— O garoto que dirigia foi quem quebrou a perna. Dell levou pontos na cabeça. A princípio, o médico do pronto-socorro achou que ele tinha outros problemas, pois ficou um tempo inconsciente, mas só o mantiveram lá em observação por uma noite.

— E o seu pai esteve lá naquele hospital também. — Estava tentando criar algo do nada.

— Sim, ele teve pneumonia. — O rosto de Mary Nell ficou com uma expressão triste. — Ele tinha o coração ruim e a pneumonia o enfraqueceu. Falei para ele que iria melhorar, mas um dia antes de morrer, ele me disse: "Nelly, não sou mais o homem que era antes dessa doença".

— Ele chamava você de Nelly?

— Sim, ou Nell. Ele gostava que eu e o meu irmão fôssemos Nell e Dell. — O rosto da adolescente desmoronou enquanto eu olhava. — Não tenho irmão nem pai. Provavelmente ninguém mais me chamará desse jeito na vida.

— É claro que alguém a chamará de Nell — falei tentando entender o que tinha chamando a atenção da minha mente. — Você é uma garota bonita, Mary Nell, e tem muita força. Logo aparecerá alguém que a chamará do que você quiser.

Ela se alegrou por ouvir aquilo, mesmo que de uma pessoa que ela acreditava desprezá-la. Mas o que sentia de verdade por mim provavelmente era algo perto da inveja.

— Você acha?

— Sim, acho.

— Harper — ela falou e percebi que nunca tinha dito meu nome antes —, o que vai acontecer com Tolliver?

— Como disse antes, liguei para o nosso advogado. Ele me indicou uma colega aqui do Arkansas. Ela virá de Little Rock amanhã para a citação de Tolliver. E sei que ela o libertará.

— Você resolveu tudo isso sozinha?

Assenti.

— Resolvi.

— Eu não conseguiria — ela falou subjugada. — Não saberia por onde começar.

Não queria soar como a Velha Sábia Ozark, mas falei:

— Você saberá o que fazer quando precisar.

— Eu gostava da dona Helen — Mary Nell falou, me surpreendendo novamente.

— Você já me falou isso antes. Eu também gostava. Você a conhecia bem?

— Bom, ela trabalhou um tempo para nós. Foi assim que Dell conheceu Teenie. Quer dizer, ele já a conhecia da escola, afinal todos nos conhecemos por aqui, né? Mas provavelmente ele não passaria um tempo com ela se dona Helen não trabalhasse na nossa casa. Foi assim que ele a conheceu de verdade. Então dona Helen começou a beber muito e a não chegar mais na hora, então minha mãe a despediu e contratou a dona Happ. Mas Dell e Teenie já davam umas escapadas para se ver naquela época.

Eu tinha ouvido praticamente a mesma coisa de Hollis.

— Então o senhor Jay, o Jay Hopkins, bateu em dona Helen e ouvi minha mãe e meu tio Paul discutindo sobre trazer ou não dona Helen de volta para trabalhar em casa. O tio Paul dizia que ela estava sóbria e merecia uma segunda chance, mas minha mãe dizia que, com o que sabia agora, não traria Helen de volta nem por amor, nem por dinheiro. Especialmente por amor, ela falou.

— O que você acha que ela quis dizer com isso? — perguntei. Com Mary Nell por perto, quem precisaria de um gravador?

— Não tenho ideia — ela respondeu. — Nunca entendi. Acho que minha mãe pensava que Helen tinha tomado algo dela. Mas eles não me contariam nada. — Um ressentimento familiar tomou conta de sua voz. A adolescente contra o mundo adulto.

— Você pode me levar até o meu carro, Mary Nell?

Ela pareceu um pouco magoada quando respondeu que sim.

Eu tinha sido muito grossa, mas precisava pensar e sabia que Mary Nell continuaria falando enquanto eu estivesse disponível para ouvi-la.

Quando fiquei sozinha, me senti visível e vulnerável. Dirigi até o hotel pela rota mais direta e me fechei no maldito quarto que tinha a maldita colcha verde. Não tinha nenhuma mensagem e não consegui concluir se aquilo era bom ou ruim. Minha perna formigava como acontecia algumas vezes, por isso tirei a calça e massageei minha pele com seu belo desenho de teias de aranha púrpuras. Cameron me chamou de Mulher-Aranha durante um tempo, até que descobrimos que aquelas linhas na minha perna não iriam sumir mais. Meu padrasto achava legal mandar que eu mostrasse a perna para os amigos dele.

Hollis nunca disse nada. Talvez ele não imaginasse que aquilo tinha a ver com o raio, e sim que fosse algo de nascença, não quis me magoar.

Me deitei na cama. SO MO DA NO, pensei. Era quase a letra de uma música caribenha. Certo, ao contrário. ON AD OM OS. NO DA MO SO. Dados, morte, solo, montes, moral, data. Dano, soda, mono. Amos. Samoa? Não, só tinha um A. Por que só um A? Todas as outras frases terminavam com O.

Certo, e se a segunda letra fosse algum tipo de... condição? E se as primeiras letras fossem nomes? S poderia ser Sybil, D de Dell, N de... oh, Mary Nell disse que seu pai a chamava de Nelly. Poderia ser o N. Mas quem seria o M? Não me lembrava de ninguém cujo nome começava com M. O D também poderia ser de Dick Teague, se não fosse Dell.

Pela primeira vez na vida, eu desejei poder fazer perguntas para os mortos. Mas só podia captar o que me davam, que era uma imagem de suas mortes. Eles me mostravam o que estavam sentindo no momento, mas nunca me diziam por que ou quem, apenas como.

Um tiro nas minhas costas... uma infecção nos meus pulmões... meu coração fraquejou e parou de bater... estava apenas velho e cansado demais... o carro me atingiu com tanta força... a queda foi de um lugar alto demais... peguei a lâmina e então... Não conseguia respirar, não conseguia respirar e meu inalador estava muito longe... a carne parou na minha garganta... o vírus viajou e se espalhou pelo meu corpo... a faca atravessou o meu fígado, depois o estômago e então...

Todos os mortos tinham histórias, mas nunca explicavam ou condenavam. Ouvi dizer, em estranhos grupos de mensagens que visitei, que outras pessoas como eu (pessoas que receberam o beijo da eletricidade) podiam ver os mortos e até se comunicar com eles. Mas não vi ninguém confessar que tinha a mesma relação truncada que eu com os moradores dos túmulos. Havia pessoas atingidas por raios que podiam ver o futuro, que agora mancavam, que ficaram cegas de um olho. Uma mulher disse que ninguém em sua família a ajudava depois que foi atingida porque acreditavam que ela tinha ficado carregada com a eletricidade. Em um grupo mais privado e com poucas pessoas, um homem em Colorado Springs postou que a todos os lugares que ia era acompanhado pelo irmão que tinha sido morto pelo mesmo raio. É claro que mais ninguém podia ver o irmão. A família até o internou durante um tempo.

Fiquei a noite inteira no quarto e pedi uma pizza. Hollis me ligou para dizer que trabalharia aquela noite inteira e para me lembrar de ligar para ele se precisasse de alguma coisa. Recebi um telefonema anônimo de alguém respirando pesado, imaginei ser de um dos adolescentes que tinham me ameaçado. Paul Edwards me ligou para dizer que sentia muito pela "situação" do meu irmão e se ofereceu para ajudá-lo como pudesse.

Como tinha sido o primo dele quem prendeu meu irmão, eu tinha certeza de que haveria um conflito de interesses, mas agradeci-lhe educadamente. Ele deu a entender que gostaria de vir até o hotel e conversar, mas eu o desaconselhei, dessa vez sendo bem menos educada.

Ele era bonito e era advogado, e eu poderia muito bem usar um amigo advogado e bonito, mas Paul Edwards não era o tipo de homem que se oferecia para se encontrar com uma mulher à toa. Ele queria algo, que talvez não fosse sexo. Ele não parecia ser um amante constante. O relacionamento entre ele e Sybil Teague não era clandestino, mesmo assim aqui estava ele com alguma motivação própria.

Dormi algumas horas naquela noite, o que era mais do que eu esperava. Tomei café no quarto. Não era bom, mas eu não tinha que ver ninguém para beber. Não conseguiria comer nada, por isso um restaurante seria perda de tempo.

Combinei de me encontrar com Phyllis Folliette no tribunal. Não sabia como ela era, mas a advogada se mostrou bem fácil de ser encontrada. No instante em que a vi, sabia que não era de Sarne. Phyllis Folliette era uma mulher alta que usava um terninho verde escuro com uma blusa de seda cor de bronze e belos sapatos de couro que combinavam com sua bolsa, sua pasta... e até mesmo com seu cabelo. Com uns quarenta e poucos anos, ela exalava confiança e inteligência. Era do que precisávamos.

Me senti quase envergonhada de me aproximar de alguém que era obviamente uma estrela. Acho que poucas mulheres se sentiriam arrumadas ou atraentes ao olharem para ela, e eu não era exceção. Estava mais que ciente do meu cabelo desarrumado e do meu terninho amassado. Tinha feito o esforço de pegar as roupas de "se encontrar com clientes" da mala, mas faltou a energia para passá-las. E com Phyllis causando uma primeira impressão tão boa, me arrependi de não ter ficado de calça *jeans*.

— Muito prazer — ela falou. — Você impressionou Art Barfield, e isso não é pra qualquer um. — Ela apertou minha mão e começou a me dizer o que descobriu conversando com as autoridades de Sarne. — Estive na cadeia. Tem algo errado mesmo. Para começar, se sustentassem a história do mandato de Montana, o senhor Lang compareceria em outra corte. Não sei o quanto você conhece do sistema legal do Arkansas. — Ela levantou suas sobrancelhas.

— Fale como se eu não soubesse nada — falei, o que basicamente era a verdade.

— Eles jamais o prenderiam por causa da lanterna traseira quebrada, a menos que fizesse algo mais, como empurrar o policial, tentar escapar da voz de prisão ou algo assim. O que deu o motivo para o policial prender Tolliver foi a alegação de que havia um mandato pendente em Montana. — Era o que o Art tinha dito. — Agora, se mantiverem a história, seu irmão iria para o tribunal itinerante. Mas não foi. Ele vai comparecer ao Tribunal Distrital de Sarne, que cuida apenas de delitos leves. Você vai ver quando entrarmos. Teremos que esperar nossa vez, por isso ouvirá várias acusações de várias outras pessoas. — Os olhos castanhos dela me examinavam enquanto falava. Harper, querida, você está nervosa demais — ela falou depois de um momento. — Você precisa tentar relaxar.

— Você não sabe o quanto isso tudo é falso! — sussurrei. Estava me esforçando para falar baixo, pois estávamos em um local público e as pessoas que passavam olhavam para nós com curiosidade, mas eu estava tão ansiosa que achei que meus nervos desgastados fossem explodir. — Está me dizendo que o problema de Montana vai simplesmente ser deixado de lado?

Ela olhou para o relógio.

— Acho que sim. Temos um tempo antes que o tragam. Vamos achar um lugar mais reservado. É melhor você me contar a história toda.

Não achei que seria possível contar a Phyllis tudo o que tinha acontecido em Sarne, mas consegui juntar o suficiente em uma narrativa coerente para terminar com a prisão de Tolliver.

— Está claro que há uma força na cidade contra vocês — ela falou depois de um silêncio. — É evidente que vocês estão sendo perseguidos. Não interessa o que penso de como ganha a vida, senhorita Connelly, o que está sendo feito com você é errado. E o seu irmão está sendo mantido preso para reforçar a mensagem que não são bem-vindos aqui. Farei meu melhor para tirá-lo da cadeia. Ele foi mesmo preso em Montana no ano passado, não?

— Bom, sim. Um cara jogou uma pedra em mim. E Tolliver ficou bravo, é claro.

— É claro — ela falou como se conversasse rotineiramente com clientes que levavam pedradas. — Ele ficou bravo o suficiente para mandar o homem para o hospital?

— Ei, aquelas queixas foram retiradas.

— Eu sei. Acho que vocês tiveram sorte com o juiz nesse caso.

— Você tem uma irmã?

— Hã... tenho.

— Se alguém jogar uma pedra nela, você irá atrás dessa pessoa, não?

— Provavelmente eu ficaria cuidando da minha irmã. E deixaria a polícia prender quem jogou a pedra.

— Olhe para isso do ponto de vista de um homem.

— Certo, entendi o que quer dizer.

— Você conversou com Tolliver sobre isso, certo?

— Sim, me deixaram vê-lo hoje de manhã. Ele mencionou o incidente, mas não me deu nenhum detalhe.

Sorri.

— É típico dele.

— Vocês são bem ligados — ela falou. — Por que seus nomes são diferentes? Você foi casada?

— Não. O pai dele se casou com a minha mãe quando éramos criança. — Não gostava de explicar aquilo.

Ela assentiu, olhando meio de lado. Depois pediu licença para ir ao banheiro e fiquei olhando para os meus pés durante um tempo. Quando Phyllis surgiu novamente, distribuiu várias saudações e cumprimentos no caminho até o nosso banco, em especial para um homem com cabeços grisalhos, provavelmente de uns cinquenta anos que usava óculos e um belo terno.

Depois que ele entrou na sala do tribunal, Phyllis veio até mim fazendo um aceno rápido com a cabeça.

— É hora de entrar, senão não conseguiremos sentar — ela falou e nos juntamos a uma fila de pessoas passando pelas enormes portas da corte.

O teto estava em algum lugar entre as nuvens muito acima das nossas cabeças. Não havia como saber quantas palavras foram ditas sob aquele teto ao longo dos anos. Phyllis e eu nos sentamos em silêncio, e as pessoas começaram a encher a sala. Os carcereiros trouxeram uma fila de prisioneiros em que pude ver Tolliver.

Fiquei em pé para que ele pudesse me ver logo, e ele me lançou um olhar sério. Me sentei no banco de madeira.

— Ele parece bem — falei para a advogada tentando me convencer. — Não acha que ele parece bem?

— Parece — ela concordou. — Mas não acho que laranja fica bem nele.

— Não — respondi. — Não mesmo.

Enquanto todas as pessoas ali pareciam estar meio se ajeitando, Phyllis falou:

— Enquanto ainda temos um minuto, estou curiosa com uma coisa. Você tem alguma relação com a Cameron Connelly que foi sequestrada no Texas alguns nos atrás? Só estou perguntando porque, quando o Art Barfield me ligou, me disse que você tinha crescido no Texas e que você e a garota que desapareceu tinham nomes que poderiam muito bem ser um sobrenome. Se é que isso faz algum sentido.

— Sim, faz sentido — falei apesar de não poder afirmar que estava totalmente concentrada naquela conversa. — Herdei o nome da família da mãe do meu pai, e a Cameron da família da mãe da minha mãe. Ela era minha irmã.

Percebi que falou isso no passado. Ela chegou a ser encontrada? Depois que a imprensa para de cobrir a história...

— Não. Mas encontrarei o corpo dela um dia.

— Ah... certo.

Depois de um segundo, percebi o tom peculiar na voz da advogada.

— Você sabe — falei de forma mais direta —, quando alguém está desaparecido há tanto tempo, que essa pessoa está morta.

— Teve aquela garota em Utah, a Elizabeth Smart.

— Sim, houve aquela garota no Utah. Ela apareceu viva. Mas, em geral, quando as pessoas desaparecem por mais do que alguns dias e não há pedido de resgate, elas estão mortas. Ou fugiram porque queriam. Sei que Cameron não queria partir, então está morta.

— Não guarda nenhuma esperança? — Ela parecia incrédula.

— Não guardo falsas esperanças. — Conhecia o meu trabalho.

O oficial de justiça avisou que o juiz estava entrando e nos levantamos. Um homem com cabelos grisalhos (de terno e não beca) se sentou à nossa frente. Não fiquei surpresa em ver que era o mesmo homem com o qual Phyllis estava conversando mais cedo. O promotor (ou pelo menos imaginei que fosse ele) já estava em sua cadeira de frente para o juiz com uma enorme pilha de arquivos na mesa, e a sessão começou.

Já estive em cortes antes para uma coisa ou outra, por isso não é mais uma surpresa para mim que a coisa não seja igual às reprises de *Perry Mason* ou da série mais recente *Juíza Judy*. Os prisioneiros eram removidos e trazidos. Entre os casos, havia um pequeno burburinho de conversas. Não havia aquele ar de veneração nem muitos dramas. A justiça era conduzida como um negócio comum.

Quando seus nomes eram chamados, as pessoas se posicionavam em frente à cadeira do juiz, que lia a acusação, perguntava se o acusado tinha algo a declarar e então, depois de discutir o assunto, dizia qual era a sentença dele.

— Isso aqui não é como um tribunal de trânsito ou algo assim? Não parece ser sério o suficiente — sussurrei para Phyllis. Ela estava ouvindo atentamente o juiz para sentir como iam as coisas.

— O mandato é besteira — ela falou tão baixo quanto eu. — Ele só vai ser julgado pela lanterna. Isso é inacreditável.

Levou uma hora para o juiz trabalhar na lista de presos e chegar a Tolliver, que parecia cansado. De vez em quando, ele olhava para mim e tentava sorrir, mas dava para perceber que estava fazendo um esforço.

Finalmente o oficial chamou:

— Tolliver Lang.

Graças a Deus, ele não estava algemado ou acorrentado. Ele subiu no pódio com um dos guardas da cadeia o acompanhando.

— Senhor Lang, estou vendo aqui que inicialmente foi acusado de não cumprir um mandato de prisão em seu nome em Montana e que tinha um problema com a lanterna traseira do carro. — O juiz não parecia esperar uma resposta de Tolliver e fez uma careta. — Mas o policial que o multou pela lanterna, o policial Bledsoe? Ele está aqui?

— Não, excelência — respondeu o oficial. — Ele está trabalhando hoje.

— Incrível. Agora ele diz que cometeu um erro com relação ao mandato?

— Sim, excelência — o promotor respondeu. — Ele pede desculpa pelo erro.

— Esse é um erro muito grave — o juiz falou e depois fez mais caretas para os papéis. — E bem estranho. E a lanterna?

— Ele mantém a declaração sobre o problema com a lanterna, excelência — o promotor falou com a voz firme.

— Quanto tempo este homem ficou na cadeia?

— Duas noites.

— Duas noites na cadeia por causa de uma lanterna quebrada.

— Hã, sim senhor.

— Você não resistiu à prisão? — Pela primeira vez, o juiz se dirigiu diretamente a Tolliver. Pude ver as costas deles se endireitarem.

— Não, senhor — Tolliver falou.

— Você foi preso em Montana?

— Sim, senhor, mas as queixas foram retiradas.

— Essa é uma questão de registro público.

— Sim, senhor. E foi há mais de um ano.

— Senhor Lang, você quer prestar queixa contra o policial Bledsoe?

— Não, senhor. Só quero sair da cadeia.

— Eu entendo isso. Você será solto, sem fiança, apenas pagando a multa pela lanterna. Você não contesta isso, imagino.

Tolliver ficou em silêncio. Tenho certeza de que ficou pensando se contava ao juiz que Bledsoe quebrou nossa lanterna com o cassetete.

— Não, excelência.

— Certo, lanterna quebrada: multa de cento cinquenta dólares — o juiz falou e foi isso. O carcereiro conduziu Tolliver de volta pela porta lateral por onde tinha entrado, imaginei que para levá-lo de volta à cadeia e começar os procedimentos de soltura. — Tem alguém aqui para pagar a multa?

Levantei a mão.

O juiz mal olhou para mim.

— É ali na porta arás do oficial — ele falou inclinando a cabeça para a direção correta.

Com as pernas trêmulas, fui até o fundo da corte e saí pela porta, onde encontrei uma mulher fria usando calça cáqui e camiseta e um Hollis uniformizado e armado. A mulher estava sentada em uma pequena mesa e segurava uma caixa de dinheiro. Imagino que precisasse do Hollis para guardar o dinheiro e impedir que alguém nervoso por ter que pagar uma multa resolvesse atacá-la.

— Deu tudo certo? — Hollis perguntou parecendo genuinamente aliviado.

— Sim — respondi entregando os papéis que tinha recebido do oficial mais os cento e cinquenta dólares em dinheiro.

Ela guardou o dinheiro, carimbou "PAGO" nos papéis e os devolveu para mim. Queria dizer algo mais para Hollis, mas não consegui pensar em nada, e já tinha uma pessoa bem atrás de mim esperando para pagar também. Então sorri para ele, feliz pela primeira vez em dias, e voltei para a corte, que parecia tão cheia quanto de manhã, quando as audiências começaram. A advogada esperava por mim no corredor cavernoso.

— Obrigada, Phyllis — falei e apertei a mão dela.

Ela sorriu para mim.

— Tudo o que fiz foi aparecer e fazer o tribunal saber que estava aqui. Se você me perguntasse o que aconteceu, eu diria que parece que alguém disse ao Bledsoe para ficar na dele e não fazer barulho em cima do que tinha feito.

— Talvez tenha feito isso por impulso, pensando que agradaria alguém e depois descobriu que não tinha agradado.

Talvez Paul, o primo dele. Talvez seu chefe, o xerife. Talvez a mulher que era dona de metade da cidade, Sybil. Talvez...

— Vamos até a cadeia — ela falou. — Vi a van sair. Vou esperar com você até eles processarem a soltura e ele ser libertado, só para garantir.

Voltamos até a cadeia e perguntei à mulher atrás do balcão onde poderíamos esperar. Ela apontou para as cadeiras na mesma área de recepção onde esperei ansiosamente para ver Tolliver no dia anterior.

Demorou até processarem a soltura, e Phyllis ficou comigo fielmente. É claro que eu sabia que ela estava me cobrando o seu tempo, mas a maioria dos advogados teria me dado um tapinha no ombro e voltado para seu escritório. Ela tirou algo de sua pasta para examinar quando mostrei que preferia ficar em silêncio. Me sentei com os olhos fechados, deixando o mundo passar, e pensei em todas as pessoas que encontrei em Sarne, o quanto todas pareciam ser próximas e conectadas, como o repugnante estereótipo do caipira sem educação nem sofisticação, mas incrivelmente esperto, era mantido para tirar dinheiro dos turistas ao mesmo tempo que era denegrido pelas pessoas que viviam aqui. O que começou como um modo de vida determinado pelo isolamento geográfico e pela pobreza se tornou algo simplificado, mitificado e engraçado para ser consumido pelo mundo. E todas as pessoas com as quais convivemos vinham de famílias que viviam na cidade há gerações, a não ser o Hollis.

Deixei os incidentes da última semana passarem pela minha mente tentando não classificá-los. Achei que fazer uma lista poderia ajudar. Talvez pudesse ser o nosso programa daquela noite. Então ouvi passos familiares e abri os olhos. Tolliver vinha em minha direção e fiquei de pé num salto. Demos um abraço apertado e rápido antes de eu apresentá-lo a Phyllis, que olhava para ele com certa curiosidade. Tolliver a agradeceu e ela protestou novamente dizendo que não tinha feito nada além de aparecer lá.

— Mas você ligou para o xerife ontem — Tolliver falou. Eu olhava ansiosa para ele, que parecia apenas estar cansado e precisar de um banho.

— Sim, liguei — ela respondeu dando um sorrisinho. — Achei que não faria mal que o pessoal do xerife soubesse que havia alguém de fora da cidade estudando o caso, alguém com conhecimento legal. Não se preocupe, você será cobrado por isso.

— Será um dinheiro bem gasto — falei. Depois de apertar nossas mãos, Phyllis entrou em seu BMW e foi embora de Sarne. Sorte dela.

Enquanto dirigíamos de volta ao hotel, expliquei a Tolliver sobre o quarto dele.

— Não me importo. Tomarei uma ducha, comerei comida decente e dormirei por algumas horas. Então acordarei e tomarei outro banho, comerei mais comida descente e dormirei de novo.

— E isso depois de ficar apenas trinta e seis horas na cadeia! E se fosse a semana toda?

Ele deu de ombros de uma maneira bem teatral.

— Você não acredita o quanto aquela cadeia é ruim. Acho que estão tentando alimentar os prisioneiros gastando cinquenta centavos por dia ou algo assim.

— Você já esteve na cadeia antes — falei meio surpresa com a reação violenta dele.

— Daquela vez, eu não estava preocupado com você nem que a cidade toda estivesse metida em um tipo de conspiração.

— Você acha isso?

— Eu me sentiria bem melhor se o advogado mais importante da cidade e o xerife não fossem grandes amigos e não estivessem envolvidos no negócio que nos trouxe aqui. Não consegui dormir na cadeia; o cara que colocaram na minha cela chegou completamente bêbado, roncava e fedia. Fiquei deitado e acordado por tanto tempo que me convenci de que algo aconteceria comigo lá dentro e eles iriam dizer que escorreguei em um sabonete e bati a cabeça ou que acidentalmente eu tropecei e bati o nariz e a cabeça. E depois eles pegariam você.

— A Phyllis disse que não precisamos ficar em Sarne.

— Então vamos embora amanhã de manhã.

— Por mim tudo bem.

Tolliver mexeu em sua mala para pegar roupas limpas e foi para o banheiro enquanto eu saí para comprar comida; passei em um *drive-thru* para não ter que descer do carro. Minha paranoia estava elevada, apesar de ter que admitir que sempre fui bem tratada pelas pessoas de Sarne com as quais tive contatos impessoais. A garota que me atendeu na lanchonete era educada e alegre, a mulher que pegou o dinheiro no posto de gasolina era civilizada e o juiz tinha sido profissional e animado. Não havia dúvida de que eu estava tendo uma imagem distorcida de Sarne e do seu povo.

Que assim seja, pensei. *Estamos indo embora.*

Comi o que comprei para mim com mais apetite do que nos últimos dias, depois deitei e tirei uma soneca. Ouvi ao longe o chuveiro sendo desligado e depois Tolliver comendo. As sacolas de papel faziam barulho ao serem amassadas, não importava quão silencioso ele tentasse ser. Bem quando estava pegando no sono, ouvi ele deitar na outra cama. E então houve paz e silêncio sublinhados pelo som do aquecedor.

Não dormi tanto quanto meu irmão, pois tinha dormido um pouco na noite anterior. Abri um pouco as cortinas para olhar para fora e vi o céu cinzento com uma chuva iminente. Eram umas quatro da tarde, mas já estaria de noite dali a uma hora. Escovei os dentes e os cabelos, calcei meus tênis e me sentei na pequena mesa com uma folha de papel do hotel e um lápis. Gosto de fazer listas, mas raramente tenho a necessidade delas, pois não vou muito ao mercado, e a maioria das nossas coisas são compradas na estrada.

Decidi listar todos os fatos de que me lembrava para ver se isso me dava uma luz.

1. Sybil e o xerife eram irmãos.
2. Sybil e Paul Edwards eram amantes.
3. O filho de Sybil tinha sido assassinado.
4. A namorada do filho de Sybil tinha sido assassinada no mesmo momento.
5. A namorada, Teenie Hopkins, era irmã da esposa assassinada do policial Hollis Boxleitner.
6. Sally (a esposa assassinada) tinha sido morta depois de limpar o escritório do...
7. Marido de Sybil, vítima de um ataque cardíaco precoce quando examinava...
8. Registros médicos de seu filho (ainda vivo naquela época), de sua filha e dele mesmo.
9. Também assassinada, Helen Hopkins era a mãe de Teenie e da mulher de Hollis.

10. Helen tinha sido empregada da família de Sybil durante anos, até se tornar alcoólatra e passar por um episódio de violência com seu ex-marido, Jay Hopkins.
11. O advogado dela no processo contra o ex-marido e também no divórcio muito tempo antes era Paul Edwards, que também era advogado e amante de Sybil.
12. Terry Vale recomendou meus serviços para Sybil.
13. Hollis quis ter certeza do que tinha acontecido com sua esposa.
14. Paul Edwards ficou feliz em nos pagar.
15. Alguém inflamou o adolescente Scot a ponto de ele aceitar dinheiro (ou talvez só tenha seguido uma sugestão) para esperar por mim no meu quarto e me bater.
16. A mesma pessoa, ou talvez outra, atirou em mim no cemitério de Sarne.
17. Meu irmão foi para a cadeia por causa de acusações forjadas; provavelmente para deixar o atirador livre para me atacar, para nos abalar o suficiente para que deixássemos a cidade independentemente do que o xerife falasse.

Tolliver se esticou, bocejou e veio olhar por cima do meu ombro.

— Pra que isso?

— Temos que entender o que está acontecendo. É o único jeito de conseguirmos sair daqui.

— Vamos partir de manhã. Nem se eles colocarem um bloqueio na estrada, nós vamos sair desta cidade.

14

Tive que sorrir, mesmo tomando dois comprimidos de Tylenol.

Ele foi até a janela para dar uma olhada.

— Ah. Tem uma tempestade se aproximando.

— É por isso que minha cabeça está começando a doer.

— Talvez seja por isso também. Você está com fome? — ele perguntou tranquilamente.

— Comi há pouco tempo.

— Você comeu meio sanduíche. Vamos até Mount Parnassus. Não queremos nos meter em mais problemas.

— Tudo bem. Mas também poderíamos arrumar nossas coisas e ir embora agora. — falei.

— Não com essa tempestade se aproximando.

Era por minha causa que não dirigíamos durante as tempestades, pois às vezes eu tinha reações bem ruins; mais uma fraqueza minha.

— Vamos até Mount Parnassus — ele falou. — Fica a apenas dezenove quilômetros ao norte.

Já estava escuro, pelo menos em parte por causa da tempestade que se aproximava. Tolliver dirigia por causa da minha dor de cabeça, então atendi quando o celular tocou. Era o irmão mais velho de Tolliver, Mark.

— Oi — falei. Como vai?

— Bom, já estive melhor. Tolliver está por aí?

Entreguei o celular a Tolliver sem falar nada. Ele não gostava de dirigir e falar no telefone ao mesmo tempo, então parou no acostamento. Mark Lang tinha idade quase suficiente para sair de casa quando minha mãe e o pai dele foram morar juntos e eventualmente se casaram. Ele não gostava da minha mãe, da situação na casa dele e saiu de lá assim que pôde. Preocupado com Tolliver, ele dava uma passada por lá a cada duas semanas. E também ajudava a gente com comida e roupas, além de nos oferecer ajuda médica quando precisávamos e os adultos estavam chapados demais para nos prover. Mark tinha se afeiçoado especialmente pela Cameron, do mesmo jeito que Tolliver se afeiçoou por mim. As duas pequenas representavam apenas mais um par de necessidades e pedidos para Mark. Eu podia imaginar quão infeliz ele ficou ao ser chamado por causa do sumiço de Mariella; eu tinha certeza de que essa era a razão para ele ligar agora para Tolliver.

— Ele a encontrou — Tolliver me falou se afastando rapidamente do telefone. — Levou uma hora.

Não tinha sido tão ruim. Eu tinha algumas perguntas, claro, mas decidi deixar a conversa acabar antes de fazê-las.

Tolliver desligou um pouco depois.

— Eles estavam escondidos no prédio da escola dominical de Craig — ele falou rapidamente.

— Mas... onde ela está agora?

— Foi para casa. Craig ficou sem comida e a diversão acabou para ela.

Ficamos em silêncio. Não havia mais nada a dizer sobre Mariella. Ela tinha visto coisas demais quando criança para continuar inocente e provavelmente seguiria o mesmo caminho da nossa mãe assim que possível, mesmo com as aulas dominicais e as horas na igreja da Iona e mesmo com os ensinamentos morais e os dias na escola. Para que a vida dela não fosse apenas trabalho sem diversão, Tolliver e eu mandávamos dinheiro para Mariella e Gracie fazerem atividades extras: aulas de dança, de canto e arte. Tudo isso era uma ladainha familiar que ecoava na minha cabeça enquanto tentava mais uma vez imaginar o que mais poderíamos ter feito. O tribunal jamais teria concedido a guarda das duas para Tolliver e para mim.

Minha cabeça começou a doer mais e olhei para o céu à frente com ansiedade. Sabia que logo veria um raio.

Ligamos o rádio para ouvir sobre o tempo. Estava prevista uma tempestade com muita água, trovões e raios. Que surpresa: avisos de enchentes — que tinham que ser levados a sério num terreno onde você descia e subia constantemente — numa região em que os rios e lagos já estavam cheios por causa das muitas chuvas da estação.

Em dez minutos, chegamos a uma pequena rede de restaurantes e entramos trazendo nossas capas de chuva. Lá dentro, havia um casal mais velho sentado perto da porta da cozinha, um cara sozinho lendo o jornal com um prato sujo na mesa, um casal de vinte e poucos anos com seus dois filhos sentados perto da janela grande. Eles eram brancos e gordos e os dois usavam malhas do Walmart. Ele também usava um boné da loja. O cabelo dela estava preso em um rabo de cavalo e seus cílios estavam azuis por causa da maquiagem. O menininho devia ter uns seis anos, usava roupa camuflada e carregava uma arma de plástico. A garota era muito bonitinha com cabelos castanho-claros como os da mãe e um rosto doce e inocente. Ela estava pintando.

Uma garçonete usando calças *jeans* e uma blusa veio tirar nosso pedido. Seu cabelo estava preso em uma toca branca e ela mascava chiclete. Disse que estava feliz em nos atender, mas duvidei disso. Depois de olharmos o cardápio por um minuto, ela tomou nossos pedidos e foi até a janela da cozinha para passá-los.

Depois de nos trazer chá gelado, ela desapareceu.

O casal começou a discutir se deviam ou não inscrever a filha no próximo concurso de beleza. Descobri que era meio caro fazer isso, pois, além de alugar vestido e tirar uma folga do trabalho para arrumar o cabelo da garota, era preciso também comprar a maquiagem, que é bem cara.

Levantei as sobrancelhas para Tolliver, que segurou o riso. Minha mãe tinha tentado botar Cameron em um circuito de concursos. Logo no primeiro, Cameron falou para os juízes que achava o sistema dos concursos de beleza muito próximo da escravidão. Depois acusou os juízes de várias perversões desconfortáveis. Nem é preciso dizer que aquilo acabou com a carreira dela como candidata de concursos. Cameron já tinha quatorze anos na época. A pequena garotinha da família devia ter uns oito anos e não parecia capaz de dizer um "a" para ninguém.

Nosso celular tocou de novo e dessa vez Tolliver atendeu.

— Alô? — Ele fez uma pausa e ouviu por um momento. — Oi, Sasha. E aí? — Ah, as amostras de cabelo e o teste de DNA.

Ele ouviu mais um pouco e então se virou para mim.

— Nenhuma correspondência. O homem não é o pai. A mulher um é a mãe da mulher dois. — Era o jeito que eu tinha marcado as amostras.

— Obrigado, Sasha. Te devo uma — ele falou.

Logo que colocou o celular na mesa, ele tocou de novo. Olhamos irritados um para o outro e eu atendi.

— Harper Connelly — disse com voz direta.

— Sim. Quem está falando?

— Sybil.

Jamais teria adivinhado que era a minha antiga cliente. A voz dela estava tensa e com a pronuncia meio espantada.

— Qual é o problema, Sybil? — Tentei manter a voz firme.

— Você precisa vir aqui hoje à noite.

— Por quê?

— Preciso falar com você.

— Por quê?

— Preciso contar uma coisa.

— Não precisa falar nada para nós — falei. — Nosso negócio acabou. — Me esforcei para me manter calma e firme. — Fiz o que você me pagou para fazer, e Tolliver e eu vamos embora da cidade assim que pudermos.

— Não. Quero ver você hoje à noite.

— Então vai ficar querendo.

Houve uma pausa desesperada.

— É a respeito de Mary Nell — ela disse repentinamente. É sobre a obsessão dela por seu irmão. Preciso falar com vocês dois e, já que vão embora amanhã, tem que ser hoje à noite. Mary Nell está falando em se matar.

Afastei o telefone para olhar para ele um minuto. Aquilo não parecia nem um pouco provável. Pelo pouco que conhecia Mary Nell

Teague, ela estaria mais apta a sequestrar Tolliver e bombardeá-lo de amor até que se rendesse a ela.

— Certo, Sybil — falei cautelosamente. — Estaremos aí em uma hora.

— Se conseguirem chegar antes, melhor — ela falou parecendo quase sem ar de alívio.

A garçonete trouxe nossa comida enquanto eu relatava a Tolliver a conversa que ele tinha conseguido ouvir praticamente inteira.

Ele fez uma cara de que não gostou.

Escrevi SO MO DA NO em um guardanapo com meu garfo. Fiquei olhando para aquelas letras enquanto pegava minha salada, que era o que se podia esperar de um restaurante no meio do nada. Tentei me imaginar na cena. Certo, Dick Teague fazia anotações enquanto checava os relatórios médicos da família no último ano, se preparando para fazer a declaração do imposto de renda. Quatro anotações separadas. Quatro membros da família.

S poderia ser Sybil, M podia ser Mary Nell, D poderia ser Dell e o N poderia ser... quem? Eu já tinha pensado sobre o fato de Dick chamar a filha de Nelly. Mas se aquilo representava o N, quem seria o M? Fiquei olhando para o guardanapo refletindo sobre fazer anotações minhas e da minha família...

— Ah, pelo amor de Deus! M é de meu e minha.

Soltei o garfo.

— Harper? — Tolliver falou.

— Tipos sanguíneos — falei. — Burra, burra, burra demais.

— Harper?

— São tipos sanguíneos, Tolliver. Dick Teague estava dizendo, "Sou tipo O, Sybil é tipo O, Mary Nell é O, mas Dell é tipo A." Foi o que Sally Boxleitner procurou em seu livro de biologia do colegial. Ela suspeitou de cara quando achou a anotação que Dick deixou nos arquivos médicos antes de ter o ataque cardíaco. Dick havia descoberto que não podia ser o pai de Dell. Dois Os não podem ter um A.

— Uma informação dessas poderia levar mesmo a um ataque cardíaco — Tolliver falou devagar. Ele soltou o garfo e limpou a boca com um guardanapo. — Mas como isso levaria ao assassinato de Dell e Teenie?

— Estou pensando nisso.

Enquanto comíamos, a família com quatro membros foi embora ainda sem resolver o assunto do concurso de beleza. Eu apostava que a mãe venceria. O casal idoso, que seguia num ritmo preguiçoso, pagou a conta devagar e saiu trocando gentilezas com a garçonete. O cara sozinho ainda lia o jornal e de quando em quando a garçonete enchia sua xícara de café. Tolliver pagou nossa conta enquanto eu olhava para o nada, tentando imaginar o que tinha acontecido a seguir no drama familiar dos Teague.

Certo, a seguir a esposa de Hollis foi assassinada. Sally descobriu que Dell não era filho de Dick. Para quem ela contaria? Era mais fácil ter contado para uma mulher.

Pensei que poderia ter contado para a mãe. Mas devia haver alguém mais...

Estávamos no carro voltando para Sarne quando contei a Tolliver o que estava pensando.

— Porque ela não contou ao Hollis? — ele perguntou. — Seria algo natural contar para o marido.

Hollis me disse que ela não gostava de falar sobre os problemas de sua família. Acho que, para Sally, a família de Dell entraria nessa categoria. Então Sally conta para a mãe. A mãe e não Teenie, pois ela era mais próxima da mãe. Além disso, o segredo é sobre Dell e Teenie contaria a ele.

— E o que aconteceu depois? — Tolliver perguntou como se eu soubesse com certeza.

E eu tentei desvendar na hora.

— Helen — murmurei. O que Helen faria? Por que ela se importaria como quem era o pai de Dell?

É mesmo, por quê?

Digamos que Teenie e Dell não soubessem nada sobre isso. E então Sally morre. Ela morre porque... contou o segredo. Porque contou para a mãe. Mas me lembrei do sofrimento arrebatador de Helen e achei que ela não parecia saber por que Sally tinha morrido. Até eu chegar aqui e contar a Hollis e a Helen o que tinha acontecido, eles pensavam que a morte dela tinha sido um acidente. Até onde eu sabia, ela nunca tinha questionado aquilo. E acreditava que Dell tinha atirado em Teenie. Por quê? Por causa da gravidez de Teenie, claro! Então Helen acreditava que, sem conseguir encarar o que tinha feito, ele tinha se matado.

Só depois disso, para limpar o nome dele, Sybil me contratou e eu disse a Helen que Dell não tinha atirado em Teenie. E contei que as duas filhas tinham sido assassinadas por outra pessoa.

Eu sabia que todas aquelas mortes não eram culpa minha, mas também não me sentia bem em relação a elas. Fiz o que fui contratada para fazer sem imaginar quais poderiam ser as complicações de um lugar confuso como Sarne. Acredito que depois de saber que elas tinham sido assassinadas, Helen deve ter se perguntado quem iria querer suas duas filhas mortas. Acredito que tenha confrontado a pessoa para confirmar sua suspeita e durante o encontro o suspeito a matou, observado por todas as fotografias das garotas mortas na pequena casa em formato de caixa.

— Não acredito em Sybil — falei repentinamente.

Tolliver olhou rapidamente para mim antes de retornar a atenção para a pista escorregadia por causa da chuva. Houve um trovão distante e eu tremi.

— Por quê?

— Não acho que Mary Nell seria capaz de ameaçar se matar. Não acredito que ela recorreria a esse tipo de tática para atingir seu interesse. Ela é orgulhosa demais para isso.

— Ela tem dezesseis anos.

— Sim, mesmo assim tem fibra.

— Então por que estamos indo lá?

— Porque Sybil quer tanto que vamos lá a ponto de mentir, e quero saber a razão.

— Não sei não, acho que devíamos voltar para o hotel. Está trovejando e você sabe que tem a possibilidade de raios.

— Eu sei. — Além disso, o Tylenol não tinha evitado a enorme dor de cabeça que começava a se formar atrás dos meus olhos. — Mas acho que devemos ir até Sybil. — Algo estava me empurrando e eu desconfiava que não fosse algo inteligente.

Vi o *flash* de um raio de canto de olho e tentei não estremecer. Estava segura no carro e, quando descesse, tomaria cuidado para não pisar em um fio, segurar um taco de golfe, ficar parada embaixo de uma árvore ou qualquer uma das muitas coisas que aumentavam muito as chances de ser eletrocutada por um raio, direta ou indiretamente. Mas era inevitável me abaixar e esconder o rosto.

— Você não pode fazer isso — Tolliver falou. — Precisamos entrar logo em algum lugar.

— Vá para a casa dos Teague — gritei. Estava aterrorizada, mas continuava no comando.

Ele não falou mais nada e foi na direção certa. Fiquei envergonhada por gritar com meu irmão, mas estava estranhamente leve e concentrada no que viria a seguir. Uma parte do meu cérebro ainda mastigava o problema: por que Dell e Teenie tinham que morrer se Dell não era filho de Dick Teague? Que segredo era tão importante que todas aquelas pessoas tiveram que morrer, todos os que poderiam revelar o segredo?

A casa dos Teague estava quase toda apagada quando chegamos lá. Imaginei que estaria toda iluminada, mas apenas uma janela brilhava na escuridão. Nenhuma das luzes de fora estava acesa, o que achei estranho. Se eu fosse Sybil, teria acendido todas as luzes externas já que iria receber visitas, especialmente numa noite que o mau tempo era eminente.

— Isso não é bom — Tolliver falou devagar. — Ele não desenvolveu aquela ideia, nem precisava. Paramos na frente da casa. A chuva batia no teto do carro.

— Acho melhor você ligar para o seu amigo policial — ele falou. — E acho melhor ficarmos fora daquela casa até ter uma autoridade por aqui. — Ele acendeu a luz interna.

— Não tenho como saber se é ele quem está de plantão — falei, mas liguei para a casa dele, pois Hollis poderia estar aquecido, seco e confortável lá dentro. Ninguém atendeu. Tentei a delegacia. A funcionária atendeu. Ela parecia distraída. Pude ouvir o som do rádio apitando ao fundo. — Hollis está patrulhando?

— Não, ele foi responder um chamado sobre uma árvore atravessada na Estrada Municipal 212 — ela falou brava. — E tenho um acidente com três carros na Rua Marley. — Percebi que a chamada de duas pessoas para um policial ocupado não seria uma prioridade.

— Diga a ele para vir à casa dos Teagues assim que puder — falei. Diga que é muito importante. Acho que um crime foi cometido aqui.

— Alguém irá até aí assim que atenderem os casos que temos certeza de que aconteceram — ela falou e desligou.

— Bom, estamos por nossa conta — falei para Tolliver.

Ele apagou a luz e nos deixou em uma ilha escura de calor seco. A chuva fria ia se fortalecendo, encharcando o gramado e lavando o carro. Os *flashs* de raios eram apenas ocasionais. Dava para aguentar, falei para mim mesma. Paramos no final da calçada que dava diretamente para a porta da frente. A garagem, que tinha uma porta para a cozinha, estava à nossa esquerda, do lado direito da casa.

— Vou pela frente e você entra pela garagem — falei. — Com a ajuda da distante luz da rua, vi Tolliver abrir a boca para protestar e depois desistir.

— Está bem. Vamos no três. Um, dois, três!

Saímos do carro e fomos em direção a nossos objetivos. Cheguei primeiro no meu sem ser atingida por nada a não ser folhas e gravetos arrancados das árvores pelo vento forte.

A porta da frente não estava trancada. Aquilo podia não significar nada, pois eu tinha quase certeza de que ninguém em Sarne trancava a porta antes de dormir. Mas os pelos da minha nuca se eriçaram. Eu a abri, mas apenas alguns centímetros.

A porta dava diretamente para uma grande e arrumada sala de estar que estava com as luzes apagadas. Antes de eu me agachar e rolar para abrir a porta toda, a visão da chuva caindo e a luz da rua brilhando através da grande janela panorâmica faziam parecer que a sala estava embaixo d'água. Um tiro passou assobiando por mim. Cambaleei e me escondi atrás de uma grande poltrona. Nunca tinha portado uma arma na vida, mas naquele momento eu me arrependi da minha falta de poder de fogo.

Houve um grito vindo de algum lugar da casa. Achei que fosse dos fundos, podia ser da sala de jantar.

Onde será que Tolliver está? Ele deve ter ouvido o tiro e, portanto, tomará cuidado.

Por um longo e insuportável momento, nada aconteceu. Fiquei imaginando quantas pessoas se escondiam umas das outras naquelas salas e naqueles quartos e pensei se sobreviveria para descobrir.

Aos poucos, os meus olhos foram se acostumando à pouca luz. Apesar das cortinas estarem meio fechadas, eu conseguia identificar os móveis pelo formato.

Havia outra porta no lado oposto à de entrada, de onde eu tinha certeza de que o tiro tinha vindo. Respirei fundo e rolei da cadeira para trás da mesa de centro. Próximo passo: o sofá. Isso me colocaria a poucos passos da outra porta, que era o único caminho para o resto da casa, se eu me lembrava direito de quando estive aqui.

— Nell! — gritei esperando distrair o atirador do progresso de Tolliver, qualquer que fosse ele. — Sybil!

Do segundo andar da casa, veio um gemido como resposta. Não sabia qual delas tinha gritado nem o número de pessoas e suas localizações na casa, mas sabia que todos estavam vivos. Não havia nenhum zumbido na minha cabeça.

Eu me sentia bastante determinada, mas agora a tempestade tinha aumentado. A chuva começou a bater mais forte na janela e a entrar pela porta aberta, molhando o carpete. Os estrondos dos trovões se tornaram quase contínuos e os raios os seguiam. Me senti como se estivesse pregada em um mapa e os raios pudessem me ver, me rastreando e se aproximando cada vez mais até conseguirem me atingir novamente. E então eu perderia tudo. A dor inimaginável me atravessaria uma segunda vez e eu perderia ou a visão, ou a memória, ou o movimento de uma perna, ou outra coisa insubstituível. Choraminguei de medo e cobri meus olhos; quando afastei as mãos havia um homem parado na minha frente empunhando uma arma.

Numa tentativa desesperada de salvar minha vida, me lancei contra ele, segurando-o pelos joelhos e o derrubando. A arma disparou; ele estava com o dedo no gatilho. Oh, Deus; oh, Deus. Mas se eu tinha sido atingida, ainda não tinha percebido, então, quando ele girou a arma em direção à minha cabeça, agarrei seu pulso com as duas mãos e com toda a força, literalmente lutando pela minha vida.

Talvez a intensidade do medo tenha me deixado mais forte, pois consegui continuar segurando mesmo com ele me acertando com seu outro braço e me empurrando para que eu o soltasse. Ele estava tentando posicionar a arma contra mim, forçando para manter seu braço esticado para poder atirar. Enquanto nos engalfinhávamos soltando rosnados, vi uma chance e mordi a parte carnuda da mão dele com toda a minha força. Ele soltou um grito de dor ("Aai!") e largou a arma. Gostaria de dizer que aquela era a minha intenção, mas, se foi, tomei aquela decisão de modo pouco consciente.

Então as luzes se acenderam, me cegando, e uma forma que pensei ser de Tolliver apareceu. Nós três começamos uma luta no chão, quebrando mesas e derrubando abajures no carpete.

— Parem! — gritou uma voz nova. — Estou armada!

Todos paramos. Eu ainda estava com os dentes cravados na mão do homem e Tolliver tinha levantado um adorno de vidro no formato de uma maçã para acertar a cabeça dele. Pela primeira vez, eu soltei meus dentes e olhei para o homem. Paul Edwards. Ele não lembrava em nada aquele advogado cortês que encontrei na sala do xerife. Paul vestia uma camisa de flanela, calça e tênis e seu cabelo estava todo desarrumado. Ele ofegava bastante e havia sangue escorrendo de onde eu tinha mordido sua mão. O mais surpreendente era a falta daquela segurança calma que ele demonstrava, a certeza de que mandava naquele mundinho. Ele me olhou como um guaxinim ameaçado, que mostra os dentes, arregala os olhos e faz sons ameaçadores.

— Oh, meus Deus, Paul — Sybil falou sacudindo a arma com a mão. Droga, por que todos têm uma arma? A de Sybil era menor, mas parecia tão letal quanto a outra. — Oh, meus Deus! — Ela estava tão surpresa com a transformação quanto eu, talvez até mais. — Como pôde fazer isso?

Torci para que ela estivesse falando com ele e não com a gente. Pelo menos, a luz tinha feito a tempestade retroceder na minha floresta de medos. Tolliver colocou gentilmente a maçã de vidro na mesa perto da porta da cozinha.

— Eu não podia deixar que eles descobrissem, Sybil. — Ele estava tentando fazer uma voz de razoável, mas aquilo apenas soou fraco.

— Foi o que você disse quando me fez ligar para eles. Continuo sem entender.

Parecia que Tolliver e eu nem estávamos na sala.

Percebi então que Sybil tinha um lenço amarrado em um de seus pulsos e o outro estava bem marcado com uma linha vermelha. Ele a tinha amarrado.

— Cadê a Nell? — perguntei, mas nenhum deles respondeu. Estavam tão concentrados um no outro que parecia que nem estávamos no mesmo planeta. Percebi que Tolliver se abaixou bem devagar para pegar a arma de Paul que tinha caído perto do rodapé. A arma parecia bem funcional naquela sala grande e feminina, que naquele momento estava em seu melhor momento organizacional. Tolliver a colocou embaixo da saia do sofá. Ótimo.

— Estamos juntos há tanto tempo, Sybil — Paul falou. — Tanto tempo. E você nunca se separou dele. Nem mesmo concordou em parar de transar com ele.

— Ele era meu *marido*, pelo amor de Deus! — ela respondeu duramente.

— Então quando a Helen se divorciou do idiota do Jay ela... — Paul olhou para o tapete como se ele guardasse um segredo que o advogado deveria saber. — Nós ficamos próximos.

— Você teve um caso com ela — Sybil falou absolutamente surpresa. — Com aquela vadia bêbada e desclassificada. Depois de ter negado na minha cara. Harvey tinha razão.

Arrisquei olhar para Tolliver. Ele também se virou para mim e trocamos olhares.

— Eu sabia que Dell era meu filho — Paul falou. — Mas Teenie também era minha filha.

— Não — Sybil falou sacudindo a cabeça negativamente. — Não.

— Sim — ele falou. Mas seus olhos agora se dirigiam novamente para a arma. Por enquanto, Sybil a segurava bem firme.

Tolliver e eu nos afastamos de Paul naturalmente, querendo sair da linha de tiro, mas depois imaginei se não devíamos ter continuado segurando ele, e se talvez Tolliver devia tê-lo acertado na cabeça com a maçã de vidro, apenas para garantir. O advogado estava recuperando seu espírito e, quanto mais Sybil falava sem atirar, mais ele se fortalecia novamente.

— Você poderia simplesmente ter contado a eles — ela falou. — Apenas ter contado a eles.

— Eu contei a eles — Paul respondeu. — No dia em que eles morreram. Eu contei a eles. — A voz dele não era constante e estava trêmula como a de Sybil.

— Você os matou? Por que matou o seu filho... o nosso filho? — Lágrimas escorriam pelas suas bochechas, mas ela não iria desmoronar. Eu tinha acertado quando a rotulei de impassível.

— Porque Teenie estava grávida, sua vaca burra — ele falou recorrendo a uma emoção mais confortável, a raiva. — Teenie estava grávida e não queria fazer um aborto. Disse que era errado! E o seu filho, o nosso filho, não queria obrigá-la!

— Grávida! Oh, meu Deus! Como você descobriu?

— Por mim! — Uma Nell ensopada apareceu na porta. Ela segurava um abridor de cartas e seus pulsos tinham as mesmas marcas vermelhas dos da sua mãe. — Sou a pessoa mais estúpida do mundo, mãe. Fiquei tão preocupada pela Teenie estar grávida que, quando Dell me contou, pensei em pedir a Paul que falasse com ela, pedisse que desse a criança para adoção. Dell era jovem demais para se casar, mãe, e eu não queria ser cunhada de Teenie Hopkins. E por isso eles morreram! Ele os matou, mãe, e é tudo culpa minha!

— Nunca mais fale isso, Mary Nell. A culpa é *dele*! — Sybil gesticulou com a arma em direção ao seu amante de longa data.

A mim parecia que a culpa também era um pouco de Sybil, mas não ia levantar essa questão enquanto ela segurasse a arma. E, já que estava sendo ignorada, tentaria ficar a uma distância segura de Paul Edwards, então fui me afastando para o canto do sofá. Do outro lado de Edwards, Tolliver se aproximava das duas mulheres, tomando cuidado para manter a linha de tiro livre entre Sybil e Paul.

— Sim, é minha culpa — Paul aceitou. — Ele olhava em volta disfarçadamente procurando por sua arma. Paul Edwards ainda não estava derrotado.

— É melhor amarrá-lo — Tolliver sugeriu. — E ligar para a polícia.

Nell começou a se mover em direção à porta, provavelmente para ir à cozinha e ligar para a polícia, mas Paul fez um movimento brusco que a deteve.

— Não, não ligue para a polícia — Paul falou. — Mary Nell, também sou seu pai. Não desista de mim.

A pobre Nell não teria ficado mais horrorizada se ele dissesse que tinha feito uma oferta pela mão dela.

— Não — Sybil disse ferozmente. — Não acredite nisso, Mary Nell. Não é verdade.

— Ela tem razão — falei bem devagar, mas ninguém prestou atenção. Meu irmão e eu, definitivamente, éramos o público. Os espectadores inocentes e curiosos. E você sabe o que acontece com os espectadores curiosos.

— Você também deu um jeito de matar o meu pai? — ela perguntou a Paul. — O meu pai de verdade?

— Não — falei. — Seu pai morreu de ataque cardíaco, Nell. De verdade. — Não vi nenhuma necessidade de contar sobre as circunstâncias da morte.

— Seu... seu... cuzão — ela falou para Paul.

A mãe dela abriu a boca para repreendê-la, mas teve o bom-senso de não dizer nada.

— Você matou meu filho — ela acabou dizendo. — Você matou meu filho. E o filho dele. E a namorada dele. E... quem mais você matou? A Helen, imagino. A mãe da sua *filha*.

— E isso é culpa sua — ele falou solenemente. — Você contratou a Helen, e com ela limpando essa casa o Dell e a Teenie tiveram a chance de se conhecer.

— E deu a você a chance de ver Helen de novo também, imagino — Sybil falou em uma voz terrível. — Quem mais você matou, Paul?

— Sally Boxleitner? — sugeri.

Edwards me olhou como se tivesse nascido outra cabeça em mim.

— Como você... — ele começou a falar e se deteve, aparentemente perdido.

— Ela descobriu tudo, não? — perguntei. — Ela ligou para você?

— Ela me ligou — ele admitiu. — Ela disse que... ela...

— O que você fez com minha mulher? — Hollis perguntou parado na porta aberta.

Imaginei se Tolliver e eu não poderíamos simplesmente entrar na cozinha e ir embora. Poderíamos voltar ao hotel, pegar nossas coisas e partir daquela cidade para sempre. Olhei para Tolliver e apontei com a cabeça para a porta que dava para o resto da casa. Ele fez que não com a cabeça bem de leve. Éramos apenas espectadores do *show* que se desenrolava em OK Corral, mas isso não significava que um movimento brusco não nos matasse em meio à troca de tiros.

Hollis não parecia o policial sério que encontrei quando cheguei a Sarne nem o amante que encontrei na cama. O branco de seus olhos estava saltado. Ele usava uma longa e brilhante capa de chuva e seu quepe tinha um plástico sobre ele. Seu rosto estava molhado da chuva e a capa pingava no carpete. Ele também usava botas de borracha sobre os sapatos e a mão esquerda estava de luva. A direita segurava a arma de um jeito bem policialesco.

Fiquei pensando se Mary Nell não tinha uma arma guardada em seu bolso.

— Eu não a matei — Paul falou. — Ela me ligou e disse que tinha umas perguntas sobre tipos sanguíneos. Concordei em me encontrar com ela, mesmo sem ter ideia do que ela estava falando.

— Você matou Dell — Mary Nell falou. — Matou Teenie, o bebê e dona Helen. Como podemos acreditar que não matou Sally também?

— Sybil — sussurrei.

Apenas Tolliver me ouviu e seus olhos se arregalaram.

— Não podem jogar esse crime para mim — Paul Edwards falou se ajoelhando. Achei estranho que aquela acusação o indignasse a ponto de ficar hostil depois de tudo que tinha admitido. — Acho que conseguem entender por que eu não queria que Teenie trouxesse ao mundo uma criança com uma genética daquelas — ele deu um meio sorriso tentando forjar uma expressão de razão. — Mas nunca encostei em Sally. Ela era uma boa garota. E com certeza não era minha filha, claro.

— Ótimo! — Hollis rosnou.

— Mas sabe que, por achar que ela tinha se afogado por acidente, como o legista falou, nunca pensei no que pudesse ter ocorrido. Eu falei para você que Sally tinha me ligado, Sybil, e que queria me dizer algo sobre a morte de Dick. Naquela época, eu achava que Sally planejava me chantagear com alguma história. Mas quando ela morreu isso passou a não fazer mais diferença. Você foi falar com Sally, Sybil?

Mary Nell soltou um riso abafado.

— Não tente culpá-la disso, seu assassino! Fala pra ele, mãe... — a voz da garota sumiu quando viu o rosto da mãe. — Mamãe? — Ela parecia perdida. Para sempre.

— Ela disse que pesquisou os tipos sanguíneos e sabia que Dell não era um Teague de verdade — Sybil falou de modo meio estúpido. — Ela queria que eu pedisse a Harvey que se aposentasse logo. Sally queria que Hollis ficasse com o cargo dele. Ela tinha medo de que Hollis ficasse impaciente sem aquele cargo, pois já estava infeliz em ter que viver em uma cidadezinha daquelas.

Hollis parecia ter sido atingido na cabeça por alguém. Sua mão tremia e ele não sabia em quem tinha mais vontade de atirar. Eu conhecia aquela sensação.

Sybil engoliu em seco. Ela estava baixando sua arma para o lado do corpo.

— Eu não podia fazer aquilo. E não podia aguentar ela mentindo daquele jeito. Me convenci de que era uma mentira. Então fui até a casa dela um dia. A porta estava destrancada, o que eu já imaginava, e entrei segurando esta arma, mas ela estava na banheira cantando.

Hollis parecia nauseado.

— Entrei no banheiro e a puxei pelos tornozelos — Sybil continuou. — Depois de um minuto, ela parou de se debater. — Sybil ficou ali parada, perdida naquela memória e com a arma ao lado do corpo.

Mary Nell gritou aterrorizada. Paul Edwards se lançou para pegar a arma de Sybil e Tolliver pulou para me empurrar para trás do sofá com os braços enrolados em mim. É claro que uma bala passaria como se o sofá fosse manteiga, mas pelo menos não ficávamos visíveis e as pessoas se esqueciam de nós.

Uma arma disparou e houve mais gritos (eu tinha certeza de que Mary Nell tinha gritado). Quando se fez um breve silêncio, levantamos nossas cabeças pelo canto do sofá.

— Podem se levantar — Hollis falou com uma voz que parecia pesada e de alguém com um milhão de anos. Tolliver primeiro se endireitou e me ajudou. Minha perna se recusava a se manter firme por um minuto sequer, o que me deixava sem equilíbrio.

Paul Edwards estava de joelhos e apertava o ombro. Atrás dele, havia um buraco na parede e cacos de vidro brilhavam no carpete. Mary Nell estava parada como se tivesse sido transformada em pedra e encarava Paul. Sybil olhava para a filha.

— Você deslocou meu ombro — Paul falou —, sua putinha.

— Eu acertei ele — Mary Nell falou com uma voz desconcertantemente infantil. — Joguei a maçã de vidro nele.

— Estava tentando atingir a cabeça dele? — Hollis perguntou. — Adoraria que tivesse jogado um pouco mais alto.

Ela riu horrivelmente.

— Por que não atira em mim, Hollis? — A voz de Sybil era profunda e palpitante. — Vamos, você sabe que quer isso. Prefiro que atire em mim a ter de passar por um julgamento e pela condenação.

— Você é uma piranha egoísta — Hollis falou. — É claro que vou atirar em você na frente da sua filha. Ótimo jeito de deixá-la com outra bela lembrança, não acha? Que tal parar um pouco para pensar em alguém mais além de você?

Depois de um segundo, ele falou num tom de voz bem mais próximo da sobriedade.

— Ligue para a delegacia Tolliver, por favor.

Meu irmão bateu a mão no bolso e viu que o celular não estava lá. Ele passou rapidamente pelo pequeno grupo em direção à cozinha e pude ouvi-lo apertando os botões do telefone e falando. A tempestade tinha passado. Os únicos traços dela eram o gotejar caindo do telhado.

Senti que olhava para eles pelo lado errado do telescópio. Aqueles quatro miseráveis. Eles pareciam estar muito longe e ser bem pequenos, mas a angústia era bem clara.

— Está tudo acabado para você — falei para Paul Edwards, que arregalou seus olhos para mim. — E não tenho pena. Além de todas as outras coisas terríveis que fez, ainda mandou prenderem o meu irmão, apesar de ter tido muita ajuda para isso. E atirou em mim no cemitério, o que imagino que tenha feito sozinho, certo? Agora sua vida acabou.

— Você é uma vidente agora? — Sybil falou amargamente. — Como me arrependo de tê-la chamado aqui e de ter desejado saber o que aconteceu com a garota.

— Então fico feliz por você já ter me pagado. — Foi o que consegui pensar para dizer. Ela riu, mas não como se tivesse mesmo achado engraçado.

A filha dela ainda olhava de Sybil para Paul, de sua mãe para o homem que foi o amante dela, e parecia nauseada, jovem e indefesa.

— Você será uma grande mulher um dia — falei para Mary Nell. Ela não olhou para mim. Não acho que naquele momento ela gostasse mais de mim do que de sua mãe ou de Paul. Assim que meu irmão voltou para sala, já começamos a ouvir sirenes se aproximando, e luzes começaram a surgir naquela rua suburbana.

— Por que fez tudo isso contra mim? — perguntei a Paul. — Não consigo ver nenhuma razão.

— O bebê — ele falou. — Nunca imaginei que você encontraria Teenie. E quando encontrou, tinha certeza de que sabia sobre o bebê. Pensei que se a mantivesse com medo você não descobriria o que tinha acontecido.

Mas o bebê não tinha deixado ossos. Se Paul tivesse nos deixado em paz, teríamos ido embora de Sarne sem pensar duas vezes.

Não conseguimos ir embora antes das três da manhã. Tivemos que relatar para muitas pessoas o que tínhamos visto e ouvido. Estávamos agitados demais para dormir durante uma hora após chegarmos ao hotel, mas quando conseguimos dormimos até a hora do almoço.

Uma hora depois, estávamos com as malas no carro. Fechamos a conta e o odioso Vernon praticamente dançou a "Macarena" quando descobriu que íamos mesmo embora. Me senti vazia e oca, mas queria tanto ir embora de Sarne que me esforcei para fazer tudo direito até o fim. Abastecemos e passamos na delegacia, como nos pediram.

Hollis estava lá novamente, ou talvez ainda. A sala de Harvey Branscom estava vazia e a porta, totalmente aberta. Eu tinha certeza de que ele teve uma péssima noite e um dia igualmente ruim, já que sua irmã estava presa por assassinato. Estudei o rosto de Hollis. Ele parecia mais jovem, como se resolver o caso da morte da esposa tivesse apagado uns dois anos e algumas linhas de tensão de seu rosto.

— Estão partindo? — ele perguntou.

— Estamos — Tolliver respondeu.

— Temos seus contatos e o endereço do seu advogado, caso precisemos?

— Sim — falei. Sabia que Hollis nunca me ligaria.

— Muito bem. Agradecemos muito a ajuda de vocês. — Ele estava tentando manter aquilo o mais profissional e rápido possível. Mas pude ver Tolliver ouriçado por minha causa. Coloquei a mão em seu braço.

— Tranquilo — falei. — tranquilo.

— Muito bem então.

Nós dois acenamos com a cabeça para ele, que retribuiu da mesma forma, e passamos pelas portas de vidro da delegacia pela última vez, eu esperava.

Tolliver dirigiria e, depois de colocarmos nossos cintos de segurança e escolher uma rádio, ele levou o carro pelas ruas de Sarne até a estrada que nos conduziria para leste.

— Acha que conseguimos chegar a Memphis antes de anoitecer? — perguntei.

— Tenho certeza — ele falou. — Você... está tudo bem depois de dizer adeus daquele jeito?

— Sim. Qual o sentido de uma despedida sentimental?

Ele pareceu entender aquilo com um aceno de cabeça.

— Mas você gostava dele.

— Sim claro, mas simplesmente não era pra ser, sabe?

— Um dia... — ele começou e deixou a ideia no ar.

— Sabe de uma coisa, Tolliver? Lembra quando fizemos *Romeu e Julieta* no colegial? Podemos ter estudado em anos diferentes, mas nossa escola mantinha essa peça todo ano.

— Lembro. E daí?

— Tem uma frase que o Mercúrio diz quando é morto na briga entre os Montéquios e os Capuletos. Ele a usa em seu discurso de morte. Você lembra?

— Não. Me conte.

— Ele diz: "A peste em vossas casas". E então morre.

— "A peste em vossas casas" — Tolliver repetiu. — Acho que isso resume tudo.

Eu tinha um comentário a fazer.

— Mas é claro que Paul Edwards tinha um pé nas duas casas, a dos Teague e a dos Hopkins.

— De algum modo, essa frase parece se encaixar perfeitamente no caso.

Ficamos em silêncio por um minuto. Então, quando a última parte de Sarne ficou para trás e partimos das montanhas em direção ao delta e às planícies que se estendiam intermináveis à frente, eu falei:

— Sabe, continuo pensando em Teenie caída sozinha lá na floresta. Mesmo com tudo o que aconteceu, eu fiz uma coisa boa.

— Nunca duvidei disso. Foi mesmo uma boa coisa. — Ele hesitou. — Acha que eles sabem? Quando são encontrados, quero dizer.

— Ah sim. Eles sabem — falei, e os quilômetros de estrada para Memphis se desenrolaram à nossa frente.